U0097233

中國語言文字研究輯刊

十七編

許學仁 主編

第14冊

《廣韻》和《集韻》方言詞比較研究

馮慶莉 著

花木蘭文化事業有限公司

國家圖書館出版品預行編目資料

《廣韻》和《集韻》方言詞比較研究／馮慶莉 著 -- 初版 -- 新
北市：花木蘭文化事業有限公司，2019〔民108〕
目 2+174 面；21×29.7 公分
（中國語言文字研究輯刊 十七編；第 14 冊）
ISBN 978-986-485-934-4（精裝）
1. 方言學 2. 比較語言學
802.08   108011983

ISBN-978-986-485-934-4

9 789864 859344

中國語言文字研究輯刊
十七編　　第十四冊　　　　　　ISBN：978-986-485-934-4

《廣韻》和《集韻》方言詞比較研究

作　　　者	馮慶莉
主　　　編	許學仁
總 編 輯	杜潔祥
副總編輯	楊嘉樂
編　　　輯	許郁翎、王　筑、張雅淋　美術編輯　陳逸婷
出　　　版	花木蘭文化事業有限公司
社　　　長	高小娟
聯絡地址	235 新北市中和區中安街七二號十三樓
	電話：02-2923-1455 ／傳真：02-2923-1452
網　　　址	http://www.huamulan.tw 信箱 hml 810518@gmail.com
印　　　刷	普羅文化出版廣告事業
初　　　版	2019 年 9 月
全書字數	116467 字
定　　　價	十七編 18 冊（精裝）　台幣 56,000 元

版權所有 · 請勿翻印

《廣韻》和《集韻》方言詞比較研究

馮慶莉 著

作者簡介

　　馮慶莉，畢業於首都師範大學漢語言文字學專業，師從馮蒸教授。在其攻讀研究生期間，治學嚴謹，功底深厚，深得著名語言學家、古漢語語音大師鄭張尚芳先生的賞識。曾發表多篇學術論文，其研究生畢業論文被評為優秀碩士論文，在中國知網、萬方數據網、維普網等知名網站上曾被下載、轉引近千次。

　　研究生畢業後，一直從事高中語文教學及研究，先後在北京市朝陽區和東城區任教。曾經參與朝陽區「十二五」課題、朝陽區「雙名工程」骨幹教師等多項課題的研究，北京市級以上獲獎論文 8 篇，全國說課大賽二等獎，在東城區作區級公開課。

提　　要

　　方言研究一直是漢語語音研究中的重要組成部分。《廣韻》和《集韻》收錄了許多方言詞。一部分有歷史來源，另一部分反映實際語音。後者是本文的研究重點。我們將採用客觀描寫和比較分析相結合等研究方法，來考定《切韻》音系的性質和驗證唐宋方言分區。

　　我們研究分析後，得出以下結論：首先，《切韻》是一個以洛陽話為基礎，同時照顧方言的活方言音系。其次，《廣韻》和《集韻》中的方言詞驗證並補充了目前學術界對唐宋方言區劃的擬測。

　　現將各章內容分述如下：

　　第一章：綜述國內外有關《廣韻》和《集韻》中方言詞的研究動態，揭示本文的理論及實際意義，點明本文的研究方法和研究方向。

　　第二章：《廣韻》中的方言材料分為有歷史來源的和反映唐宋時音的兩類。前者反映的可能既是古方言又是今方言。反映時音的方言詞集中在吳，齊，江東，楚，秦，北方等地。方言詞中明確出現「北方」和「南方」的提法，可見北南兩大方言區的格局正日趨形成。有個別跨方言區的情況。

　　第三章：《集韻》中反映時音的方言詞，個別的在《廣韻》中已經出現了。它們集中在吳、楚、齊和秦等地，分別對應吳語區、湘語區、中原和秦。《集韻》中跨方言區的現象比較常見。

　　第四章：比較《廣韻》和《集韻》中的方言詞，可以歸納出以下特點：反映時音的方言材料，在繼承的同時，又新創了一些方言區域名，這說明地域分佈在宋代發生了一定的變化。吳、楚是宋代南方很有代表性的兩大方言區，相似性最大，關係最密切。尤其值得注意的是《集韻》中出現了閩語。

　　第五章：《廣韻》和《集韻》方言詞的研究意義就在於對《切韻》音系性質的考定和對唐宋方言區劃定的作用。從方言詞這一角度判斷《切韻》音系性質，《切韻》是一個以洛陽話為基礎，同時照顧方言的活方言音系。《廣韻》和《集韻》中方言詞分佈狀況驗證了目前學術界對唐宋方言區劃的擬測，並在一定程度上有所補充。

目次

第一章　緒　論

第一節　綜述國內外有關動態

　　方言研究一直是漢語語音研究中的重要組成部份，因此，國內外學者始終對方言給予高度的重視。漢語方言的調查和研究有著悠久的歷史，早在周秦時代，就有派使者到民間採集民謠、方言詞語的制度。揚雄（公元前 53～公元 18 年）的《方言》作爲漢語方言學史上第一部著作，其方法的科學以及材料的準確，都是居於世界領先地位的。近幾十年來，國內的語言學家汲取了歷史比較語言學的理論和方法，開始更多地關注中古極其重要的兩部韻書《廣韻》和《集韻》，有意識地利用二者的方言詞提供的信息研究中古音及方言分區，取得許多喜人的成果。誠如周玟慧於 2004 年從中古音方言層重探《切韻》性質，鄧少君在 1988 年利用《廣韻》中的方言詞爲《切韻》性質的界定提供佐證；汪壽明、劉紅花對《廣韻》中方言詞的探究，G・B・Downer（唐納）1981 年對《集韻》所反映的北宋方言特點的研究，馬重奇 1998 年的《類篇》方言考，于建華《〈集韻〉及其詞彙研究》；周振鶴、游汝傑在 1986 年對宋代方言區的構擬，周祖謨在 1966 年對宋代方言區的劃分，以及馮蒸師於 2002 年和 2005 年對唐代方音區的劃分，都對方言研究起了重要的推動作用。

　　然而，目前對《廣韻》、《集韻》中的方言詞的研究尚不全面。多數學者對

《廣韻》方言詞的研究尚停留在縱向探源上，重點考察其方言詞保留的古音、古義；而忽視了其在繼承的同時，也吸收了一些時音。對《集韻》方言詞的研究不多，G·B·Downer（唐納）考察了《集韻》中的宋代方言詞，認爲這些方言詞中有些保留了更早的古音，有些遺留在現代方言裏，一部份還成爲現代方言詞的最早來源；但大多數無法辨認。他根據方言詞注釋裏所涉及的北宋方言區域，分出官話、吳、閩、越四個北宋方言區，指出《集韻》採取語音和詞彙相結合的分區標準，但其根據有限的方言詞給北宋方言分區，忽視了方言的複雜性，其結論的可靠性值得懷疑；同時，他對《集韻》詞彙材料的篩選和甄別不足。據筆者初步研究，《廣韻》和《集韻》中方言詞既有繼承關係，又有新的發展。但目前學者對二書方言詞的比較研究很不充分。鑒於上述情況，筆者將在前人研究的基礎上對《廣韻》和《集韻》中的方言詞進行全面、細緻地比較，並進一步研究探討《廣韻》和《集韻》中的方言詞對《切韻》音系性質的考定以及唐宋方言分區劃定的意義。

第二節　本題的理論及實際意義

《廣韻》是宋眞宗時陳彭年、丘雍等奉詔編寫的一部官修韻書，《集韻》成書於北宋仁宗寶元二年（1039），慶曆三年（1043）雕印完畢。本文選用的版本主要是余廼永校注的《新校互注宋本廣韻》和中華書局出版的《宋刻集韻》。《廣韻》共五卷，收字 26194 個，《集韻》收字 53525 個。《廣韻》和《集韻》中收有許多方言詞，據筆者初步統計，《廣韻》收方言詞 179 條，《集韻》收 597 條，分別占收字總數的 0.67% 和 1.1%。本文對二書中的方言詞進行了窮盡性考察。其中，反映時音的方言詞是本文研究的重點，筆者嘗試借助它們來進一步考定《切韻》音系性質，並驗證目前學者對唐宋方言分區的擬測，希望能夠從方言詞角度爲中古音的研究提供更多的依據。

第三節　本題的研究方法和研究方向

研究《廣韻》和《集韻》的方言詞，方法論十分重要。在前人的基礎上，我們嘗試著歸納出三種方法。

第一，內證法和外證法相結合。所謂內證法，就是以《廣韻》和《集韻》

的方言詞作爲研究主體，從歸納總結二書中方言詞本身的特點、異同性出發，從《廣韻》和《集韻》的方言詞內部發現問題，解決問題。所謂外證法，是以《廣韻》和《集韻》以外含有方言詞的書（如《方言》、《說文》）和字書（如《類篇》）爲參照，通過比較，揭示二書中方言詞的特點。

第二，語言學方法和文獻學方法相結合。揭示《廣韻》和《集韻》方言詞的特點，探索其來源及演變，涉及到很多文獻資料。在語言學知識的指導下，運用文獻學方法，辨別材料的眞僞和訛脫，是我們研究《廣韻》和《集韻》方言詞的又一個指導思想。二書中方言詞來源很複雜，涉及諸多文獻資料，必須對其仔細考釋梳理。

第三，客觀描寫和比較分析的方法相結合。我們在對《廣韻》和《集韻》中方言詞進行分析歸類時，本著唯物的、客觀的精神，某個詞是有歷史來源的，亦或是新創反映實際語音的，我們將其分別歸類分析。我們知道語言中的差異是語言史研究的基礎，而比較分析的方法正是研究「差異」最有效的辦法，我們在進一步考證唐宋方言區劃時嘗試共時與歷時的比較方法。

在前人研究的基礎上，遵循上述方法，我們大體確定了以下幾個研究方向：

第一，考釋《廣韻》和《集韻》中方言詞，哪些是有歷史來源的，哪些是新創的、反映實際語音的？

《廣韻》和《集韻》中方言詞對《切韻》音系性質考定的作用；

《廣韻》和《集韻》中方言詞對唐宋方言區劃定的作用。

第二章 《廣韻》方言詞考源

　　《廣韻》一書引用了許多方言材料，它們大體可以分爲兩種情況：一部份方言材料是有歷史來源的；另一部份方言材料反映的正是今方言，即唐宋時期的方言。其中，有歷史來源的方言材料反映的可能既是古方言又是今方言：因爲它們有歷史來源，所以說它們反映六朝以前的古方言；同時，它們又反映唐宋時期的今方言，因爲《廣韻》在說解方面與原文不完全一致，可見是受了時音的影響。

第一節 《廣韻》中有歷史來源的方言詞

一、有的引用直接標明出自《方言》，這一類計有 68 條。這類引用有以下幾種情況：

（一）《廣韻》所引《方言》與今本《方言》基本相同，此種共有 14 條：

1、《廣韻》上平聲四江韻　　甊（士江切）：甖也，出《方言》。

　　〔考〕《方言》卷五：「瓨、㼚、甀、甊、甖、瓮、瓨、甄、甊，甖也。靈桂之郊謂之瓨……江湘之間謂之甊……」郭璞注，甊「胙江反」。

2、《廣韻》上平聲五支韻　　撕（居隋切）：裁撕。《方言》曰：梁益間裂帛爲衣曰撕。

〔考〕《方言》卷二：「鈹、挩，裁也。梁益之間裁木爲器曰鈹，裂帛爲衣曰挩。」郭璞注，挩「音規」。

3、《廣韻》上平聲六脂韻　　鏔（以脂切）：戟之無刃者，出《方言》。

〔考〕《方言》卷九：「凡戟而無刃秦晉之間謂之鏔，吳揚之間謂之戈，東齊秦晉之間謂其大者曰鏝胡……」郭璞注，鏔「音寅」。

4、《廣韻》上平聲八微韻　　鍏（雨非切）：《方言》云，宋魏呼臿也。

〔考〕《方言》卷五：「臿，宋魏之間謂之鏵，或謂之鍏，江淮南楚之間謂之臿……」郭璞注，鍏「音韋」。

5、《廣韻》上平聲十九臻韻　　樺（所臻切）：《方言》云，槢，東齊海岱之間謂之樺。槢，牀前橫也。

〔考〕《方言》卷五：「牀，齊魯之間謂之簀……其槢北燕朝鮮之間謂之樹，自關而西秦晉之間謂之槢……東齊海岱之間謂之樺……」郭璞注，樺「音詵」。「所臻切」「詵」音同。

6、《廣韻》上平聲二十六桓韻　奬（呼官切）：化也，始也，出《方言》。

〔考〕《方言》卷十二：「奬，始也，化也。」郭璞注，奬「音歡」。

7、《廣韻》下平聲二仙韻　　鋋（市連切）：小矛。《方言》曰，五湖之間謂矛爲鋋。又以然切。

〔考〕《方言》卷九：「矛，吳揚江淮南楚五湖之間謂之鏇，或謂之鋋，或謂之縱。」郭璞注，鋋「音蟬」。「市連切」、「蟬」音同。

8、《廣韻》下平聲二仙韻　　船（食川切）：《方言》曰，關西謂之船，關東謂之舟。又姓，出《姓苑》。

〔考〕《方言》卷九：「舟，自關而西謂之船，自關而東或謂之舟，或謂之航……」

9、《廣韻》上聲四紙韻　　姼（承紙切）：《方言》云，南楚人謂婦妣曰母姼也。

〔考〕《方言》卷六：「……南楚瀩洭之間，母謂之媓，謂婦妣曰母姼，稱婦考曰父姼。」郭璞注，姼「音多」。

10、《廣韻》上聲七尾韻　　鍏（於鬼切）：《方言》云，臿，宋魏之間或謂之鍏。

〔考〕《方言》卷五：「臿……宋魏之間謂之鏵，或謂之鍏。」郭璞注，鍏

「音韋」。

11、《廣韻》上聲十一薺韻　瘠（徂禮切）：病也。《方言》曰，生而不長也。

〔考〕《方言》卷十：「啙、㿝，短也。江湘之會謂之啙，凡物生而不長大亦謂之㥩，又曰瘠。」郭璞注，瘠，「音薺」。

12、《廣韻》上聲五十琰韻　芡（巨險切）：《說文》曰，雞頭也。《方言》曰，南楚謂之雞頭，北燕謂之䓈，青徐淮泗之間謂之芡。

〔考〕《方言》卷三：「䓈、芡，雞頭也。北燕謂之䓈，今江東亦呼䓈耳，青徐淮泗之間謂之芡，南楚江湘之間謂之雞頭，或謂之鴈頭，或謂之烏頭。」郭璞注，芡「音儉」。

13、《廣韻》去聲十遇韻　屨（九遇切）：履屬。《方言》云，履，自關而西謂之屨。

〔考〕《方言》卷四：「扉，履麤履也。徐兗之郊謂之扉，自關而西謂之屨。」

14、《廣韻》入聲三燭韻　蠾（之欲切）：蚤也。《方言》云，鼄蝥，自關而東趙魏之郊或謂之蠾蝓。又音蜀。

〔考〕《方言》卷十：「鼄蝥，鼄蝥也。自關而西秦晉之間謂之鼄蝥，自關而東趙魏之郊謂之鼄蝥，或謂之蠾蝓。」郭璞注，蠾「音燭」。

（二）《廣韻》所引與今本《方言》稍有異，此種共有 15 條：

1、《廣韻》上平聲三鍾韻　𪍙（疾容切）：《方言》云，南楚人謂雞。

〔考〕《方言》卷八：「雞，桂林之中謂之割雞，或曰鷄。郭璞注，鷄，「音從」。「疾容切」、「從」音同。《方言》「桂林之中」，《廣韻》改作「南楚人」。

2、《廣韻》上平聲九魚韻　㭰（強魚切）：㭰挈。《方言》云，把，宋魏之間謂之㭰挈。

〔考〕《方言》卷五：「杷，宋魏之間謂之渠挈，或謂之渠疏。」《方言》「杷」，《廣韻》卻引爲「把」。《說文解字》木部：「杷，收麥器」；郭璞注，杷，「無齒爲杤」，故知《方言》「杷」不誤，而《廣韻》「把」字誤。

3、《廣韻》上平聲十虞韻　㙥（羊朱切）：《方言》云，墳、㙥、培、塿、塿、埌、塋、壠，皆冢別名。

〔考〕《方言》卷十三：「冢，秦晉之間謂之墳，或謂之培，或謂之㙥，或

謂之垺，或謂之埌，或謂之壠。自關而東謂之丘，小者謂之塿，大者謂之丘。凡葬而無墳謂之墓，所以墓謂之墲。」郭璞注，瑜「音舁」。「羊朱切」、「舁」音同。「瑜」字釋義與今本《方言》稍有異：《方言》有「墲」無「堥」，《廣韻》所引有「堥」無「墲」。

4、《廣韻》上平聲十二齊韻　儢（郎奚切）：儢忚，欺慢之語，出《方言》。

〔考〕《方言》卷十：「眠娗，脈蝪，賜施，茭媞，讀謾，儢忚，皆欺謾之語也。」郭璞注，「儢忚」音「麗醯」。《方言》「欺謾」，《廣韻》引作「欺慢」。據王念孫《疏證》云：「……慢與謾同。」由此可知，「慢」、「謾」係同音通假。

5、《廣韻》上平聲十二齊韻　聧（苦圭切）：《說文》云，耳不相聽。《方言》云，聾之甚者，秦晉之間謂之聧。

〔考〕《方言》卷六：「聳、矔，聾也……聾之甚者，秦晉之間謂之矔。吳楚之外郊凡無耳者亦謂之矔。其言矔者，若秦晉中土謂墮耳者明也。」郭璞注，「矔」音「五刮反」。《方言》「矔」，《廣韻》引作「聧」。《說文》有「矔」，無「聧」，亦無「耳不相聽」之義。查《說文》目部有「睽」，許慎解為「目不相聽也，從目癸聲」，大徐音「苦圭切」。也許是《廣韻》將「目」「耳」兩偏旁形訛，視「睽」作「聧」而致。

6、《廣韻》上平聲十四皆韻　崽（山皆切）：《方言》曰，江湘間凡言是子謂之崽，自高而侮人也。又山佳切。

〔考〕《方言》卷十：「崽者，子也。湘沅之會凡言是子者謂之崽，若東齊言子矣。郭璞注，崽「音枲」。「山皆切」、「山佳切」與「枲」的讀音都不同。另外，《方言》作「湘沅之會」，而《廣韻》卻引作「江湘間」。而且，《方言》沒有「自高而侮人也」的說法。

7、《廣韻》上平聲二十二元韻　轅（雨元切）：車轅。《方言》云，轅，楚衛謂之輈。又姓。《左傳》陳大夫轅濤塗之後，又漢複姓，有軒轅氏。

〔考〕《方言》卷九：「轅，楚衞之間謂之輈。」《方言》是「楚衞」，《廣韻》卻引作「楚衞之間」，有誤。

8、《廣韻》上平聲二十七刪韻 謾（莫還切）：《方言》曰，謾臺、脅閱，懼也。燕代之間曰謾臺，齊楚之間曰脅閱。臺，音怡。

〔考〕《方言》卷一：「譺臺、脅鬩，懼也。燕代之間曰譺臺，齊楚之間曰脅鬩，宋衛之間凡怒而噎噫謂之脅鬩。」郭璞注，「譺臺」是「蠻怡」二音。「莫還切」、「蠻」音同。《方言》「脅鬩」，《廣韻》引作「脅鬩」，「鬩」字誤。又，《方言》中「宋衛之間凡怒而噎噫謂之脅鬩」的釋義《廣韻》未說明。

9、《廣韻》下平聲四宵韻　　瓢（符霄切）：瓠也。《方言》云，蠡或謂之瓢。《論語》曰，一瓢飲。

〔考〕《方言》卷五：「瓥，陳楚宋魏之間或謂之簞，或謂之櫼，或謂之瓢。郭璞注，瓥「瓠勺也，音麗」。《方言》「瓥」，《廣韻》引作「蠡」。據王念孫《疏證》：「瓥、蠡並通。」可知，《廣韻》作「蠡」亦可。

10、《廣韻》上聲一董韻　　矎（作孔切）：《方言》云，南人竊視。

〔考〕《方言》卷十：「矎、翕、矙、貼、占、伺，視也。凡相竊視，南楚謂之矙，或謂之矎，或謂之貼，或謂之占，或謂之翕。」郭璞注，矎音「總」。「作孔切」、「總」音同。《方言》中本作「相竊視」，《廣韻》引時漏一「相」字，語義不盡相同；而且，《方言》原作「南楚」，《廣韻》卻換爲「南人」。

11、《廣韻》上聲二腫韻　　壠（力踵切）：《說文》云，丘壠也。《方言》曰，秦晉之間冢謂之壠，亦作壟。書傳曰，畝壟也。

〔考〕《方言》卷十三：「冢，秦晉之間謂之墳，或謂之培，或謂之堬，或謂之采，或謂之埌，或謂之壠。自關而東謂之丘，小者謂之塿，大者謂之丘，凡葬而無墳謂之墓，所以墓謂之撫。」《廣韻》「壠」字釋義所引《方言》與今本《方言》基本相同；但是《方言》作「壠」，《廣韻》亦引爲「壟」。

12、《廣韻》去聲十三祭韻　　筄（徵例切）：《方言》云，自關而西，謂簟或謂之筄。

〔考〕《方言》卷五：「簟，宋魏之間謂之笙，或謂之籧苗。自關而西或謂之簟，或謂之筄。」

13、《廣韻》去聲二十三問韻　　璺（亡運切）：破璺，亦作璺。《方言》曰，秦晉器破而未離謂之璺。

〔考〕《方言》卷六：「癖，披散也。東齊聲散曰癖，器破曰披。秦晉聲變曰癖，器破而不殊其音亦謂之癖，器破而未離謂之璺。南楚之間謂之㪜。」郭璞注，璺「音問」。

「亡運切」、「問」音同。周祖謨《廣韻校勘記》中,「璺,元泰定本明本作璺,與《方言》六合。段亦改作璺。」我們傾向於周先生的說法,把今本《廣韻》所引之「璺」當作「璺」。

14、《廣韻》入聲十八藥韻　略(離灼切):《說文》曰:眄也。《方言》云:視也。

〔考〕《方言》卷二:「矘、睇、睇、略,眄也。陳楚之間南楚之外曰睇,東齊青徐之間曰睇,吳揚江淮之間或曰矘,或曰略,自關而西秦晉之間曰眄。」郭璞注,略「音略」。「離灼切」、「略」音同。另外,《方言》卷六:「暚、略,視也。東齊曰暚,吳揚曰略。凡以目相戲曰暚。」郭璞注,略「音畧」。《方言》「略」有「眄」、「視」兩種釋法,而《廣韻》僅取《方言》卷六之「視」義,卻未取《方言》卷二之「眄」義。

15、《廣韻》入聲二十一麥韻　獲(胡麥切):得也。又臧獲,《方言》云,荊淮海岱淮濟之間,罵奴曰臧,罵婢曰獲。亦姓。

〔考〕《方言》卷三:「臧、甬、侮、獲,奴婢賤稱也。荊淮海岱雜齊之間罵奴曰臧,罵婢曰獲。齊之北鄙,燕之北郊,凡民男而婢謂之臧,女而婦奴謂之獲,亡奴謂之臧,亡婢謂之獲。皆異方罵奴婢之醜稱也。」《方言》是「荊淮海岱雜齊之間」,《廣韻》卻引作「荊淮海岱淮濟之間」,不同。《廣韻》引「淮」重出,疑有誤。

(三)《廣韻》引用《方言》明顯有誤的,這種情況共4條:

1、《廣韻》下平聲十陽韻　跟(直良切):跟,跪。《方言》曰東齊北燕之間謂跪曰跟。

〔考〕《方言》卷七:「跟跰、隄企,立也。東齊海岱北燕之郊跪謂之跟跰……」郭璞於「跟跰」下注曰「今東郡人亦呼長跽為跟跰。」《廣韻》所引的方言區域有誤,《方言》原作「東齊海岱北燕之郊」,《廣韻》卻引為「東齊北燕之間」。又,《方言》及郭注表明「跪謂之跟跰」,而非《廣韻》的「謂跪曰跟」。《廣韻》脫落「跰」,有誤。

2、《廣韻》上聲二腫韻　恿(餘隴切):《方言》云,慫恿,歡也。

〔考〕《方言》卷十:「食閻、慫恿,勸也。南楚凡己不欲喜而旁人說之,不欲怒而旁人怒之,謂之食閻,或謂之慫恿。」郭璞注,恿「音湧」。「餘

隴切」、「湧」音同。《方言》原作「勸也」，今《廣韻》引作「歡也」，有誤。

3、《廣韻》上聲五旨韻　　歧（符鄙切）：《方言》云，器破而未離，南楚之間謂之歧。

〔考〕《方言》卷六：「癖，披散也。東齊聲散曰癖，器破曰披。秦晉聲變曰癖，器破而不殊其音亦謂之癖。器破而未離謂之璺，南楚之間謂之歧。」今《廣韻》引《方言》爲「器破而未離」，《方言》本作「器破而未離謂之璺」，《廣韻》脫落「謂之璺」，有誤。

4、《廣韻》上聲四十四有韻　　紂（除柳切）：殷王號也。《方言》云，自關而東謂緧曰紂，俗作靯。

〔考〕《方言》卷九：「車紂，自關而東周洛韓鄭汝潁而東謂之緧，或謂之曲綯，或謂之曲綸。自關而西謂之紂。」今《廣韻》引《方言》爲「自關而東謂緧曰紂」，「東」有誤，應爲「西」。

（四）《廣韻》以前人對《方言》的注誤作爲《方言》本文而引用，這種共6條：

1、《廣韻》上平聲五支韻　　鉹（弋支切）：《方言》云，涼州呼甀。又音侈。

〔考〕《方言》卷五：「甀，自關而東謂之甒，或謂之𦉥，或謂之酫𦉥。」郭璞於「𦉥」下注曰「音岑，涼州呼鉹。」今《廣韻》所引「涼州呼甀」，是《方言》郭注之意，而非《方言》本文，《廣韻》引作「《方言》云」，有誤。

2、《廣韻》下平聲二仙韻　　唌（去乾切）：《方言》曰唌唌，歡貌。

〔考〕《方言》卷十三：「唌，樂也。」郭璞注：「唌唌，歡貌。音譽。」「去乾切」、「譽」音同。今《廣韻》所引是《方言》之郭注，而不是《方言》本文，因此，《廣韻》引作「《方言》曰」，有誤。

3、《廣韻》下平聲十陽韻　　樣（與章切）：《廣雅》云：樣，槌也。《方言》曰：懸蠶柱，齊謂之樣。

〔考〕《方言》卷五：「槌，宋魏陳楚江淮之間謂之植，自關而西謂之槌，齊謂之樣。

郭璞注，槌，「縣蠶薄柱也」；樣，「音陽」。「與章切」、「陽」音同。《廣韻》改《方言》「縣」爲「懸」，又有戴震《方言疏證》改「縣」作「懸」，可知「縣」字爲訛化，當爲「懸」。另外，今《廣韻》將郭注（「蠶」下少一「薄」字）與《方言》本文「齊謂之樣」皆列爲「《方言》曰」的內容，不妥。

4、《廣韻》下平聲十五青韻　　蜻（倉經切）：蜻蜓，蟲。《方言》曰：蜻蜓謂蝍蛉也，六足四翼。又音精。

〔考〕《方言》卷十一「蜻蛉謂之蝍蛉。」郭璞注，「六足四翼，蟲也。」今《廣韻》將《方言》本文及郭注混在一起，皆視爲《方言》的引用，不妥。

5、《廣韻》入聲八物韻　　　　柫（分物切）：連架，杖打穀者，出《方言》。

〔考〕《方言》卷五：「僉，宋魏之間謂之欇殳，或謂之度。自關而西謂之棓，或謂之柫，齊楚江淮之間謂之柍，或謂之桲。」郭璞於「僉」下注「今連枷，所以打穀者」；又於「柫」下注「音拂」。可知，今《廣韻》將《方言》中的郭注誤作《方言》本文，有誤。

6、《廣韻》入聲十五鎋韻　　　捌（百鎋切）：《方言》云，無齒杷。

〔考〕《方言》卷五：「杷，宋魏之間謂之渠挐，或謂之渠疏。」郭璞於「杷」下注「無齒爲朳」。可知，今《廣韻》將《方言》中的郭注誤作《方言》本文。據王念孫《廣雅疏證》可知「捌「與「朳」同。

（五）《廣韻》引《方言》，《方言》中雖有被釋詞，卻無《廣韻》所引之語，此種共 5 條：

1、《廣韻》上平聲四江韻　　　瀧（古雙切）：南人名湍，亦州，在嶺南，呂江切。又音雙。

〔考〕《方言》卷七：「瀧涿謂之霑漬，瀧涿猶瀨滯也，音籠。」

2、《廣韻》上平聲十一模韻　　盬（古胡切）：陳楚人謂鹽池爲盬，出《方言》。又音古。

〔考〕《方言》卷十三「盬」字兩見：其一，「盬、雜，猝也。」郭璞注「皆倉卒也。」「盬」，「音古」。其二，「盬，且也。」皆未見《廣韻》所引「陳楚人謂鹽池爲盬」之說。

3、《廣韻》下平聲九麻 鈀（普巴切）：《方言》云，江東呼鏺箭。

〔考〕《方言》卷九：「凡箭鏃胡合嬴者，四鐮或曰鉤腸，三鐮者謂之羊頭，其廣長而薄鐮謂之錍，或謂之鈀。箭其小而長中穿二孔者謂之鉀鑪，其三鐮長六尺者謂之飛蚅，內者謂之平題。」郭璞注，鈀「音葩」。「普巴切」、「葩」音同。但今《方言》中無「江東呼鏺箭」之說。

4、《廣韻》上聲四紙韻 餝（息委切）：餦餝，《方言》云餅。

〔考〕《方言》卷十三：「餳謂之餦餭。飴謂之該。餲謂之餝。餳謂之餳。凡飴謂之餳，自關而東陳楚宋衛之間通語也。」郭璞於「餝」字下注「以豆屑雜餳也，音髓。」「息委切」、「髓」音同。但《方言》中無「餝云餅」的說法。

5、《廣韻》上聲十五海韻 載（作亥切）：年也，出《方言》。又音再。

〔考〕《方言》卷十二：「堪、轝，載也。」郭璞注「轝輿亦載物者也」。兩者詞義不同。

（六）《廣韻》引《方言》，但今本《方言》卻無被引之語，這種共 24 條：

1、《廣韻》上平聲六脂韻 耆（渠脂切）：《方言》云長也，《說文》云老也，《左傳》云強也，《禮記音義》云至也，言至老境也。

〔考〕《方言》無「耆」字。

2、《廣韻》上平聲十二齊韻 憻（相稽切）：憻，疑人。《方言》云，吳人云之。

〔考〕《方言》無「憻」字。

3、《廣韻》上平聲十四皆韻 擇（仕懷切）：擇，倒損，出《方言》。

〔考〕《方言》無「擇」字。

4、《廣韻》下平聲二仙韻 蠾（昨仙切）：《方言》云，鳴蟬也。

〔考〕《方言》無「蠾」字。

5、《廣韻》下平聲四宵韻 藻（符霄切）：《方言》云，江東謂浮萍為藻。

〔考〕《方言》無「藻」字。

6、《廣韻》下平聲九麻韻 椏（於加切）：《方言》云，江東言樹枝為椏杈也。

〔考〕《方言》無「椏」字。

7、《廣韻》下平聲十四清韻　鴊（諸盈切）：《方言》云，齊魯間謂題肩為鴊鳥。

〔考〕《方言》無「鴊」字。

8、《廣韻》下平聲十七登韻　膯（他登切）：飽也，吳人云。出《方言》。

〔考〕《方言》無「膯」字。

9、《廣韻》下平聲二十八嚴韻　杴（虛嚴切）鍬屬，古作櫼，或作欣。《方言》云，青齊呼意所好為杴。

〔考〕《方言》無「杴」字。

10、《廣韻》上聲六止韻　譺（陟里切）：譺，言也，出《方言》。

〔考〕《方言》無「譺」字。

11、《廣韻》上聲二十四緩韻　稬（乃管切）：《方言》云，沛國呼稻也。

〔考〕《方言》無「稬」字。

12、《廣韻》上聲三十六養韻　廠（昌兩切）：屋也，出《方言》。又音唱。

〔考〕《方言》無「廠」字。

13、《廣韻》上聲四十八感韻　䉷（古禫切）：《方言》云，箱類，又云覆頭也。又音貢。

〔考〕《方言》無「䉷」字。

14、《廣韻》去聲六至韻　㴒（釋類切）：《方言》云，深也，趙魏間語。

〔考〕《方言》無「㴒」字。

15、《廣韻》去聲七志韻　饎（昌志切）：《方言》云，熟食也。《說文》云，酒食也。

〔考〕《方言》無「饎」字。

16、《廣韻》去聲九御韻　籧（良倨切）：舟中簣籧，見《方言》。

〔考〕《方言》無「籧」字。

17、《廣韻》去聲四十八嶝韻　亙（古鄧切）：通也，遍也，竟也，出《方言》。

〔考〕《方言》無「亙」字。

18、《廣韻》去聲五十候韻　後（胡遘切）：《方言》云，先後猶娣姒。

〔考〕《方言》無「後」字。

19、《廣韻》入聲五質韻　撁（鄙密切）：《方言》刺也，亦作柲。

〔考〕《方言》無「捽」字。

20、《廣韻》入聲十三末韻　　嬒（烏括切）：《方言》云，嬒，可憎也；或作憎。又烏外切。

〔考〕《方言》無「嬒」字，也無「憎」字。

21、《廣韻》入聲十八藥韻　　钁（居縛切）：《說文》：大鉏也。《方言》云，關東名曰鹵斫。

〔考〕《方言》無「钁」字。

22、《廣韻》入聲二十一麥韻　　趀（側革切）：趀，點貌，出《方言》。

〔考〕《方言》無「趀」字。

23、《廣韻》入聲二十四職韻　　絺（賞職切）：《方言》云，趙魏間呼經而未緯者曰機絺。

〔考〕《方言》無「絺」字。

24、《廣韻》入聲二十四職韻　　棘（林直切）：趙魏間呼棘，出《方言》。

〔考〕《方言》無「棘」字。

二、《廣韻》引用《說文》、《爾雅》、《釋名》等書，或這些書注釋中的方言材料，此種情況共 20 條：

（一）《廣韻》引自《說文》中的方言詞的，此種情況共 9 條：

1、《廣韻》上平聲一東韻　　賨（藏宗切）：戎稅。《說文》曰，南蠻賦也。

2、《廣韻》上平聲六脂韻　　榱（所追切）：屋橑。《說文》云，秦名為屋椽，周謂之榱，齊魯謂之桷。

3、《廣韻》上平聲七之韻　　甾（側持切）：上同。又《說文》曰，東楚名缶曰甾。

4、《廣韻》上平聲二十三魂韻　　羆（古渾切）：上同。《說文》曰，周人謂兄曰羆。

5、《廣韻》下平聲八戈韻　　詑（土禾切）：欺也。《說文》曰，兗州謂欺曰詑。

6、《廣韻》下平聲十九侯韻　　刨（古侯切）：《說文》云，關西呼鎌為刨也。

7、《廣韻》上聲十六軫韻　　霣（於敏切）：《說文》雨也。齊人謂靁為霣。

一曰云轉起也。

8、《廣韻》上聲三十四果韻　嫷（徒果切）：美也。《說文》曰南楚人謂好曰嫷。又吐臥切。

9、《廣韻》去聲六至韻　叡（雖遂切）：《說文》曰，楚人謂卜問吉凶曰叡也。

（二）《廣韻》引自《爾雅》中的方言詞的，此種情況共 2 條：

1、《廣韻》平聲十八尤韻　鷚（直由切）：雉。《爾雅》曰，南方曰鷚，字或從鳥。

2、《廣韻》入聲二十三錫韻　鼳（古闃切）：《爾雅》曰，鼳，鼠身長鬚。秦人謂之小驢。郭璞云，似鼠而馬蹄，一歲千斤，爲物殘賊。

（三）《廣韻》引自晉郭璞注釋中的方言材料的，此種情況共 5 條：

1、《廣韻》平聲十八尤韻　裗（力求切）：《爾雅》曰，衣裗謂之䙽。郭璞云，衣縷也。齊人謂之攣，或曰袿衣之飾。

2、《廣韻》上聲二十七銑韻　蜸（他典切）：《爾雅》曰，蟪蚓蜸蠶。郭璞雲，即蛩蟺也。江東呼寒蚓。

3、《廣韻》上聲三十一巧韻　蔽（古巧切）：郭璞云，江東呼藕根，亦作茭。又下巧切。

4、《廣韻》去聲五寘韻　蟦（施智切）：《爾雅》曰，蛄蟦強蚌。郭璞云，今米穀中蠹，小黑蟲是也。建平人呼爲蚌子。

5、《廣韻》去聲七志韻　狊（疎吏切）：郭璞曰，今江東呼貉爲狊狊。

（四）《廣韻》引自《釋名》、《周禮》及六朝以前其他古籍古注的方言材料，此種情況共 4 條：

1、《廣韻》上平聲六脂韻　蚭（女夷切）：《字林》曰，北燕人謂蜓蚰爲蚭蚭也。

2、《廣韻》上平聲六脂韻　阺（直尼切）：《字統》云，秦謂陵阪爲阺也。

3、《廣韻》上平聲十虞韻　欋（其俱切）：《釋名》曰，齊魯間謂四齒杷爲欋。

4、《廣韻》上平聲十二齊韻　貕（胡雞切）：幽州藪澤曰貕養，出《周禮》。

三、《廣韻》未注明引自《方言》，今本《方言》中卻有。儘管有些方言詞不言引自《方言》一書，但其中有些是承《方言》而來，且可以覆核。此種共有 13 條：

1、《廣韻》上平聲五支韻　　襬（彼爲切）：關東人呼裙也。

〔考〕《方言》卷四：「帬，陳魏之間謂之帔，音披。自關而東或謂之襬，音碑。今關西語然也。」但所引不準確。《方言》原作「自關而東」，《廣韻》卻引作「關東人」。

2、《廣韻》上聲七尾韻　　狶（虛豈切）：楚人呼豬，亦作豨。

〔考〕《方言》卷八：「豬，北燕朝鮮之間謂之豭，關東西或謂之彘，或謂之豕，南楚謂之狶，其子或謂之豚，或謂之貕，……」但《方言》原作「南楚」，《廣韻》引作「楚人」。

3、《廣韻》上聲十四賄韻　　煨（呼罪切）：南人呼火也。

〔考〕《方言》卷十：「煨，火也，楚轉語也，猶齊言煩，火也。」郭璞注，煨「呼隈反」。

4、《廣韻》上聲三十一巧韻　　舸（古我切）：楚以大船曰舸。

〔考〕《方言》卷九：「舟，自關而西謂之船，自關而東或謂之舟，或謂之航，南楚江湘凡船大者謂之舸，小舸謂之艖，……」郭璞注，舸「姑可反」。「古我切」、「姑可反」音同。《方言》中原作「南楚江湘」，《廣韻》卻引作「楚」。

5、《廣韻》上聲三十四果韻　　夥（胡火切）：楚人云多也。

〔考〕《方言》卷一：「碩，沈巨濯訐敦夏於，大也。齊宋之間曰巨，曰碩。凡物盛多謂之寇，齊宋之郊楚魏之際曰夥，……」郭璞注，夥「音禍」。「胡火切」、「禍」音同。《方言》中原作「齊宋之郊楚魏之際」，《廣韻》卻引作「楚人」。

6、《廣韻》去聲五寘韻　　壁（匹賜切）：蜀漢人呼水洲曰壁。

〔考〕《方言》卷十二：「水中可居爲洲，三輔謂之淤，蜀漢謂之壁。」郭璞注，壁「手臂」。

7、《廣韻》去聲二十九換韻　　煨（古玩切）：楚人云火。

〔考〕《方言》卷十：「煨，火也，楚轉語也，猶齊言煩，火也。」郭璞注，煨「呼隈反」。

8、《廣韻》入聲十四黠韻　　聉（五骨切）：無耳，吳楚音也。

〔考〕《方言》卷六：「聳、聹，聾也。聾之甚者，秦晉之間謂之聉，吳楚之外郊凡無耳者亦謂之聉。其言聉者，若秦晉中土謂墮耳者明也。」郭璞注，「聉」音「五刮反」。《方言》原作「吳楚之外郊」，《廣韻》卻作「吳楚」。

9、《廣韻》入聲十六屑韻　　鑖（普蔑切）：江南呼鏊刃。

〔考〕《方言》卷五：「舌，……宋魏之間謂之鏵，或謂之鏵，……東齊謂之梩。」郭璞注，「江東又呼鏊刃為鑖，普蔑反。」只是《廣韻》所引與《方言》有異。《方言》原作「江東」，《廣韻》卻作「江南」。

10、《廣韻》入聲十九鐸韻　　飵（在各切）：楚人相謁食麥饘曰飵。

〔考〕《方言》卷一：「饟、飵，食也。陳楚之內相謁而食麥饘謂之饟，楚曰飵。凡陳楚之郊南楚之外相謁而餐或曰飵，……」郭璞注，飵「音昨」。「在各切」「昨」音同。

11、《廣韻》入聲二十二昔韻　　茷（營隻切）：燕人呼茿。

〔考〕《方言》卷三：「茷、茿，雞頭也。北燕謂之茷，今江東亦呼茷耳，青徐淮泗之間謂之茿，南楚江湘之間謂之雞頭，或謂之鴈頭，或謂之烏頭。」《方言》中原作「青徐淮泗之間」，《廣韻》卻引作「燕人」。

12、《廣韻》入聲二十七合韻　　薘（徒合切）：東魯人呼蘆菔曰菈薘。

〔考〕《方言》卷三：「蕪、蕘，蕪菁也。陳楚之郊謂之蕪，魯齊之郊謂之蕘，關之東西謂之蕪菁，趙魏之郊謂之大芥。其小者謂之辛芥，或謂之幽芥，其紫華者謂之蘆菔，東魯謂之菈薘。」郭璞注，菈薘「洛荅徒合兩反」。

13、《廣韻》入聲二十七合韻　　菈（盧合切）：菈薘，東魯人呼蘿蔔。

〔考〕《方言》卷三：「蕪、蕘，蕪菁也。陳楚之郊謂之蕪，魯齊之郊謂之蕘，關之東西謂之蕪菁，趙魏之郊謂之大芥。其小者謂之辛芥，或謂之幽芥，其紫華者謂之蘆菔，東魯謂之菈薘。」郭璞注，菈薘「洛荅徒合兩反」。「盧合切」、「洛荅反」音同。

《廣韻》中有許多方言材料是有歷史來源的，共計 101 條。有的引用直接標明出自《方言》，這一類共計 68 條。這類引用又可以分為以下幾種情況：《廣韻》所引《方言》與今本《方言》基本相同，此種共 14 條；《廣韻》所

引與今本《方言》稍有異，此種共 15 條；《廣韻》引用《方言》明顯有誤的，
這種情況共 4 條；《廣韻》以前人對《方言》的注誤作爲《方言》本文而引用，
這種共 6 條；《廣韻》引《方言》，《方言》中雖有被釋詞，卻無《廣韻》所引
之語，此種共 5 條；《廣韻》引《方言》，但今本《方言》卻無被引之語，這
種共 24 條。此外，《廣韻》中的方言材料還有引自《說文》、《爾雅》、《釋名》
等書的，或這些書注釋中的方言材料，此種共 20 條：引自《說文》中的方言
詞，共 9 條；引自《爾雅》中的方言詞，共 2 條；引自晉郭璞注釋中的方言
材料，共 5 條；引自《釋名》、《周禮》及六朝以前其他古籍古注的方言材料，
共 4 條。本文經過仔細核對，還發現《廣韻》中有些條目雖然未注明引自《方
言》，但是今本《方言》中卻可見。逐一列出，共計 13 條。總之，《廣韻》中
有歷史來源的方言詞在引用時與原著不盡相同，我們應該如何看待這一問題
呢？也許我們可以說，方言材料反映的既是古方言又是今方言：因爲有歷史
來源，所以說它們反映六朝以前的古方言；而引用的部份與原文又有差別，
也許是受了時音的影響。

第二節　《廣韻》中反映時音的方言材料

一、在古書中是通語，在《廣韻》中發展爲方言詞，此種共有 8 條：

1、《廣韻》上平聲三鍾韻　　蛩（疾容切）：蛩蛩，巨虛獸也，《說文》云。
一曰秦謂蟬蛻曰蛩。

2、《廣韻》上平聲二十文韻　　蟁（無分切）：《爾雅》曰鷏蟁母。今江東呼爲
蚊母，俗説此鳥常吐蚊，因名。

3、《廣韻》下平聲二仙韻　　悁（須緣切）：吳人語快。《說文》曰寬嫺心腹
貌。

　　《廣韻》下平聲二仙韻　　鱣（張連切）：《詩》云，鱣鮪發發。江東呼爲
黃魚。

4、《廣韻》平聲十八尤韻　　裗（力求切）：《爾雅》曰，衣裗謂之襰。郭璞
云，衣縷也。齊人謂之攣，或曰袿衣之飾。

5、《廣韻》下平聲十八尤韻　　猷（以周切）：謀也，已也，圖也，若也，道
也。《說文》曰，玃屬。一曰隴西謂犬子爲猷。

6、《廣韻》下平聲二十四鹽韻　蛅（汝塩切）：《爾雅》曰螓，蛅蟴。郭璞云，蝃屬也。今青州人呼蝃爲蛅蟴。

7、《廣韻》上聲九麌韻　　　漊（力主切）：《說文》曰，雨漊漊也。一曰汝南人謂飲酒習之不醉爲漊。

8、《廣韻》上聲十六軫韻　　霠（於敏切）：《說文》雨也。齊人謂靁爲霠。一曰云轉起也。

二、在古書中未見，在《廣韻》中出現的方言詞，此種共有 70 條：

1、《廣韻》上平聲一東韻　　柊（職戎切）：木名，又齊人謂椎爲柊楑也。

2、《廣韻》上平聲一東韻　　綜（職戎切）：篋綜，戎人呼之。

3、《廣韻》上平聲一東韻　　鞺（烏紅切）：吳人靴勒曰鞺。

4、《廣韻》上平聲二冬韻　　庝（徒冬切）：楚云深屋也。

5、《廣韻》上平聲二冬韻　　佟（徒冬切）：戎云幡也。

6、《廣韻》上平聲五支韻　　稿（呂支切）：長沙人謂禾二把爲稿。

7、《廣韻》上平聲五支韻　　孍（武移切）：齊人呼母也。

8、《廣韻》上平聲五支韻　　鎄（武移切）：青州人云鐮。

9、《廣韻》上平聲五支韻　　螭（丑知切）：無角，如龍而黃。北方謂之地螻。

10、《廣韻》上平聲六脂韻　　秅（息遺切）：禾四把，長沙云。

11、《廣韻》上平聲九魚韻　　璵（以諸切）：魯之寶玉。

12、《廣韻》上平聲九麻韻　　爹（陟邪切）：羌人呼父也。
　　《廣韻》上聲三十三哿韻　爹（徒可切）：北方人呼父。

13、《廣韻》上平聲十二齊韻　嬭（莫兮切）：齊人呼母。

14、《廣韻》上平聲十三佳韻　蠯（薄佳切）：江東呼蚌長狹者，又爲蠯。

15、《廣韻》上平聲十六咍韻　犛（落哀切）：關西有長尾牛。

16、《廣韻》上平聲二十文韻　獯（許雲切）：北方胡名。夏曰獯鬻，周曰獫狁，漢曰匈奴。

17、《廣韻》上平聲二十六桓韻　綄（胡官切）：船上候風羽，楚謂之五兩。

18、《廣韻》下平聲一先韻　　槇（則前切）：小栗名，趙魏間語也。

19、《廣韻》下平聲一先韻　　韉（則前切）：楚人革馬簿鞍韉。

20、《廣韻》下平聲二仙韻　　　𩕳（諸延切）：江湘間人謂額也。
21、《廣韻》下平聲二仙韻　　　褰（去乾切）：齊魯言袴。
22、《廣韻》下平聲五肴韻　　　㛮（所交切）：齊人呼姊。
23、《廣韻》下平聲八戈韻　　　婐（烏禾切）：燕人云多。
24、《廣韻》下平聲九麻韻　　　爹（正奢切）：吳人呼父。
25、《廣韻》下平聲九麻韻　　　樣（宅加切）：春藏葉，可以爲飲。巴南人曰葭樣。
26、《廣韻》下平聲九麻韻　　　梌（宅加切）：吳人云刺木曰梌也。
27、《廣韻》下平聲九麻韻　　　跨（苦瓜切）：吳人云坐。
28、《廣韻》下平聲十陽韻　　　鷝（諸良切）：吳人呼水雞爲鷝渠。
29、《廣韻》下平聲十二庚韻　　埂（古行切）：秦人謂坑也。
《廣韻》上聲三十八梗韻　　埂（古杏切）：堤封，吳人云也。
30、《廣韻》下平聲十二庚韻　　潢（戶音切）：方舟也。一曰荊州人呼渡津舫爲潢，或作艎。
31、《廣韻》下平聲十五青韻　　冷（郎丁切）：冷澤，吳人云冰淩。
32、《廣韻》下平聲十八尤韻　　湫（七由切）：水池名，北人呼。
33、《廣韻》下平聲十八尤韻　　桴（縛謀切）：齊人云屋棟曰桴也。
34、《廣韻》下平聲十八尤韻　　芣（縛謀切）：芣苢，車前也。江東謂之蝦蟇衣。
35、《廣韻》下平聲二十一侵韻　鱏（昨淫切）：大魚曰鮓，小魚曰鱏。一曰北方曰鮓，南方曰鱏。
36、《廣韻》下平聲二十三談韻　邯（胡甘切）：江湘人言也。
37、《廣韻》下平聲二十四鹽韻　䬯（女廉切）：南楚呼食麥粥。
38、《廣韻》下平聲二十七銜韻　鑱（鋤銜切）：吳人云犂鐵。《說文》鋭也。
39、《廣韻》上聲一董韻　　　　轂（作孔切）：關西呼輪曰轂。
40、《廣韻》上聲四紙韻　　　　媞（承紙切）：江淮呼母也，又音啼。
41、《廣韻》上聲六止韻　　　　苡（羊已切）：薏苡，蓮實也。又芣苡，馬舃也。又名車前，亦名當道。好生道間，故曰當道。江東呼爲蝦蟆衣，山東謂之牛舌。
42、《廣韻》上聲七尾韻　　　　焜（許偉切）：齊人云火。

43、《廣韻》上聲八語韻　　　　蔖（其呂切）：苦蔖，江東呼爲苦蕒。

44、《廣韻》上聲九麌韻　　　　枸（俱雨切）：木名，出蜀子，可食。江南謂之木蜜，其木近酒，能薄酒味也。

45、《廣韻》上聲十一薺韻　　　嬭（奴禮切）：楚人呼母。

46、《廣韻》上聲十二蟹韻　　　蕒（胡買切）：吳人呼苦蔖。

47、《廣韻》上聲二十七銑韻　　鰏（薄泫切）：蜀人呼鹽。

48、《廣韻》上聲三十四果韻　　逪（胡火切）：過也。秦人呼過爲逪也。

49、《廣韻》上聲三十四果韻　　瓹（徒果切）：長沙呼甌也。

50、《廣韻》上聲三十五馬韻　　姐（茲野切）：羌人呼母。一曰慢也。

51、《廣韻》上聲三十七蕩韻　　艕（徒朗切）：髀，吳人云艕。

52、《廣韻》上聲四十九敢韻　　餤（謨敢切）：吳人呼哺兒也。

53、《廣韻》去聲五寘韻　　　　提（是義切）：青州人云彈提。

54、《廣韻》去聲十遇韻　　　　嗕（良遇切）：嗕嗕，吳人呼狗，方言也。

55、《廣韻》去聲十七夬韻　　　䪢（楚夬切）：南方呼醬。

56、《廣韻》去聲二十九換韻　　錧（古玩切）：車軸頭鐵。一曰江南人呼犂刃。

57、《廣韻》去聲三十八箇韻　　些（蘇個切）：楚語辭。

58、《廣韻》去聲三十九過韻　　銼（粗臥切）：蜀呼鈷鏻。

59、《廣韻》去聲四十禡韻　　　壩（必駕切）：蜀人謂平川爲壩。

60、《廣韻》去聲四十禡韻　　　㩧（烏吳切）：吳人云牽，亦爲㩧也。

61、《廣韻》去聲五十候韻　　　鹺（倉奏切）：南夷名塩。

62、《廣韻》去聲五十八陷韻　　揞（於陷切）：吳人云拋也。

63、《廣韻》入聲一屋韻　　　　朒（女六切）：朔而月見。東方謂之縮朒。

64、《廣韻》入聲四覺韻　　　　跑（蒲角切）：秦人言蹴。

65、《廣韻》入聲六術韻　　　　䑞（側律切）：吳人呼短。

66、《廣韻》入聲十五鎋韻　　　鎩（查鎋切）：秦人云切草。

67、《廣韻》入聲十九鐸韻　　　簿（補各切）：蠶具名，吳人用。

68、《廣韻》入聲十九鐸韻　　　鉒（在各切）：鈴也，吳人云也。

69、《廣韻》入聲二十四職韻　　檘（林直切）：趙魏間呼棘。

70、《廣韻》入聲二十六緝韻　　鵯（力入切）：江東呼爲水狗。

　　《廣韻》中反映時音的方言材料共 78 條：在古書中是通語，在《廣韻》中發展爲方言詞的，共 8 條。在古書中未見，在《廣韻》中出現的方言詞，共 70 條。有的方言材料儘管釋義相同或相近，但有著不同讀音，反映了方言區間的差別。例如：

爹

　　《廣韻》上平聲九麻韻　　　　爹（陟邪切）：羌人呼父也。

　　《廣韻》上聲三十三哿韻　　　爹（徒可切）：北方人呼父。

埂

　　《廣韻》下平聲十二庚韻　　　埂（古行切）：秦人謂坑也。

　　《廣韻》上聲三十八梗韻　　　埂（古杏切）：堤封，吳人云也。

第三節　《廣韻》方言詞的地域分佈

　　《廣韻》中的方言詞，既可以用來印證六朝以前的方言分區，又可以用來考釋唐宋時期方言分區的演變。《廣韻》中的方言區一部份是轉引《方言》、《說文》、《爾雅》、《釋名》中的區域名，另一部份是直接說明某詞是某地的詞。其中有些用的是古國名，如周、吳、楚、燕、秦、魏、齊、越、魯、蜀等，有些用的是州縣地名，如青州、荊州、長沙等，有些用的是較寬泛的地域名，如北方、南方、江東、關東、關西、江南、江淮等，還有的是少數民族名或其他國名，如戎、夷、羌等，情況十分複雜。

一、《廣韻》中轉引《方言》、《說文》、《爾雅》、《釋名》中區域名的，此種情況共 66 條：

（一）轉引《方言》中區域名的（44）

吳

1、《廣韻》上平聲十二齊韻　　　懠　　懠，疑人。《方言》云，吳人云之。

2、《廣韻》下平聲十七登韻　　　䑵　　飽也，吳人云，出《方言》。

楚

1、《廣韻》上平聲三鍾韻　　　　䨄　　《方言》云，南楚人謂雞。

2、《廣韻》上平聲十一模韻　　盬　　陳楚人謂鹽池為盬，出《方言》。

3、《廣韻》上平聲二十二元韻　轅　　車轅。《方言》云，轅，楚衛謂之輈。

4、《廣韻》上平聲二十七刪韻　謾　　《方言》曰，謾臺、脅鬩，懼也。燕代之間曰謾臺，齊楚之間曰脅鬩。臺音怡。

5、《廣韻》上聲四紙韻　　　　㛂　　《方言》云，南楚人謂婦妣曰母㛂也。

6、《廣韻》上聲五旨韻　　　　㔭　　《方言》云，器破而未離，南楚之間謂之㔭，又匹支、芳鄙二切。

7、《廣韻》上聲五十琰韻　　　芡　　《說文》曰，雞頭也。《方言》曰，南楚謂之雞頭，北燕謂之葰，青徐淮泗之間謂之芡。

燕

1、《廣韻》上平聲二十七刪韻　謾　　《方言》曰，謾臺、脅鬩，懼也。燕代之間曰謾臺，齊楚之間曰脅鬩。臺音怡。

2、《廣韻》下平聲十陽韻　　　踉　　踉跪，《方言》曰，東齊北燕之間謂跪曰踉。

秦

1、《廣韻》上平聲十二齊韻　　聧　　《說文》云，耳不相聽。《方言》云，聾之甚者。秦晉之間謂之聧。

2、《廣韻》上聲二腫韻　　　　壠　　《說文》云，丘隴也。《方言》曰，秦晉之間冢謂之隴，亦作壟。

3、《廣韻》去聲二十三問韻　　璺　　破，璺亦作璺。《方言》曰，秦晉器破而未離謂之璺。

魏

1、《廣韻》上平聲八微韻　　　韡　　《方言》云，宋魏呼臿也。

2、《廣韻》上平聲九魚韻　　　渠　　渠挐，《方言》云，杷，宋魏之間謂之渠挐。

3、《廣韻》上聲七尾韻　　　　韡　　《方言》云，臿，宋魏之間或謂之韡。

4、《廣韻》去聲六至韻　　　　㴱　　《方言》云，深也，趙魏間語。

5、《廣韻》入聲三燭韻　　　　蠾　　蚤也，《方言》鼅鼄，自關而東趙魏之郊或謂之蠾蝓，又音蜀。

6、《廣韻》入聲二十四職韻　紙　《方言》云，趙魏間呼經而未緯者曰機紙。

齊

1、《廣韻》上平聲十九臻韻　樺　《方言》云，槓，東齊海岱之間謂之樺。槓，牀前橫也。

2、《廣韻》上平聲二十七刪韻　謾　《方言》曰，謾臺、脅閾，懼也。燕代之間曰謾臺，齊楚之間曰脅閾。臺音怡。

3、《廣韻》下平聲十陽韻　樣　《廣雅》云，樣，槌也。《方言》曰，懸蠶柱，齊謂之樣。

4、《廣韻》下平聲十陽韻　踉　踉跪，《方言》曰，東齊北燕之間謂跪曰踉。

5、《廣韻》下平聲十四清韻　鵁　《方言》云，齊魯間謂題肩為鵁鳥。

6、《廣韻》下平聲二十八嚴韻　欦　鍬屬，古作樞或作欯。《方言》曰云，青齊呼意所好為欦。

魯

　《廣韻》上平聲十四清韻　鵁　《方言》云，齊魯間謂題肩為鵁鳥。

江東

1、《廣韻》下平聲四宵韻　藻　《方言》云，江東謂浮萍為藻。

2、《廣韻》下平聲九麻韻　鈀　《方言》云，江東呼鎞箭。

3、《廣韻》下平聲九麻韻　椏　《方言》云，江東言樹枝為椏杈也。

關東（包括「自關而東」）

1、《廣韻》下平聲二仙韻　船　《方言》曰，關西謂之船，關東謂之舟。

2、《廣韻》上聲四十四有韻　紂　殷王號也。《方言》云，自關而東謂紲曰紂，俗作靽。

3、《廣韻》入聲三燭韻　蠾　蚤也。《方言》鼅鼄，自關而東趙魏之郊或謂之蠾蝓。

4、《廣韻》入聲十六屑韻　鑯　《說文》大鉏也。《方言》云，關東名曰鹵斫。

關西（包括「自關而西」）

1、《廣韻》下平聲二仙韻　　　船　　　《方言》曰，關西謂之船，關東謂之舟。

2、《廣韻》去聲十遇韻　　　　屨　　　履屬。《方言》云，履，自關而西謂之
　屨。

3、《廣韻》去聲十三祭韻　　　筲　　　《方言》云，自關而西謂簟，或謂之筲。

南人

《廣韻》上聲一董韻　　　　　曚　　　《方言》云，南人竊視。

涼州

《廣韻》上平聲五支韻　　　　鉹　　　《方言》云，涼州呼甂。又音侈。

梁益

《廣韻》上平聲五支韻　　　　撕　　　裁撕。《方言》曰，梁益間裂帛爲衣曰
　撕。

江湘

《廣韻》上平聲十四皆韻　　　崽　　　《方言》曰，江湘間凡言是子謂之崽，
　自高而侮人也。

海岱

1、《廣韻》上平聲十九臻韻　　樺　　　《方言》云，槤，東齊海岱之間謂之樺。
　槤，牀前橫也。

2、《廣韻》入聲二十一麥韻　　獲　　　得也，又臧。獲，《方言》云，荊淮海
　岱淮濟之間罵奴曰臧，罵婢曰獲。

五湖之間

《廣韻》下平聲二仙韻　　　　鋋　　　小矛。《方言》曰，五湖之間謂矛爲
　鋋。

（二）轉引《說文》中區域名的（11）

周

1、《廣韻》上平聲六脂韻　　　榱　　　屋橑。《說文》云，秦名爲屋椽，周謂
　之榱，齊魯謂之桷。

2、《廣韻》上平聲二十三魂韻　晜　　　上同。《說文》曰，周人謂兄曰晜。

楚

1、《廣韻》上平聲七之韻　　甾　　上同。又《說文》曰，東楚名缶曰甾。

2、《廣韻》去聲六至韻　　　數　　《說文》曰，楚人謂卜問吉凶曰數也。

3、《廣韻》上聲三十四韻　　嫷　　美也。《說文》曰，南楚人謂好曰嫷。

秦

　《廣韻》上平聲六脂韻　　榱　　屋橑。《說文》云，秦名爲屋椽，周謂
　　之榱，齊魯謂之桷。

齊

　《廣韻》上平聲六脂韻　　榱　　屋橑。《說文》云，秦名爲屋椽，周謂
　　之榱，齊魯謂之桷。

魯

　《廣韻》上平聲六脂韻　　榱　　屋橑。《說文》云，秦名爲屋椽，周謂
　　之榱，齊魯謂之桷。

關西

　《廣韻》下平聲十九侯韻　　劓　　《說文》云，關西呼鎌爲劓也。

兗州

　《廣韻》下平聲八戈韻　　詑　　欺也，《說文》曰，兗州謂欺曰詑。

南蠻

　《廣韻》上平聲一東韻　　賨　　戎稅。《說文》曰，南蠻賦也。

（三）轉引《爾雅》、《釋名》、《周禮》等古書及晉郭璞注中區域名的（11）

齊

1、《廣韻》上平聲十虞韻　　櫌　　《釋名》曰，齊魯間謂四齒杷爲櫌。

2、《廣韻》平聲十八尤韻　　裗　　《爾雅》曰，衣裗謂之䄡。郭璞云，衣
　　縷也。齊人謂之攣，或曰裌衣之飾。

秦

1、《廣韻》入聲二十三錫韻　　鼳　　《爾雅》曰，鼳，鼠身長鬚。秦人謂之
　　小驢。

2、《廣韻》上平聲六脂韻　　阺　　《字統》云，秦謂陵阪爲阺也。

燕

《廣韻》上平聲六脂韻　　蚭　　《字林》曰，北燕人謂蛭蚰爲蚭蚭也。

南方

《廣韻》下平聲十八尤韻　　鷦　　雊，《爾雅》曰，南方曰鷦字，或從鳥。

江東

1、《廣韻》上聲二十七韻　　蠤　　《爾雅》曰，蠤蚓，螼蠤。郭璞云，即
　　　蚓蠤也。江東呼寒蚓。

2、《廣韻》上聲三十一巧韻　　葽　　郭璞云，江東呼藕根，亦作茭。

3、《廣韻》去聲七志韻　　狾　　郭璞曰，今江東呼貉爲狾狖。

幽州

《廣韻》上平聲十二齊韻　　貕　　幽州藪澤曰貕養，出《周禮》。

建平

《廣韻》去聲五寘韻　　蛵　　《爾雅》曰，蛄蛵强蜱。建平人呼爲蜱
　　子。

二、《廣韻》中直接說明某詞是某地的詞，此種情況共 84 條，按地點分列如下：

（一）古國名（47）

周（1）

《廣韻》上平聲二十文韻　　獯　　北方胡名，夏曰獯鬻，周曰玁狁，漢曰
　　匈奴。

吳（18）

1、《廣韻》上平聲一東韻　　翰　　吳人靴鞁曰翰。

2、《廣韻》下平聲二仙韻　　悁　　吳人語快。《說文》曰寬嫺心腹貌。

3、《廣韻》下平聲九麻韻　　奢　　吳人呼父。

4、《廣韻》下平聲九麻韻　　跨　　吳人云坐。

5、《廣韻》下平聲九麻韻　　柤　　吳人云刺木曰柤也。

6、《廣韻》下平聲十陽韻　　鶬　　吳人呼水雞爲鶬渠。

7、《廣韻》下平聲十五青韻　　冷　　冷澤，吳人云冰淩。

8、《廣韻》下平聲二十七銜韻　鑱　吳人云犂鐵。《說文》銳也。

9、《廣韻》上聲十二蟹韻　蕒　吳人呼苦蕒。

10、《廣韻》上聲三十七蕩韻　髈　髀，吳人云髈。

11、《廣韻》上聲三十八梗韻　埂　堤封，吳人云也。

12、《廣韻》上聲四十九敢韻　餡　吳人呼哺兒也。

13、《廣韻》去聲十遇韻　嚾　嚾嚾，吳人呼狗，方言也。

14、《廣韻》去聲四十禡韻　擮　吳人云牽，亦爲擮也。

15、《廣韻》去聲五十八陷韻　揞　吳人云拋也。

16、《廣韻》入聲六術韻　䘏　吳人呼短。

17、《廣韻》入聲十九鐸韻　鈼　鈌也，吳人云也。

18、《廣韻》入聲十九鐸韻　簙　蠶具名，吳人用。

楚（6）

1、《廣韻》上平聲二冬韻　厼　楚雲深屋也。

2、《廣韻》上平聲二十六桓韻　綄　船上候風羽，楚謂之五兩。

3、《廣韻》下平聲一先韻　韉　楚人革馬簜鞍韉。

4、《廣韻》下平聲二十四鹽韻　䬯　南楚呼食麥粥。

5、《廣韻》上聲十一薺韻　嬭　楚人呼母。

6、《廣韻》去聲三十八箇韻　些　楚語辭。

燕（1）

《廣韻》下平聲八戈韻　矬　燕人云多。

秦（5）

1、《廣韻》下平聲十二庚韻　坑　秦人謂坑也。

2、《廣韻》上平聲三鍾韻　蛩　蛩蛩，巨虛獸也，《說文》云。一日秦謂蟬蛻日蛩。

3、《廣韻》上聲三十四果韻　遄　遄，過也。秦人呼過爲遄也。

4、《廣韻》入聲四覺韻　跑　秦人言蹴。

5、《廣韻》入聲十五鎋韻　鍘　秦人云切草。

趙魏（2）

1、《廣韻》下平聲一先韻　橌　小栗名。趙魏間語也。

2、《廣韻》入聲二十四職韻　　棘　　趙魏間呼棘。

蜀（3）

1、《廣韻》上聲二十七銑韻　　鵬　　蜀人呼鹽。

2、《廣韻》去聲三十九過韻　　銼　　蜀呼鈷鏻。

3、《廣韻》去聲四十禡韻　　壩　　蜀人謂平川爲壩。

齊（9）

1、《廣韻》上平聲一東韻　　柊　　木名，又齊人謂椎爲柊楑也。

2、《廣韻》上平聲五支韻　　嬭　　齊人呼母也。

3、《廣韻》上平聲十二齊韻　　媞　　齊人呼母。

4、《廣韻》下平聲二仙韻　　襣　　齊魯言袴。

5、《廣韻》下平聲五肴韻　　嫐　　齊人呼姊。

6、《廣韻》下平聲十八尤韻　　桴　　齊人云屋棟曰桴也。

7、《廣韻》下平聲十八尤韻　　褠　　齊人謂之攣，或曰袿衣之飾。

8、《廣韻》上聲七尾韻　　焜　　齊人云火。

9、《廣韻》上聲十六軫韻　　霣　　《說文》雨也。齊人謂靁爲霣，一曰云
　　轉起也。

魯（2）

《廣韻》上平聲九魚韻　　璵　　魯之寶玉。

齊魯並舉 1 次，歸入「齊」。

（二）州名、縣名（7）

青州（3）

1、《廣韻》上平聲五支韻　　鑾　　青州人云鐮。

2、《廣韻》下平聲二十四鹽韻　蛅　　《爾雅》曰蟓，蛅蟴。郭璞云，蛓屬也。
　　今青州人呼蛓爲蛅蟴。

3、《廣韻》去聲五寘韻　　鍉　　青州人云彈鍉。

荊州（1）

《廣韻》下平聲十二庚韻　　艜　　方舟也。一曰荊州人呼渡津舫爲艜，或
　　作艜。

長沙（3）

1、《廣韻》上平聲五支韻　　　稆　　長沙人謂禾二把爲稆。

2、《廣韻》上平聲六脂韻　　　桵　　禾四把，長沙云。

3、《廣韻》上聲三十四果韻　　瓹　　長沙呼甌也。

（三）地區、地域名（19）

北方（4）

1、《廣韻》上平聲五支韻　　　螭　　無角如龍而黄。北方謂之地螻。

2、《廣韻》上平聲二十文韻　　獯　　北方胡名，夏曰獯鬻，周曰獫狁，漢曰
　　　　　　　　　　　　　　　　　匈奴。

3、《廣韻》下平聲二十一侵韻　鱏　　大魚曰鮥，小魚曰鱏。一曰北方曰鮥，
　　　　　　　　　　　　　　　　　南方曰鱏。

4、《廣韻》上聲三十三哿韻　　爹　　北方人呼父。

南方（2）

1、《廣韻》下平聲二十一侵韻　鱏　　大魚曰鮥，小魚曰鱏。一曰北方曰鮥，
　　　　　　　　　　　　　　　　　南方曰鱏。

2、《廣韻》去聲十七夬韻　　　鹺　　南方呼醬。

江南（2）

1、《廣韻》上聲九麌韻　　　　枸　　木名，出蜀子，可食。江南謂之木蜜，
　　　　　　　　　　　　　　　　　其木近酒，能薄酒味也。

2、《廣韻》去聲二十九換韻　　錧　　車軸頭鐵。一曰江南人呼犁刃。

江淮（1）

　《廣韻》上聲四紙韻　　　　媞　　江淮呼母也。

東方（1）

　《廣韻》入聲一屋韻　　　　朒　　朔而月見。東方謂之縮朒。

江東（7）

1、《廣韻》上平聲十三佳韻　　蠡　　江東呼蚌長狹者，又爲蠡。

2、《廣韻》上平聲二十文韻　　䘂　　《爾雅》曰鶝䘂母。今江東呼爲蚊母，
　　　　　　　　　　　　　　　　　俗説此鳥常吐蚊，因名。

3、《廣韻》下平聲二仙韻　　　鱣　　《詩》云，鱣鮪發發。江東呼爲黄魚。

4、《廣韻》下平聲十八尤韻　　芣　　芣苢,車前也。江東謂之蝦蟇衣。

5、《廣韻》上聲六止韻　　苡　　薏苡,蓮實也。又芣苡,馬舄也。又名車前,亦名當道。好生道間故曰當道。江東呼爲蝦蟆衣,山東謂之牛舌。

6、《廣韻》上聲八語韻　　蘆　　苦蘆,江東呼爲苦蕒。

7、《廣韻》入聲二十六緝韻　　鴗　　水狗。《爾雅》謂之天狗。注云,鳥似翠,食魚。江東呼爲水狗。

關西（2）

1、《廣韻》上平聲十六咍韻　　犛　　關西有長尾牛。

2、《廣韻》上聲一董韻　　輇　　關西呼輪曰輇。

（四）少數民族及其他國名（5）

夷（1）

《廣韻》去聲五十候韻　　鹾　　南夷名塩。

羌（2）

1、《廣韻》上平聲九麻韻　　爹　　羌人呼父也。

2、《廣韻》上聲三十五馬韻　　姐　　羌人呼母也。一曰慢也。

戎（2）

1、《廣韻》上平聲一東韻　　篴　　篋篴,戎人呼之。

2、《廣韻》上平聲二冬韻　　幒　　戎云幡也。

（五）其他（6）

南人（2）

1、《廣韻》下平聲九麻韻　　椧　　春蒆葉,可以爲飲。巴南人曰葭椧。

2、《廣韻》上聲九麌韻　　溇　　《說文》曰,雨溇溇也。一曰汝南人謂飲酒習之不醉爲溇。

江湘（2）

1、《廣韻》上平聲二仙韻　　顐　　江湘間人謂額也。

2、《廣韻》下平聲二十三談韻　　邯　　江湘人言也。

北人（1）

《廣韻》下平聲十八尤韻　　湫　　水池名,北人呼。

隴西（1）

《廣韻》下平聲十八尤韻　　猷　謀也，已也，圖也，若也，道也。《說文》曰，獲屬。一曰隴西謂犬子為猷。

　　《廣韻》中的方言詞從地域分佈上來看，共計150條。《廣韻》中轉引《方言》、《說文》、《爾雅》、《釋名》中區域名的，共66條，占總數的44%。其中，轉引《方言》中區域名的44條，轉引《說文》中區域名的11條，轉引《爾雅》、《釋名》、《周禮》等古書及晉郭璞注中區域名的11條。《廣韻》中直接說明某詞是某地的詞，共84條，占總數的56%，具有絕對優勢。古國名47條，州名、縣名7條，地區、地域名19條，少數民族及其他國名5條，其他6條。

　　《廣韻》共五卷，收字26194個，《廣韻》收方言詞179條，占收字總數的0.68%。其中，有歷史來源的方言詞達101條，占所引方言詞總數的56%，反映時音的方言材料有78條，占總數的44%。從地域分佈上看，轉引古書中地域名的共66條，反映時音的方言詞84條，後者占總數的56%，具有絕對優勢。反映時音的方言材料有78條，從地域分佈的統計來看卻有84條，哪裏多出6條呢？原因之一，同一個字，不同方言區讀音不同，統計時歸入不同地域，例如：鯬（北方和南方）、爹（北方和齊）、埂（秦和吳）等字。排除這3條，還多3條。「爹」、「埂」2條在反映時音的方言材料中，同一字下不同方言區歸入同一條，例如：

爹

　　《廣韻》上平聲九麻韻　　爹（陟邪切）：羌人呼父也。

　　《廣韻》上聲三十三哿韻　　爹（徒可切）：北方人呼父。

　　因此，反映時音的方言材料實際上還應加上2條，即80條。那麼，也就還多1條了。我們再來看看原因二，方言區並舉時，總數重複計入。例如「齊魯並舉」，雖然只歸入「齊」，但是在魯的總數中也重複計入。因此，反映時音的方言材料78條和地域分佈的統計中84條實際上是相同的。

　　綜上所述，《廣韻》在沿襲古書中方言詞的同時，也收入了一些反映時音的詞語。可見，新出現的方言詞已經具有一定的影響力。

第三章 《集韻》方言詞考源

第一節 《集韻》中有歷史來源的方言詞

《集韻》中有的方言材料引自揚雄《方言》，就這個問題的討論，可以參見拙文《《集韻》引揚雄〈方言〉考》〔註1〕，這裡將進一步展開討論：

一、有的引用直接標明出自《方言》，這一類計有214條。這類引用有以下幾種情況：

（一）《集韻》所引《方言》與今本《方言》基本相同。此種共有114條：

1、《集韻》平聲一東韻　　　錬（都籠切）：《方言》輨、軟，趙魏之間曰錬鐺。

〔考〕《方言》卷九：「輨、軟、錬鐺，關之東西曰輨，南楚曰軟，趙魏之間曰錬鐺。」郭璞注，錬「音柬」。

2、《集韻》平聲一東韻　　　襱（盧東切）：裯，《方言》齊魯之間謂之襱，關西謂之袴。一曰裙也，或從同。

〔考〕《方言》卷四：「袴，齊魯之間謂之襱，或謂之襱，關西謂之袴。」

〔註1〕馮慶莉，《集韻》引揚雄《方言》考〔J〕，新西部，2007，（18）：148-149。

3、《集韻》平聲一東韻　　　　蠓（謨蓬切）：《方言》蠹，燕趙之間謂之蠓蝪。

〔考〕《方言》卷十一：「蠹，燕趙之間謂之蠓蝪，其小者謂之蠛蝪，或謂之蚴蛻，其大而蜜謂之壺蠹。」郭璞注，蠓「音蒙」。

4、《集韻》平聲一東韻　　　　葑（敷馮切）：《方言》葑、蕘，蕪菁也。陳楚之郊謂之葑，或作菶。《詩》采葑采菲，徐邈讀。

〔考〕《方言》卷三：「葑、蕘，蕪菁也。陳楚之郊謂之葑，魯齊之郊謂之蕘，關之東西謂之蕪菁，趙魏之郊謂之大芥，其小者謂之辛芥，或謂之幽芥……」郭璞注，葑「舊音蜂，今江東音嵩，字作菘也。」

5、《集韻》平聲一東韻　　　　融（餘中切）：《說文》炊氣，上出也。一曰和也。《方言》宋衛荊吳之間謂長曰融。

〔考〕《方言》卷一：「脩、駿、融、繹、尋、延，長也。陳楚之間曰脩，海岱大野之間曰尋，宋衛荊吳之間曰融，自關而西秦晉梁益之間凡物長謂之尋……」

6、《集韻》平聲三鍾韻　　　　伀（思恭切）：《方言》傑、伀，罵也。郭璞曰，嬴小可憎之名。一曰嬾也，或從彳。

〔考〕《方言》卷七：「傑、伀，罵也，燕之北郊曰傑伀。」郭璞注，嬴小可憎之名。

7、《集韻》平聲三鍾韻　　　　婞（敷容切）：《方言》凡好而輕者，趙魏燕代之間曰婞，或作烽。

〔考〕《方言》卷一：「娥、嬿，好也。秦曰娥，宋魏之間謂之嬿，秦晉之間凡好而輕者謂之娥，自關而東河濟之間謂之媌，或謂之姣；趙魏燕代之間曰姝，或曰婞；自關而西秦晉之故都曰妍。好，其通語也。」郭璞注，婞「音蜂，容也。」「敷容切」、「蜂」音相同。

8、《集韻》平聲五支韻　　　　蜤（相支切）：《方言》守宮在澤者，海岱之間謂之蜤蝓。郭璞曰，似蜥易而大，有鱗。今通言蛇醫。一曰蜤蝓，蝸牛也。

〔考〕《方言》卷八：「守宮，秦晉西夏謂之守宮，或謂之蠦蝘，或謂之蜥易，其在澤中者謂之易蜴，南楚謂之蛇醫，或謂之蠑螈，東齊海岱謂之蜤蝓。……」郭璞注，蜤蝓「似蜥易大而有鱗。今所在通言蛇醫耳，斯侯兩音」。「相支切」「斯」聲母相同，都是心母，但韻母不同。

9、《集韻》平聲五支韻　　　鈹（攀糜切）：《說文》大鍼也。《方言》鈹謂
之鈹。一曰劍如偏裝者。

〔考〕《方言》卷九：「矛，骹細如鴈脛者謂之鶴膝，……鈠謂之鈹，骹謂
之釨，鐏謂之釪。」郭璞注，鈹「今江東呼大矛爲鈹，音彼鈠，音聸」。

10、《集韻》平聲五支韻　　　帔（攀糜切）：《方言》帬，陳魏之間謂之帔，
一曰巾也。

〔考〕《方言》卷四：「帬，陳魏之間謂之帔，自關而東或謂之襬。」郭璞
注，帔「音披」。「攀糜切」、「披」音同。

11、《集韻》平聲五支韻　　　椸（余支切）：《方言》榻前几，趙魏之間謂之
椸。一曰衣架，或作箷簃榹柂。

〔考〕《方言》卷五：「俎，几也。西南蜀漢之郊曰杜，榻前几，江沔之間
曰桯，趙魏之間謂之椸。几，其高者謂之虞。」郭璞注，椸「音易」。「余
支切」、「易」音同。

12、《集韻》平聲五支韻　　　蔿（驅爲切）：《方言》楚鄭謂獪曰蔿。

〔考〕《方言》卷二：「剼、蹃，獪也。秦晉之間曰獪，楚謂之剼，或曰
蹃，楚鄭曰蔿。」郭璞注，蔿「音指撝，亦獪聲之轉也」。「驅爲切」、「指
撝」韻母相同。

13、《集韻》平聲六脂韻　　　蚭（女夷切）：蟲名，《博雅》蚰蜒也。《方言》
北燕謂之蚭蚭。

〔考〕《方言》卷十一：「蚰蜒，自關而東謂之蠍蚭，或謂之入耳，……北
燕謂之蚭蚭。蚭，奴六反；蚭，音尼。江東又呼蛩音鞏。」郭璞注，蚭
「音尼，江東又呼蛩，音鞏」。「女夷切」、「尼」音同。

14、《集韻》平聲六脂韻　　　貔（貧悲切）：貅也，《方言》北燕朝鮮謂之
貔，或作狉狉。

〔考〕《方言》卷八：「貅，陳楚江淮之間謂之狹，北燕朝鮮之間謂之貔，
關西謂之狸。」郭璞注，「今江南呼爲貔狸，音丕」。「貧悲切」、「丕」韻
母相同。

15、《集韻》平聲六脂韻　　　窐（烏雖切）：《方言》洿也。

〔考〕《方言》卷三：「氾、浼、潃、窐，洿也。自關而東或曰窐，或曰
氾；東齊海岱之間或曰浼，或曰潃。」郭璞注，窐「烏蛙反」。

16、《集韻》平聲七之韻　　　　欸（於其切）：《方言》欸、譺，然也。

〔考〕《方言》卷十：「欸、譺，然也。南楚凡言然者曰欸，或曰譺。」郭璞注，欸「音醫，或音塵埃」。「於其切」、「醫」音同。

17、《集韻》平聲八微韻　　　　晞（芳微切）：《方言》晞曬，乾物也，或從費。

〔考〕《方言》卷十：「晞曬，乾物也。揚楚通語也。」郭璞注，晞「音費，亦皆北方常語耳，或云曍」。「芳微切」、「費」音同。

18、《集韻》平聲九魚韻　　　　抾（丘於切）：《方言》抾，摸去也。一曰捧也。

〔考〕《方言》卷六：「抾，摸去也……」

19、《集韻》平聲九魚韻　　　　舒（商居切）：《說文》伸也。《方言》東齊之間凡展物謂之舒，一曰敘也，散也，或作豫。

〔考〕《方言》卷六：「舒，勃展也。東齊之間凡展物謂之舒勃。」

20、《集韻》平聲九魚韻　　　　帤（女居切）：《說文》巾帤也。一曰幣也。《方言》大巾，嵩嶽之南陳潁之間謂之帤巾。

〔考〕《方言》卷四：「幏，巾也。大巾謂之帤，嵩嶽之南陳潁之間謂之帤，亦謂之幏。」郭璞注，帤「音奴豬反」。聲韻都不同。

21、《集韻》平聲十虞韻　　　　煦（匈於切）：《方言》煦、煆，熱也。

〔考〕《方言》卷七：「煦、煆，熱也，乾也。」郭璞注，煦「州吁」。

22、《集韻》平聲十虞韻　　　　蚼（恭於切）：蟲名。《方言》蚍蜉，齊魯之間謂之蚼蟓。

〔考〕《方言》卷十一：蚍蜉，「齊魯之間謂之蚼蟓，西南梁益之間謂之玄蚼，……」

郭璞注，蚼蟓「駒養二音」。聲母相同，韻母不同。

23、《集韻》平聲十虞韻　　　　襦（汝朱切）：《說文》短衣也。一曰曡衣。《方言》襦，自關而西謂之袛裯，或作褕。

〔考〕《方言》卷四：「汗襦，江淮南楚之間謂之䙴，自關而西或謂之袛裯，自關而東謂之甲襦，陳魏宋楚之間謂之襜襦，或謂之襌襦。」

24、《集韻》平聲十虞韻　　　　瑜（容朱切）：冢也。《方言》秦晉之間謂之瑜。

　　〔考〕《方言》卷十三：「冢，秦晉之間謂之墳，或謂之培，或謂之堬，或謂之埰，……」郭璞注，堬「音臾」。「容朱切」、「臾」音同。

25、《集韻》平聲十一模韻　　墲（蒙晡切）：規度墓地也。《方言》凡葬無墳謂之墓，所以墓謂之墲。

　　〔考〕《方言》卷十三：「冢，秦晉之間謂之墳，……凡葬而無墳謂之墓，所以墓謂之墲。」郭璞注，「墲謂規度墓地也」。

26、《集韻》平聲十一模韻　　扝（空胡切）：《方言》扝、撊，揚也。

　　〔考〕《方言》卷十二：「扝、撊，揚也。」

27、《集韻》平聲十二齊韻　　袛（都黎切）：《說文》袛裯，短衣也。《方言》汗襦，自關而西謂之袛裯。

　　〔考〕《方言》卷四：「汗襦，江淮南楚之間謂之襜，自關而西或謂之袛裯，自關而東謂之甲襦，……」郭璞注，「袛音氏。裯，丁牢反，亦呼為掩汗也」。

28、《集韻》平聲十二齊韻　　謕（田黎切）：《方言》譠謾，拏也。南楚謂之詀謕。

　　〔考〕《方言》卷十：「囕呭、譠謾，拏也。東齊周晉之鄙曰囕呭，……南楚曰譠謾，或謂之支註，或謂之詀謕，轉語也。……」郭璞注，詀謕「上託兼反下音蹄」。「田黎切」、「蹄」音同。

29、《集韻》平聲十二齊韻　　忚（馨奚切）：《方言》儢忚，欺謾也。

　　〔考〕《方言》卷十：「儢忚，皆欺謾之語也。楚郢以南東揚之郊通語也。」郭璞注，儢忚「麗醯二音」。「馨奚切」、「醯」音同。

30、《集韻》平聲十二齊韻　　饈（玄圭切）：《方言》餽也。

　　〔考〕《方言》卷十二：「饈、餀，餽也。」郭璞注，饈「音攜」。「玄圭切」、「攜」音同。

31、《集韻》平聲十五灰韻　　摧（祖回切）：《爾雅》至也。《方言》摧詹，楚語。

　　〔考〕《方言》卷一：「假、狢、懷、摧，至也。邠唐冀兗之間曰假，或曰狢，齊楚之會郊或曰懷、摧、詹、戾，楚語也。艐，宋語也……」

32、《集韻》平聲十六咍韻　　儓（堂來切）：《方言》南楚凡罵庸賤謂之田儓，一曰陪儓臣也。

〔考〕《方言》卷三：「儓，農夫之醜稱也。南楚凡罵庸賤謂之田儓，桸儓。駑鈍貌或曰僕臣儓亦至賤之號也……」郭璞注，儓「音臺」。

33、《集韻》平聲十六咍韻　　狼（郎才切）：獸名。《方言》貔，陳楚江淮之間謂之狼，或從犬。

〔考〕《方言》卷八：「貔，陳楚江淮之間謂之狼，北燕朝鮮之間謂之貊，關西謂之狸。」郭璞注，狼「音來」。「郎才切」、「來」音同。

34、《集韻》平聲十七眞韻　　帪（之人切）：《方言》飲馬橐，燕齊間謂之帪。

〔考〕《方言》卷五：「飲馬橐，自關而西謂之淹囊，或謂之淹箆，或謂之褸箆，燕齊之間謂之帪。」

35、《集韻》平聲十七眞韻　　額（毗賓切）：《方言》毗額，懣也。

〔考〕《方言》卷十二：「額，懣也。」郭璞注，「音頻」。「毗賓切」、「頻」音同。

36、《集韻》平聲二十二元韻　　嗳（於元切）：《方言》哀也。

〔考〕《方言》卷十二：「爰、嗳，哀也。」郭璞注，嗳「哀而恚也，音段」。聲母、韻母都不同。

37、《集韻》平聲二十二元韻　　嗳（許元切）：《方言》嗳，恚也。不欲應而強答，一曰愁也。

〔考〕《方言》卷六：「爰、嗳，恚也。楚曰爰，秦晉曰嗳，皆不欲應而強答之意也。」

38、《集韻》平聲二十二元韻　　裷（於袁切）：《方言》襎裷謂之幭。郭璞曰，即帊，襆也。

〔考〕《方言》卷四：「襎裷謂之幭。」郭璞注，幭「即帊，襆也」。裷「煩冤兩音」。「於袁切」、「冤」音同。

39、《集韻》平聲二十三魂韻　　蘊（烏昆切）：《方言》饒也。

〔考〕《方言》卷十三：「蘊，饒也。」郭璞注，蘊「音溫」。「烏昆切」、「溫」音同。

40、《集韻》平聲二十六桓韻　　拌（鋪官切）：《方言》楚人凡揮棄物謂之拌，俗作拌。

〔考〕《方言》卷十：「拌，棄也。楚凡揮棄物謂之拌，或謂之敲，……」

郭璞注，拌「音伴，又普槃反」。「鋪官切」、「普槃反」音同。

41、《集韻》平聲二十六桓韻　　鍴（多官切）：《方言》鑽謂之鍴。

〔考〕《方言》卷九：「鑽謂之鍴。」郭璞注，鍴「音端」。「多官切」、「端」音同。

42、《集韻》平聲二十六桓韻　　煓（多官切）：《方言》赫也。一曰火熾盛皃。

〔考〕《方言》卷十三：「燉、烡、煓，赫也。」郭璞於「赫也」下注「皆火盛熾之貌」。

43、《集韻》平聲二仙韻　　挻（屍連切）：《說文》長也。《方言》楚部謂取物而逆曰挻，一曰揉也。

〔考〕《方言》卷一：「摕、攓、摭、挻，取也。南楚曰攓，陳宋之間曰摭，衛魯揚徐荊衡之郊曰摕，自關而西秦晉之間凡取物而逆謂之篡，楚部或謂之挻。」郭璞注，挻「羊羶反」。

44、《集韻》平聲三蕭韻　　憭（憐蕭切）：《方言》慧，或謂之憭。

〔考〕《方言》卷三：「差、間、知，愈也。南楚病癒者謂之差，或謂之間，或謂之知。知，通語也。或謂之慧，或謂之憭。慧、憭，皆意精明……」

45、《集韻》平聲三蕭韻　　癆（憐蕭切）：《方言》北燕朝鮮之間飲藥而毒謂之癆，一曰痛也。

〔考〕《方言》卷三：「凡飲藥傅藥而毒，南楚之外謂之瘌，北燕朝鮮之間謂之癆……」

46、《集韻》平聲四宵韻　　橈（如招切）：《方言》楫謂之橈，或從舟。

〔考〕《方言》卷九：「楫謂之橈，或謂之櫂……」郭璞注，橈「如寮反」。

47、《集韻》平聲四宵韻　　踃（餘招切）：《說文》跳也。《方言》陳鄭之間曰踃。

〔考〕《方言》卷一：「踖、踃，跳也。楚曰踥，陳鄭之間曰踃，楚曰跰，自關而西秦晉之間曰跳，或曰踃。」郭璞注，踃「音拂」。

48、《集韻》平聲六豪韻　　篙（居勞切）：《方言》所以刺船謂之篙，或省，亦作笞。

〔考〕《方言》卷九：「楫，謂之橈，或謂之櫂，所以縣櫂謂之緝，所以刺船謂之篙，維之謂之鼎，……」郭璞注，篙「音高」。

49、《集韻》平聲六豪韻　　　裯（都勞切）：《說文》衣袂，袛裯。《方言》汗襦自關而西或謂之袛裯。

〔考〕《方言》卷四：「汗襦，江淮南楚之間謂之襠，自關而西或謂之袛裯，自關而東謂之甲襦，陳魏宋楚之間謂之襜襦，或謂之襌襦。」郭璞注，袛裯「袛音氏；裯，丁牢反，亦呼爲掩汗也」。

50、《集韻》平聲六豪韻　　　惆（都勞切）：《方言》惛，江湘謂之昏惆。

〔考〕《方言》卷十：「悃、愁，頓愍，惛也。楚揚謂之悃，或謂之愁，江湘之間謂之頓愍，或謂之氏惆，……」郭璞注，惆「丁弟、丁牢二反」。

51、《集韻》平聲八戈韻　　　籮（良何切）：《方言》箕，陳魏宋楚之間謂之籮。一說江南謂筐底方上圜曰籮。

〔考〕《方言》卷五：「所以注斛，陳魏宋楚之間謂之篝，自關而西謂之注箕，陳魏宋楚之間謂之籮。」

52、《集韻》平聲九麻韻　　　譁（吾瓜切）：《方言》化也，或作譌。

〔考〕《方言》卷三：「蒍、譌，涅化也。燕朝鮮洌水之間曰涅，雞伏卵而未孚，始化之時謂之涅。」

53、《集韻》平聲十陽韻　　　愓（余章切）：《方言》嬎、愓，遊也。

〔考〕《方言》卷十：「嬎、愓，遊也。江沅之間謂戲爲嬎，或謂之愓，或謂之嬉。郭璞注，愓「音羊」。

54、《集韻》平聲十陽韻　　　樣（余章切）：《方言》槌，齊謂之樣。

〔考〕《方言》卷五：「槌，宋魏陳楚江淮之間謂之植，自關而西謂之槌，齊謂之樣……」郭璞注，樣「音陽」。

55、《集韻》平聲十一唐韻　　　餳（徒郎切）：《方言》餳謂之餳，或作糖、餹、餳。

〔考〕《方言》卷十三：「餳，謂之餦餭，飴謂之餃，䬵謂之餻，餳謂之餳，凡飴謂之餳，自關而東陳楚宋衛之間通語也。」郭璞注，餳「江東皆言餳，音唐」。

56、《集韻》平聲十一唐韻　　　搪（徒郎切）：《方言》張也。

〔考〕《方言》卷十三：「搪，張也。」郭璞注，搪「音堂」。

57、《集韻》平聲十二庚韻　　　諻（胡盲切）：《方言》譟、諻，音也。一曰大聲。

〔考〕《方言》卷十二：「譟、諻，音也。」郭璞注，諻「從橫」。

58、《集韻》平聲十四清韻 佂（諸盈切）：《方言》佂伀，惶遽，或從心。

〔考〕《方言》卷十：「瀾洃、佂伀，遑遽也。江湘之間凡窘猝怖遽謂之瀾洃，或謂之佂伀。」

59、《集韻》平聲十五青韻 櫺（郎丁切）：《方言》屋梠謂之櫺。

〔考〕《方言》卷十三：「屋梠謂之櫺。」

60、《集韻》平聲十五青韻 桱（乎經切）：《方言》榻前几，江沔之間曰桱。

〔考〕《方言》卷五：「俎，几也。西南蜀漢之郊曰杜。榻前几，江沔之間曰桱……」郭璞注，桱「今江東呼爲承桱，音刑」。

61、《集韻》平聲十八尤韻 饂（徐由切）：《方言》久熟曰饂。

〔考〕《方言》卷七：「脦、飪、亨，糦、饂、酷，熟也。自關而西秦晉之郊曰脦，久熟曰饂，穀熟曰酷，熟其通語也。」

62、《集韻》平聲二十幽韻 蚴（於虯切）：《方言》蠭之小者，燕趙之間謂之蚴蛻。

〔考〕《方言》卷十一：「蠭，燕趙之間謂之蠓螉，其小者謂之蠮螉，或謂之蚴蛻，其大而蜜謂之壺蠭。」郭璞注，「幽悅二音」。

63、《集韻》平聲二十一侵韻 瓨（持林切）：《方言》甖，其小者謂之瓨。

〔考〕《方言》卷五：「瓨、瓨……甖也。靈桂之郊謂之瓨，其小者謂之瓨……」郭璞注，瓨「都感反，亦音沈」。

64、《集韻》平聲二十五沾韻 詀（他兼切）：《方言》譴謰，拏也。南楚謂之詀謕。

〔考〕《方言》卷十：「囒哰、謰謱，拏也。東齊周晉之鄙曰囒哰，南楚曰謰謱，或謂之支註，或謂之詀謕，轉語也。」郭璞注，詀謕「上託兼反，下音蹄」。

65、《集韻》平聲二十二覃韻 錎（胡南切）：《方言》齊楚謂受曰錎，《博雅》錎、鰭謂之鑪。

〔考〕《方言》卷六：「錎、龕，受也。齊楚曰錎，受盛也，猶秦晉言容盛也。」郭璞注，錎「音含」。

66.《集韻》平聲二十三談韻　　甔（都甘切）：罃也。《方言》齊東北海岱之間
謂之甔，通作儋。

〔考〕《方言》卷五：「罃，陳魏宋楚之間曰甀，或曰瓶，燕之東北朝鮮洌
水之間謂之瓺，齊之東北海岱之間謂之儋，周洛韓鄭之間謂之甀，或謂之
罃。」郭璞注，儋「所謂家無儋石之儲者也，音儋荷字，或作甔」。

67、《集韻》上聲一董韻　　甋（鄔孔切）：《方言》南楚凡大而多謂之甋。

〔考〕《方言》卷十：「甋，賦多也。南楚凡大而多謂之甋……」郭璞注，
甋「惡孔反」。

68、《集韻》上聲四紙韻　　錡（巨綺切）：釜也。《方言》江淮陳楚之間謂
之錡。

〔考〕《方言》卷五：「鍑，北燕朝鮮洌水之間或謂之錪，或謂之鉼，江淮
陳楚之間謂之錡，或謂之鏤，吳揚之間謂之鬲。」郭璞注，錡「音技」。

69、《集韻》上聲四紙韻　　鞞（補弭切）：劍削。《方言》自關而西謂之
鞞。

〔考〕《方言》卷九：「劍削，自關而東或謂之廓，或謂之削；自關而西謂
之鞞。」郭璞注，鞞「方婢反」。

70、《集韻》上聲四紙韻　　箄（補弭切）：《說文》笢，箄也。《博雅》箄，
篓篸也。《方言》笢、箄，析也。

〔考〕《方言》卷十三：「笢、箄，析也。析竹謂之笢。」郭璞注，箄「方
婢反」。

71、《集韻》上聲六止韻　　唏（許已切）：《方言》痛也，一曰笑聲。

〔考〕《方言》卷一：「喧、唏、忉、怛，痛也。凡哀泣而不止曰喧，哀而
不泣曰唏，於方則楚言哀曰唏……」郭璞注，唏「虛幾反」。

72、《集韻》上聲八語韻　　伃（象呂切）：《方言》豐人，楚謂之伃。

〔考〕《方言》卷二：「朦、厖，豐也……凡大人謂之豐人，楚謂之伃……」
郭璞注，伃「音序」。

73、《集韻》上聲九麌韻　　裋（上主切）：《方言》襜褕，自關而西其短者
謂之裋褕，或從豎。

〔考〕《方言》卷四：「襜褕，江淮南楚謂之禈裕，自關而西謂之襜褕，其
短者謂之裋褕……」郭璞注，裋「音豎」。

74、《集韻》上聲十姥韻 努（暖五切）：《方言》勉也。

〔考〕《方言》卷一：「努，猶勉努也。南楚之外曰薄努，自關而東周鄭之間曰勔釗……」

75、《集韻》上聲十姥韻 昈（後五切）：《方言》效昈，文也。一曰赤文。

〔考〕《方言》卷十二：「效昈，文也。」郭璞注，昈「音戶。昈昈，文采貌也」。

76、《集韻》上聲十一薺韻 鐥（遣禮切）：《方言》鍇、鐥，堅也。

〔考〕《方言》卷二：「鍇、鐥，堅也。自關而西秦晉之間曰鍇，吳揚江淮之間曰鐥。」郭璞注，鐥「音啟」。

77、《集韻》上聲二十阮韻 倇（委遠切）：《方言》歡也。

〔考〕《方言》卷十三：「倇，歡也。」郭璞注，倇「音婉」。

78、《集韻》上聲二十阮韻 邍（語偃切）：《方言》行也。

〔考〕《方言》卷十二：「遵、邍，行也。」郭璞注，邍邍「行貌也，魚晚反」。

79、《集韻》上聲二十一混韻 錞（粗本切）：《方言》錞、錘，重也。

〔考〕《方言》卷六：「錞、錘，重也。東齊之間曰錞，宋魯曰錘。」郭璞注，錞「吐本反」。

80、《集韻》上聲二十四緩韻 攋（魯旱切）：《方言》壞也。

〔考〕《方言》卷十三：「攋、陸，壞也。」郭璞注，攋「洛旱反」。

81、《集韻》上聲二十九筱韻 效（吉了切）：《方言》效、烓，明也。

〔考〕《方言》卷十二：「效，烓，明也。」郭璞注，效「音皎」。

82、《集韻》上聲三十小韻 裱（彼小切）：《方言》帗裱謂之被巾。

〔考〕《方言》卷四：「帗裱謂之被巾。」

83、《集韻》上聲三十四果韻 鐹（古火切）：刈鉤，《方言》陳楚謂之鐹，或省。

〔考〕《方言》卷五：「刈鉤，江淮陳楚之間謂之鉊，或謂之鐹，自關而西或謂之鉤，或謂之鎌，或謂之鍥。」郭璞注，鐹「音果」。

84、《集韻》上聲三十五馬韻 褚（止野切）：衣赤也。《方言》卒謂之褚。

〔考〕《方言》卷三：「楚東海之間亭父謂之亭公，卒謂之弩父，或謂之褚。」郭璞注，褚「言衣赤也，褚音赭」。

85、《集韻》上聲三十五馬韻　　煆（許下切）：《方言》熱也。

〔考〕《方言》卷七：「煦、煆，熱也，乾也……」郭璞注，煆「呼夏反」。

86、《集韻》上聲四十靜韻　　裎（丑郢切）：《說文》袒也。《方言》禪衣，趙魏之間無裏者謂之裎。

〔考〕《方言》卷四：「禪衣，江淮南楚之間謂之褋，關之東西謂之禪衣，有裏者趙魏之間謂之袏衣，無裏者謂之裎衣，古謂之深衣。」郭璞注，裎「音逞」。

87、《集韻》上聲四十五厚韻　　謱（朗口切）：《方言》謰謱，拏也。

〔考〕《方言》卷十：「嚁哰、謰謱，拏也。……」郭璞注，謰謱「上音連，下力口反」。

88、《集韻》上聲四十七寑韻　　扰（食荏切）：《方言》推也。

〔考〕《方言》卷十：「拟、扰，推也……」郭璞注，扰「都感反，亦音甚」。

89、《集韻》上聲五十四檻韻　　摻（素檻切）：《方言》細也。

〔考〕《方言》卷二：「嬰、笙、撃，摻細也。」郭璞注，摻「素撃反」。

90、《集韻》去聲五寘韻　　支（支義切）：《方言》南楚謂謰謱曰支註。

〔考〕《方言》卷十：「嚁哰、謰謱，拏也。東齊周晉之鄙曰嚁哰，嚁哰亦通語也。南楚曰謰謱，或謂之支註，或謂之詀讘。」郭璞注，「支之豉反，註音注」。

91、《集韻》去聲八未韻　　蟦（父沸切）：蟲名。《方言》蟦蠐謂之蟦，或從費。

〔考〕《方言》卷十一：「蟦蠐謂之蟦，自關而東謂之蝤蠐，或謂之𧉈蠋……」郭璞注，蟦「翡翠」。

92、《集韻》去聲十遇韻　　孚（芳遇切）：孵育也。《方言》雞伏卵而未孚，或從卵。

〔考〕《方言》卷三：「蕅、譌，涅化也。燕朝鮮洌水之間曰涅，雞伏卵而未孚始化之時謂之涅。」郭璞注，孚「音赴」。

93、《集韻》去聲十遇韻　　註（朱戍切）：拏也。《方言》南楚謂之支註，一曰解也識也。

〔考〕《方言》卷十：「嚁哰、謰謱，拏也。東齊周晉之鄙曰嚁哰，嚁哰亦通語也，南楚曰謰謱，或謂之支註……」郭璞注，註「音注」。

94、《集韻》去聲十一莫韻　　鷇（古慕切）：《方言》爵子雞雛皆謂之鷇，或作㲉。

〔考〕《方言》卷八：「雞，陳楚宋魏之間謂之鸊，桂林之中謂之割雞……爵子及雞雛皆謂之鷇，其卵伏而未孚始化謂之涅。」郭璞注，鷇「恪遘反，關西曰鷇，音狗竇」。

95、《集韻》去聲十二霽韻　　躋（子計切）：《方言》登也。一曰墜也，或從自，古作跻，通作隮。

〔考〕《方言》卷一：「躡、邿、跂、佫、躋，登也。自關而西秦晉之間曰躡，東齊海岱之間謂之躋，魯衛曰邿，梁益之間曰佫，或曰跂。」

96、《集韻》去聲十二霽韻　　劙（郎計切）：《方言》解也，或從麗，從畱。

〔考〕《方言》卷十三：「劚、劙，解也。」郭璞注，劙「音儷」。

97、《集韻》去聲十二霽韻　　蠡（郎計切）：《方言》叄蠡，分也。一曰蟲名食木。

〔考〕《方言》卷六：「參蠡，音麗。分也，謂分割也。齊曰參，楚曰蠡，秦晉曰離。」

98、《集韻》去聲十二霽韻　　饐（壹計切）：咽痛。《方言》癢、嗌，饐也。

〔考〕《方言》卷六：「癢，嗌，饐也。楚曰癢，秦晉或曰嗌，又曰饐。」郭璞注，饐「音翳」。

99、《集韻》去聲十三祭韻　　褹（倪祭切）：《方言》複襦謂之筩褹，或作袂。

〔考〕《方言》卷四：「複襦，江湘之間或謂之筩褹。」郭璞注，褹「即袂字」。

100、《集韻》去聲十四夳韻　　艜（當蓋切）：《方言》艇，長而薄者謂之艜。

〔考〕《方言》卷九：「舟，自關而西謂之船，自關而東或謂之舟，或謂之航，南楚江湘凡船大者謂之舸，小舸謂之艖，艖謂之艒䑠，小艒䑠謂之艇，艇長而薄者謂之艜……」

101、《集韻》去聲三十諫韻　　矔（古患切）：《方言》轉目也。

〔考〕《方言》卷六：「矔、眮，轉目也。梁益之間瞋目曰矔，轉目顧視亦曰矔，吳楚曰眮。」郭璞注，矔「慣習」。

102、《集韻》去聲三十三綫韻　　揣（船釧切）：《方言》度高曰揣。

〔考〕《方言》卷十二：「度高為揣。」郭璞注，揣「常絹反」。

103、《集韻》去聲三十四嘯韻　佻（他弔切）：《方言》疾也。

〔考〕《方言》卷十二：「佻，疾也。」郭璞注，佻「音糶」。

104、《集韻》去聲三十四嘯韻　撈（力弔切）：《方言》取也，或作撩。

〔考〕《方言》卷十三：「撈，取也。」郭璞注，撈「音料」。

105、《集韻》去聲三十五笑韻　愮（弋笑切）：《方言》愮、療，治也。一曰憂也。

〔考〕《方言》卷十：「愮、療，治也。江湘郊會謂醫治之曰愮。愮，又憂也，或曰療。」郭璞注，愮「病，音曜」。

106、《集韻》去聲三十六效韻　恔（後教切）：《方言》快也，或從爻。

〔考〕《方言》卷三：「逞、曉、恔、苦，快也。自關而東或曰曉，或曰逞，江淮陳楚之間曰逞，宋鄭周洛韓魏之間曰苦，東齊海岱之間曰恔，自關而西曰快。」郭璞注，恔「即狡」。

107、《集韻》去聲三十六效韻　䫲（口教切）：《方言》䫲媞，欺謾也。

〔考〕《方言》卷十：「眠娗、脈蜴、賜施、䫲媞、譠謾、慛忚，皆欺謾之語也。楚郢以南東揚之郊通語也。」郭璞注，䫲媞「恪校得懈二反」。

108、《集韻》去聲五十二滲韻　喑（於禁切）：《方言》啼極無聲，齊宋之間謂之喑，或作噾。

〔考〕《方言》卷一：「㗅、唏，悺痛也……平原謂啼極無聲謂之唴哴，楚謂之嗷咷，齊宋之間謂之喑，或謂之怒。」郭璞注，喑「音蔭」。

109、《集韻》入聲一屋韻　　摍（所六切）：《方言》到也。

〔考〕《方言》卷十三：「摍、掫，到也。」郭璞注，摍「音縮」。

110、《集韻》入聲十一沒韻　突（他骨切）：《方言》江湘謂卒相見曰突，一曰出皃，或省。

〔考〕《方言》卷十：「蘛，卒也。江湘之間凡卒相見謂之蘛，相見或曰突。」郭璞注，突「他骨反」

111、《集韻》入聲十七薛韻　蛻（欲雪切）：《方言》燕趙謂蠶小者曰蚰蛻，一曰蟬蛇蛻皮也。

〔考〕《方言》卷十一：「蠶，燕趙之間謂之蠓蝓，其小者謂之蠭蝓，或謂之蚰蛻，其大而蜜謂之壺蠶。」郭璞注，蚰蛻「幽悅二音」。

112、《集韻》入聲十八藥韻　　躤（迄卻切）：《方言》涩也。山之東西曰躤，一曰燦涩皃。

〔考〕《方言》卷七：「杜、躤，涩也。山之東西或曰躤。」郭璞注，躤「音笑謔」。

113、《集韻》入聲二十三錫韻　妯（亭歷切）：《爾雅》動也。《方言》擾也，齊宋曰妯。

〔考〕《方言》卷六：「蹇、妯，人不靜曰妯，秦晉曰蹇，齊宋曰妯。」

114、《集韻》入聲二十八盍韻　鉀（轄臘切）：《方言》箭小者，長中穿二孔謂之鉀鑪，或從蓋。

〔考〕《方言》卷九：「凡箭鏃胡合嬴者，四鐮或曰鉤腸，三鐮者謂之羊頭。其廣長而薄鐮謂之錍，或謂之鈀，箭其小而長中穿二孔者謂之鉀鑪……」郭璞注，鉀鑪「嗑嚧兩音」。

（二）《集韻》所引與今本《方言》稍有異，此種共有 25 條：

1、《集韻》平聲一東韻　　篷（蒲蒙切）：《方言》車篝，南楚之外謂之篷，或省，亦作轒。

〔考〕《方言》卷九：「車枸簍，宋魏陳楚之間謂之筱……秦晉之間自關而西謂之枸簍，西隴謂之楈，南楚之外謂之篷，或謂之隆屈。」郭璞注，「篷，今亦通呼篷。」《方言》「車枸簍」，《集韻》卻引作「車篝」，《集韻》脫一「枸」字。

2、《集韻》平聲三鍾韻　　樅（渠容切）：《方言》南楚江湖凡船小而深者，謂之或樅，作艭、艕、舼。

〔考〕《方言》卷九：「舟，自關而西謂之船，自關而東或謂之舟，或謂之航，南楚江湘凡船大者謂之舸……小而深者謂之樅……」郭璞注，樅「音邛」。「渠容切」、「邛」音同。但《方言》作「南楚江湘」，《集韻》卻引作「南楚江湖」，疑有誤。

3、《集韻》平聲七之韻　　胹（人之切）：《說文》爛也。《方言》秦晉之郊謂熟曰胹，或作腝、臑、胹、炳。

〔考〕《方言》卷七：「胹、飪，酷熟也。自關而西秦晉之郊曰胹……」郭璞注，胹「而」。「人之切」、「而」音同。但《方言》作「自關而西秦晉之

郊」，《集韻》卻引作「秦晉之郊」，有誤。

4、《集韻》平聲八微韻　　　䉬（芳微切）：《爾雅》䉬，餴食也。《方言》
陳楚之間相謁而食麥饘謂之䉬。

〔考〕《方言》卷一：「䉬、飵，食也。陳楚之內相謁而食麥饘謂之䉬，楚
曰飵……」郭璞注，䉬「音非，饘糜也，音旃」。《方言》作「陳楚之內」，
《集韻》卻引作「陳楚之間」，有誤。

5、《集韻》平聲十虞韻　　　盂（雲俱切）：《說文》飯器也。《方言》盂，
宋楚之間或謂之㿻。

〔考〕《方言》卷五：「盂，宋楚魏之間或謂之㿻。㿻謂之盂，或謂之銚
銳……」郭璞注，盂「音於」。「雲俱切」、「於」音同。但《方言》原作
「宋楚魏之間」，《集韻》卻引作「宋楚之間」，脫一「魏」字。

6、《集韻》平聲十二齊韻　　　聧（傾畦切）：《方言》聾之甚者，秦晉之間謂
之聧。

〔考〕《方言》卷六：「聳、聹，聾也……聾之甚者，秦晉之間謂之聧，吳
楚之外郊凡無耳者亦謂之聧。其言聧者，若秦晉中土謂墮耳者聉也。」郭
璞注，「聧」音「五刮反」。「聧」的考釋參見第三章第一節。

7、《集韻》平聲十二壘韻　　　錍（篇迷切）：《方言》箭鏃，廣長而薄鎌謂之
錍，或作鈚、鈚、鎞。

〔考〕《方言》卷九：「凡箭鏃胡合嬴者，四鎌或曰鉤腸，三鎌者謂之羊頭，
其廣長而薄鎌謂之錍，或謂之鈀……」郭璞注，錍「普蹄反」。「篇迷切」、
「普蹄反」音同。但《方言》原作「其廣長而薄鎌」，《集韻》卻引作「廣
長而薄鎌」，「鎌」「鎌」形似，疑有誤。

8、《集韻》平聲十四皆韻　　　棑（蒲皆切）：《方言》車箱。楚衞之間謂之棑。
〔考〕《方言》卷九：「箱謂之棑。」郭璞注，「音俳」。「蒲皆切」、「俳」音
同。《方言》原作「箱謂之棑」，未指明「車箱」，且未提及是何地方言詞；
《集韻》卻將其劃爲「楚衞之間」。

9、《集韻》平聲十五灰韻　　　摧（祖回切）：《爾雅》至也。《方言》摧、詹，
楚語。
〔考〕《方言》卷一：「假、徦、懷、摧、詹、戾、艐，至也。邠唐冀兗之
間曰假，或曰徦，齊楚之會郊或曰懷。摧、詹、戾，楚語也。艐，宋語

也……」《方言》原作「摧、詹、戾，楚語也」，《集韻》卻引作「摧，詹，
楚語」。

10、《集韻》平聲二十二元韻　　愯（於元切）：《方言》愯諒，智也。

〔考〕《方言》卷十二：「愯諒，知也。」《方言》原作「知也」，《集韻》引
作「智也」。

11、《集韻》平聲二十二元韻　　蝖（許元切）：《方言》蠀螬，自關而東謂之蝖。

〔考〕《方言》卷十一：「蠀螬謂之蟦，自關而東謂之蝤蠀，或謂之卷蠋，
或謂之蝖蠔，梁益之間謂之蛒……」郭璞於蝖蠔下注，「亦呼當齊，或呼
地蠶，或呼蟦蝖，喧斛兩音」。「許元切」、「喧」同音。但《方言》原作「蝖
蠔」，《集韻》卻引作「蝖」，脫一「蠔」字。

12、《集韻》平聲二十五寒韻　　諯（他幹切）：《方言》諯謾，惑語。

〔考〕《方言》卷十：「眠娗、脈蜴、賜施、菱媞、諯謾、慉忚，皆欺謾之
語也。楚郢以南東揚之郊通語也。」《方言》原作「欺謾之語」，《集韻》
改作「惑語」。

13、《集韻》平聲二仙韻　　蟬（時連切）：《說文》以旁鳴者。《方言》蜩，
秦晉謂之蟬，或作蟺。

〔考〕《方言》卷十一：「蟬，楚謂之蜩，宋衛之間謂之螗蜩，陳鄭之間謂
之蜋蜩，秦晉之間謂之蟬，海岱之間謂之螇……」《方言》原作「秦晉之
間」，《集韻》改作「秦晉」。

14、《集韻》平聲二仙韻　　攓（丘虔切）：《方言》取也，楚謂之攓。一曰
縮也、拔也，或作搴。

〔考〕《方言》卷一：「撏、攓、摛、挻，取也。南楚曰攓，陳宋之間曰摛，
衛魯揚徐荊衡之郊曰撏，自關而西秦晉之間凡取物而逆謂之篡，楚部或謂
之挻。」郭璞注，攓「音蹇」。《方言》原作「南楚曰攓」，《集韻》改作「楚
謂之攓」。

15、《集韻》平聲十陽韻　　虹（雨方切）：蟲名。《方言》促織，南楚謂之
虹孫。

〔考〕《方言》卷十一：「蜻蚓，即趨織也。楚謂之蟋蟀，或謂之蛬；梁國
呼蛬，南楚之間謂之虹孫。」《方言》原作「蜻蚓」，《集韻》引作「促織」。

16、《集韻》平聲十二庚韻　　螢（於平切）：《方言》蜥蜴，南楚或謂之蠑螈，通作榮。

〔考〕《方言》卷八：「守宮，秦晉西夏謂之守宮，或謂之蠦蝘，或謂之蜥易，其在澤中者謂之易蜴，南楚謂之蛇醫，或謂之蠑螈……」郭璞注，蠑螈「榮元兩音」。《方言》原作「蜥易」，《集韻》引作「蜥蜴」。

17、《集韻》平聲十五青韻　　筳（湯丁切）：《方言》縮、筳，意也。

〔考〕《方言》卷六：筳，竟也。秦晉或曰竟，楚曰筳。郭璞注，筳「湯丁反」。《方言》原作「筳，竟也」，《集韻》引作「筳，意也」，恐有誤。

18、《集韻》平聲二十二覃韻　　撏（祖含切）：《方言》衛魯楊徐荊衡之郊謂取曰撏。

〔考〕《方言》卷一：「撏、攓、摭、挺，取也。南楚曰攓，陳宋之間曰摭，衛魯揚徐荊衡之郊曰撏……」郭璞注，撏「常含反」。《方言》原作「衛魯揚徐荊衡之郊」，《集韻》引作「衛魯楊徐荊衡之郊」，「楊」字恐有誤。

19、《集韻》上聲三十小韻　　䬄（七小切）：好也。《方言》青徐謂之䬄，一曰微也。

〔考〕《方言》卷二：「䬄、嫽，好也。青徐海岱之間曰䬄，或謂之嫽……」《方言》原作「青徐海岱之間」，《集韻》引作「青徐」，有誤。

20、《集韻》去聲五寘韻　　杫（斯義切）：《方言》俎，機。西南蜀漢之郊曰杫，或從徙，亦作榹。

〔考〕《方言》卷五：「俎，幾也。西南蜀漢之郊曰杫，榻前几。江沔之間曰桯，趙魏之間謂之椸，幾其高者謂之虞。」《方言》原作「俎，幾也」，《集韻》引作「俎，機」，恐有誤。

21、《集韻》去聲六至韻　　䛏（餼冀切）：《方言》貪也，荊湘人貪而不施曰䛏。

〔考〕《方言》卷十：「䛏、嗇，貪也。荊汝江湘之郊凡貪而不施謂之䛏，或謂之嗇，或謂之悋，悋恨也。」郭璞注，䛏「音懿」。《方言》「荊汝江湘之郊」，《集韻》引作「荊湘人」，有誤。

22、《集韻》去聲三十四嘯韻　　嫽（力弔切）：好也。《方言》青徐之間曰嫽。

〔考〕《方言》卷二：「䬄、嫽，好也。青徐海岱之間曰䬄，或謂之嫽……」郭璞注，嫽「洛夭反」。《方言》「青徐海岱之間」，《集韻》引作「青徐之

間」，有誤。

23、《集韻》去聲三十九過韻　鐹（古臥切）：車釭也。《方言》齊楚海岱之間謂之鐹。

〔考〕《方言》卷九：「車釭，齊燕海岱之間謂之鍋，或謂之錕。自關而西謂之釭，盛膏者，乃謂之鐹。」郭璞注，鍋「音戈」。《方言》「齊燕海岱之間」，《集韻》引作「齊楚海岱之間」。又《方言》的「鍋」，《集韻》引作「鐹」，有誤。

24、《集韻》入聲三燭韻　蠋（朱欲切）：蟲名。《方言》蟪蟟謂之羞蠋。

〔考〕《方言》卷十一：「蟪蟟謂之蟥，自關而東謂之蛸蟟，或謂之卷蠋，或謂之蝳……」郭璞注，蠋「書卷」。《方言》「卷蠋」，《集韻》誤引作「羞蠋」。

25、《集韻》入聲二十白韻　蛒（各額切）：蟲名。《方言》蛄諸謂之杜蛒。一曰蛭蛒、地蠶，一曰蛶蠐。

〔考〕《方言》卷十一：「蟪蟟謂之蟥，自關而東謂之蛸蟟，或謂之卷蠋，或謂之蝳穀，梁益之間謂之蛒，或謂之蠍，或謂之蛭蛒……」郭璞注，蛒「音格」。《方言》原作「蛒」，《集韻》引作「杜蛒」，恐有誤。

（三）《集韻》引用《方言》明顯有誤的，這種情況共 30 條：

1、《集韻》平聲一東韻　朦（謨蓬切）：《方言》秦晉之間凡大貌謂之朦，一曰豐也。

〔考〕《方言》卷二：「朦、厖，豐也。自關而西秦晉之間凡大貌謂之朦，或謂之厖。豐，其通語也……」郭璞注，朦「忙紅反」。「謨蓬切」、「忙紅反」音同。《集韻》引作「秦晉之間」，而《方言》原文為「自關而西秦晉之間」，《集韻》脫「自關而西」，不準確。

2、《集韻》平聲三鍾韻　襡（餘封切）：《方言》南楚謂襜褕曰襌襡。

〔考〕《方言》卷四：「襜褕，江淮南楚謂之襌襡，自關而西謂之襜褕，其短者謂之裋褕，以布而無緣，敝而紩之謂之襤褸，自關而西謂之䘺褐。其敝者謂之緻。」《方言》本作「江淮南楚」，《集韻》卻引作「南楚」，《集韻》脫「江淮」，有誤。

3、《集韻》平聲三鍾韻　鏦（許容切）：《方言》矛、骰，謂之鏦。一曰

斤斧穿，或從凶。

〔考〕《方言》卷九：「矛、骹，細如鴈脛者謂之鶴骹，矛或謂之鋋，鋋謂之鈹，骹謂之鍫，鐏謂之釬，或名爲鐓。」郭璞注，鍫「音凶」。「許容切」、「凶」音同。但《方言》原文「矛或謂之鋋，骹謂之鍫」。郭璞注，矛「今江東呼大矛爲鈹，音彼」。《集韻》卻誤將矛、骹，都稱作鍫，有誤。

4、《集韻》平聲三鍾韻　　　　　鏓（初江切）：《方言》矛，吳楚之間謂之鏓，或從彖，亦作穳、鎗。

〔考〕《方言》卷九：「矛，吳揚江淮南楚五湖之間謂之鏦，或謂之鋋，或謂之鏓，其柄謂之矜。」郭璞注，「錯工反」。但《方言》原文「吳揚江淮南楚五湖之間」，《集韻》卻引作「吳楚之間」，有誤。

5、《集韻》平聲五支韻　　　　　鏦（商支切）：《方言》矛，吳楚之間謂之鏦，或作鈍、穮、秕。

〔考〕《方言》卷九：「矛，吳揚江淮南楚五湖之間謂之鏦，或謂之鋋，或謂之鏓，其柄謂之矜。」郭璞注，鏦「嘗蛇反，五湖今吳興大湖也」。但《方言》原文「吳揚江淮南楚五湖之間」，《集韻》卻引作「吳楚之間」，有誤。又《集韻》另兩見：其一，平聲九麻韻鏦（詩車切）：《方言》南楚五湖矛謂之鏦。其二，去聲五寘韻鏦（施智切）：江淮南楚之間謂矛爲鏦，或作鉈。《集韻》這兩處方言區的引用都不完整，且讀音有異。

6、《集韻》平聲五支韻　　　　　姼（常支切）：《方言》南楚謂婦妣曰母姼，婦父曰父姼，或作妭。

〔考〕《方言》卷六：「……南楚瀑洭之間母謂之媓，謂婦妣曰母姼，稱婦考曰父姼。」郭璞注，姼「音多」。《方言》本作「南楚瀑洭之間」，《集韻》卻引作「南楚」；又《方言》中的「婦考」，《集韻》誤引爲「婦父」。

7、《集韻》平聲五支韻　　　　　諦（抽知切）：《方言》沅澧之間凡相問而不知答曰諦，或作詆。

〔考〕《方言》卷十：「諦，不知也。沅澧之間凡相問而不知答曰諦，使之而不肯答曰吢……」郭璞注，諦「音癡眩，江東曰吢此亦知聲之轉也」。《方言》中是「諦」，《集韻》中卻訛作「諦」。

8、《集韻》平聲五支韻　　　　　甀（重垂切）：《方言》甖，其大者，晉之舊都謂之甀。

〔考〕《方言》卷五：「瓬、甈、罃、甀、㼽、甋、甕、㼚、甄，甖也。靈桂之郊謂之瓬……自關而西晉之舊都河汾之間其大者謂之甀。」郭璞注，甀「度睡反」。《方言》原作「自關而西晉之舊都河汾之間」，《集韻》卻引作「晉之舊都」，不準確。

9、《集韻》平聲七之韻　　　孷（陵之切）：《方言》陳楚之間凡人嘼乳而雙產謂之孷孳，或省。

〔考〕《方言》卷三：「陳楚之間凡人嘼乳而雙產謂之釐孳，秦晉之間謂之健子……」郭璞注，孳「音茲」。《方言》原作「釐孳」，《集韻》卻引作「孷孳」，據《廣雅》「釐孳，健孿也。義本此，釐亦作孷。」

10、《集韻》平聲九魚韻　　　蜍（羊諸切）：蟲名，鼅鼄也。《方言》北方朝鮮洌水之間謂之蝳蜍。

〔考〕《方言》卷十：「鼅鼄，鼄蝥也。自關而西秦晉之間謂之鼄蝥……北燕朝鮮洌水之間謂之蝳蜍。」郭璞注，蝳蜍「音毒餘，齊人又呼社公，亦言罔工」。《方言》原作「北燕朝鮮洌水之間」，《集韻》卻引作「北方朝鮮洌水之間」，疑有誤。

11、《集韻》平聲十虞韻　　　蝓（容朱切）：蟲名。《說文》虒蝓也。《方言》趙魏謂鼅鼄爲蠾蝓。

〔考〕《方言》卷十：「鼅鼄，鼄蝥也。自關而西秦晉之間謂之鼄蝥，自關而東趙魏之郊謂之鼅鼄，或謂之蠾蝓。蠾蝓者，侏儒語之轉也……」郭璞注，蠾蝓「燭臾二音」。《方言》原作「自關而東趙魏之郊」，《集韻》卻引作「趙魏」，疑有誤。

12、《集韻》平聲十一模韻　　蠦（龍都切）：蛩蠦，蟲名，蛩也。《方言》守宮，秦晉或謂之蠦蝘。

〔考〕《方言》卷八：「守宮，秦晉西夏謂之守宮，或謂之蠦蠗，或謂之蜥易……」郭璞注，蠦蠗「盧纏兩音」。「龍都切」、「盧」音同。但《方言》原作「蠦蠗」，《集韻》卻改作「蠦蝘」，疑有誤。

13、《集韻》平聲二十七刪韻　　鳻（逋還切）：《方言》鳩，秦漢之間其大者謂之鳻鳩。

〔考〕《方言》卷八：「鳩，自關而東周鄭之郊韓魏之都謂之鵖，鷎，其鴓鳩謂之鸊鷎。自關而西秦漢之間謂之鵴鳩，其大者謂之鳻鳩，音斑……」

《方言》原作「自關而西秦漢之間」，《集韻》卻改作「秦漢之間」，脫「自關而西」。

14、《集韻》平聲一先韻　　　甌（卑眠切）：《方言》自關而西盆盎小者曰甌。

〔考〕《方言》卷五：「甌，陳魏宋楚之間謂之題，自關而西謂之甌，其大者謂之甌。」郭璞注，甌「音邊」。「卑眠切」、「邊」音同。《方言》中未提及「盆盎小者」。

15、《集韻》平聲二仙韻　　　梴（抽延切）：《說文》長木也。引《詩》松桷有梴。《方言》碓機，自關而東謂之梴。

〔考〕《方言》卷五：「碓機，陳魏宋楚自關而東謂之梴，磑或謂之碌。」《方言》原作「陳魏宋楚自關而東」，《集韻》卻引作「自關而東」，脫「陳魏宋楚」。

16、《集韻》平聲四宵韻　　　蕘（如招切）：《說文》薪也。《方言》蕪菁，齊謂之蕘。

〔考〕《方言》卷三：「蘴、蕘，蕪菁也。陳楚之郊謂之蘴，魯齊之郊謂之蕘，關之東西謂之蕪菁……」《方言》原作「魯齊之郊」，《集韻》卻引作「齊」，有誤。

17、《集韻》平聲五爻韻　　　媌（謨交切）：《說文》目裏好也。《方言》河濟之間謂好而輕言者為媌。

〔考〕《方言》卷一：「娥、嬴，好也。秦曰娥，宋魏之間謂之嬴，秦晉之間凡好而輕者謂之娥，自關而東河濟之間謂之媌，或謂之姣……」郭璞注，媌「莫交反，今關西人呼好為媌」。《方言》原作「自關而東河濟之間」，《集韻》卻引作「河濟之間」，脫「自關而東」，有誤。

18、《集韻》平聲六豪韻　　　哨（蘇遭切）：《方言》冀隴而西使犬曰哨。

〔考〕《方言》卷七：「肖，類法也。齊曰類，西楚梁益之間曰肖，秦晉之西鄙自冀隴而西使犬曰哨，西南梁益之間凡言相類者亦謂之肖。」郭璞注，哨「音騷」。《方言》原作「秦晉之西鄙自冀隴而西」，《集韻》卻引作「冀隴而西」，脫「秦晉之西鄙」，有誤。

19、《集韻》平聲十陽韻　　　塲（屍羊切）：《方言》蚍蜉犂鼠之塲謂之坻塲，一曰浮壤，或作場、坄、蟓。

〔考〕《方言》卷六：「坻、坦，場也。梁宋之間蚍蜉犂鼠之場謂之坻，蟻場謂之坦。」郭璞注，場「音傷」。《方言》原作「梁宋之間蚍蜉犂鼠之場」，《集韻》脫「梁宋之間」，有誤。

20、《集韻》平聲十陽韻　　　瓺（仲良切）：《方言》朝鮮洌水之間謂甇爲瓺。
〔考〕《方言》卷五：「甇，陳魏宋楚之間曰瓵，或曰瓶，燕之東北朝鮮洌水之間謂之瓺，齊之東北海岱之間謂之儋……」郭璞注，瓺「音暢亦腸」。《方言》原作「燕之東北朝鮮洌水之間」，《集韻》卻引作「朝鮮洌水之間」，脫「燕之東北」，有誤。

21、《集韻》平聲二十幽韻　　　瘎（時任切）：《方言》秦晉之間謂病曰瘎，或從尤。
〔考〕《方言》卷三：「瘼、癁，病也。東齊海岱之間曰瘼，或曰癁，秦曰瘎。」郭璞注，瘎「音甚，或諶」。《方言》原作「秦曰瘎」，《集韻》卻引作「秦晉之間」，有誤。

22、《集韻》平聲二十五沾韻　　祜（他兼切）：衣衭也。《方言》裯謂之祜。
〔考〕《方言》卷四：「襡謂之祜。」《方言》原作「襡」，《集韻》卻引作「裯」，恐有誤

23、《集韻》平聲二十七咸韻　　揞（於咸切）：《方言》摩，滅也。荊楚曰揞。
〔考〕《方言》卷六：「揞、揜、錯、摩，藏也。荊楚曰揞，吳揚曰揜，周秦曰錯，陳之東鄙曰摩。」郭璞注，揞「烏感反」。《方言》原作「摩，藏也」，《集韻》卻引作「摩，滅也」，恐有誤。

24、《集韻》上聲十姥韻　　　帍（後五切）：《方言》帍裶謂之被巾。
〔考〕《方言》卷四：「帍裶謂之被巾。」《方言》原作「帍裶」，《集韻》卻引作「帍裶」，有誤。

25、《集韻》上聲十五海韻　　　暟（可亥切）：《方言》明也。
〔考〕《方言》卷十三：「暟，臨照也。暟，美也。」郭璞注，暟「呼凱反」。《方言》原作「臨照也」，《集韻》卻引作「明也」，有誤。

26、《集韻》上聲二十八獮韻　　㡓（鳥勉切）：《方言》㡓稾，簿也。
〔考〕《方言》卷五：「簿謂之蔽，或謂之籅。秦晉之間謂之簿，吳楚之間或謂之蔽，或謂之箭裏，或謂之簿毒，或謂之㡓專……」郭璞注，㡓專

「夗，於辯反；專音轉」。《方言》原作「夗專」，《集韻》卻引作「夗棄」，有誤。

27、《集韻》上聲三十二晧韻　剿（子晧切）：《方言》儈也，秦晉間曰剿。

〔考〕《方言》卷二：「剿、蹶，獪也。秦晉之間曰獪，楚謂之剿，或曰蹶……」郭璞注，剿「雀潦反，又子了反」。《集韻》所引有兩處有誤：其一，《方言》原作「獪也」，《集韻》卻引作「儈也」；其二，《方言》原作「秦晉之間曰獪，楚謂之剿」，《集韻》卻引作「秦晉間曰剿」，有誤。

28、《集韻》上聲三十五馬韻　舍（洗野切）：《方言》發捝舍車也。

〔考〕《方言》卷七：「發稅，舍車也。舍，東齊海岱之間謂之發，宋趙陳魏之間謂之稅。」《方言》原作「發稅」，《集韻》卻引作「發捝」，有誤。

29、《集韻》上聲四十一迥韻　婬（待鼎切）：《說文》女出病也。《博雅》婬婬，容也。《方言》嫣、婬，傷也。

〔考〕《方言》卷十二：「嫣、婬，傷也。」郭璞注，婬「音挺」。《方言》原作「傷也」，《集韻》卻引作「傷也」，有誤。

30、《集韻》去聲三十三綫韻　憚（尺戰切）：難也。《方言》齊魯曰憚。

〔考〕《方言》卷六：「奞、展，難也。齊晉曰奞，山之東西凡難兒曰展，荊吳之人相難謂之展，若秦晉之言相憚矣，齊魯曰燀。」郭璞注，燀「昌羨反，難而雄也」。《方言》本作「秦晉之言相憚矣，齊魯曰燀」，《集韻》卻引作「齊魯曰憚」，有誤。

（四）《集韻》以前人對《方言》的注誤作為《方言》本文而引用，這種共18條：

1、《集韻》平聲十六咍韻　隑（柯開切）：《方言》猗也，江南人呼梯為隑。

〔考〕《方言》卷十三：「隑，陭也。」郭璞注，「江南人呼梯為隑，所以隑物而登者也。音剴切也。」今《集韻》所引「江南人呼梯為隑」，是《方言》郭注之意，而非《方言》本文。另外，《方言》原作「隑，陭也」，《集韻》卻引作「猗也」，有誤。

2、《集韻》平聲二十文韻　墳（符分切）：《說文》墓也。《方言》冢秦晉之間謂之墳，取名於大防。亦作隫。

〔考〕《方言》卷十三：「冢，秦晉之間謂之墳，或謂之培，或謂之堬，或

謂之垛……」郭璞注，墥「取名於大防也」。今《集韻》所引「取名於大防」，是《方言》郭注之意，而非《方言》本文。

3、《集韻》平聲二十二元韻　榬（於元切）：《方言》榬，籰，所以絡繸者，或從竹。又姓，漢有榬絡古。

〔考〕《方言》卷五：「籰，榬也。兗豫河濟之間謂之榬，絡謂之格。」郭璞於「榬」下注「所以絡絲也，音爰」。「於元切」、「爰」音同。今《集韻》所引「所以絡繸者」，是《方言》郭注之意，而非《方言》本文。

4、《集韻》平聲二仙韻　蜒（夷然切）：蟲名。《方言》燕北謂易析曰祝蜒。一曰蟃蜒，獸名。一曰蜿蜒，龍貌。

〔考〕《方言》卷八：「守宮，秦晉西夏謂之守宮，或謂之蠦蠑，或謂之蜥易。其在澤中者謂之易蜴，南楚謂之蛇醫，或謂之蠑螈，東齊海岱謂之蜓蚞，北燕謂之祝蜒，桂林之中守宮大者而能鳴謂之蛤解。」郭璞注，蜴「音析」。蜒「音延」。「夷然切」、「延」音同。《方言》原作「北燕」，《集韻》卻引作「燕北」。又《集韻》中「易析」的「析」，恐誤引郭注，《方言》原作「易蜴」。

5、《集韻》平聲四宵韻　恌（餘招切）：《方言》理也，謂情理。

〔考〕《方言》卷十三：「恌，理也。」郭璞注，恌「音遙，謂情理也」。今《集韻》所引「謂情理也」，是《方言》郭注之意，而非《方言》本文。

6、《集韻》平聲十二庚韻　符（何庚切）：《方言》符籬，籧篨直文者。

〔考〕《方言》卷五：「符籬，自關而東周洛楚魏之間謂之倚佯，自關而西謂之符籬，南楚之外謂之篖。」郭璞注，符籬「似籧篨，直文而麤。」今《集韻》所引「籧篨直文者」是《方言》郭注之意，而非《方言》本文。

7、《集韻》上聲二腫韻　憽（足勇切）：《方言》憽湧，勸也，或作從、縱。

〔考〕《方言》卷十：「食閻、憽湧，勸也……」郭璞注，憽湧「上子竦反，下音湧」。今《集韻》誤將郭注當作《方言》本文。

8、《集韻》上聲四十靜韻　袊（裏郢切）：《方言》袒飾謂之直袊，謂婦人初嫁上服。一曰繞袊謂之䡓，江東通言下裳曰袊。

〔考〕《方言》卷四：「袒飾謂之直袊。」郭璞注，「婦人初嫁所著上衣，直袊也。袒，音但」。今《集韻》誤將郭注當作《方言》本文。

9、《集韻》上聲四十五厚韻　　呴（許後切）：《方言》治也，謂治作也。

〔考〕《方言》卷七：「呴貌，治也……」郭璞注，呴「恪垢反」。今《集韻》所引「謂治作也」，是《方言》郭注之意，而非《方言》本文。

10、《集韻》去聲十三祭韻　　傺（子例切）：《方言》逗也。逗，謂住也。

〔考〕《方言》卷七：「傺、眙，逗也。南楚謂之傺，西秦謂之眙。逗其通語也。」郭璞注，傺「音際」。今《集韻》所引「逗，謂住也」，是《方言》郭注之意，而非《方言》本文。

11、《集韻》去聲十五卦韻　　嗌（烏懈切）：《方言》噎也。秦晉謂咽痛曰嗌。

〔考〕《方言》卷六：「癠、嗌，噎也。楚曰癠，秦晉或曰嗌，又曰噎。」郭璞注，嗌「惡介反」。今《集韻》所引「謂咽痛」，是《方言》郭注之意，而非《方言》本文。

12、《集韻》去聲四十一漾韻　　柍（於亮切）僉也。《方言》齊楚謂之柍，即今連枷。

〔考〕《方言》卷五：「僉，宋魏之間謂之攝殳，或謂之度，自關而西謂之棓，或謂之柫，齊楚江淮之間謂之柍，或謂之桲。」郭璞注，柍「音帳，快亦音車鞅，此皆打之別名也」。今《集韻》所引「今連枷」，是《方言》郭注之意，而非《方言》本文。又《方言》「齊楚江淮之間」，《集韻》引作「齊楚」，有誤。

13、《集韻》入聲一屋韻　　瘺（房六切）：《方言》病也。一曰勞復也，或省。

〔考〕《方言》卷三：「瘼、瘺，病也。東齊海岱之間曰瘼，或曰瘺，秦曰瘎。」今《集韻》所引「勞復也」，是《方言》郭注之意，而非《方言》本文。

14、《集韻》入聲八拂韻　　帗（敷勿切）：《方言》帗縷，翠也，謂物之行蔽。

〔考〕《方言》卷二：「揄鋪、帗縷、葉褕，毳也……陳宋鄭衛之間謂之帗縷，燕之北郊朝鮮洌水之間曰葉褕。」郭璞注，帗「音拂」，又於「毳也」下注「音脆，皆謂物之扞蔽也」。《集韻》所引「謂物之行蔽」，是《方言》郭注之意。又《方言》「帗縷……毳也」，《集韻》引作「帗縷，翠也」，有誤。

15、《集韻》入聲十一沒韻　　　桲（薄孛切）：《方言》齊楚斂或謂之桲，今連枷。一曰杖，一曰榅桲，果名。

〔考〕《方言》卷五：「斂，所以打穀者，宋魏之間謂之欇殳……齊楚江淮之間謂之柍，或謂之桲。」郭璞注，桲「音勃」。《集韻》所引「今連枷」，是《方言》郭注之意。又《方言》「齊楚江淮之間」，《集韻》引作「齊楚」，有誤。

16、《集韻》入聲十六屑韻　　　釪（吉列切）：《方言》戟，楚謂之釪。

〔考〕《方言》卷九：「戟，凡戟而無刃秦晉之間謂之釪，或謂之鏔，吳揚之間謂之戈，東齊秦晉之間謂其大者曰鏝胡，其曲者謂之鉤釪、鏝胡。」《集韻》所引「釪」，是《方言》郭注之意。

17、《集韻》入聲二十一麥韻　　　謫（士革切）：《方言》怒也，謂相責怒。

〔考〕《方言》卷三：「謫，怒也。」郭璞注，謫「音責」。今《集韻》所引「相責怒」，是《方言》郭注之意，而非《方言》本文。

18、《集韻》入聲二十二昔　　　奕（夷益切）：《說文》大也。引《詩》奕奕梁山。一曰奕奕，行也。《方言》奕、僷，容也。自關而西凡美容謂之僷，奕奕、僷僷，皆輕麗兒。

〔考〕《方言》卷二：「奕、僷，容也。自關而西凡美容謂之奕，或謂之僷，宋衛曰僷，陳楚汝潁之間謂之奕。」郭璞注，「奕、僷，皆輕麗之貌，僷音葉」。今《集韻》所引「奕奕、僷僷，皆輕麗兒」，是《方言》郭注之意，而非《方言》本文。

（五）《集韻》引《方言》，《方言》中雖有被釋詞，卻無《集韻》所引之語，此種共有 7 條：

1、《集韻》平聲十虞韻　　　㒇（微夫切）：麤也。《方言》楚曰㠉㒇。郭璞曰物之行㒇，或從無。

〔考〕《方言》卷一：「敦、豐、厖、夼、幠……大也。凡物之大貌曰豐，厖深之大也，東齊海岱之間曰夼，或曰幠……」郭璞注，幠「海狐反」。

2、《集韻》上聲十姥韻　　　土（動五切）：桑根也。《方言》東齊謂根曰土，通作杜。

〔考〕《方言》卷六：「杼、柚，作也。東齊土作謂之杼，木作謂之柚。」

今本《方言》無「東齊謂根曰土」語。

3、《集韻》去聲五寘韻　　　嫣（居僞切）：《方言》嫣、媞，慢也。一曰健
　　校也，或從人。

　　〔考〕《方言》卷十二：「嫣、娗，儇也。」郭璞注，嫣「居僞反」。《集韻》
　　引語來源不詳。

4、《集韻》入聲一屋韻　　　蚰（佇六切）：蟲名。《方言》北鄙謂馬蚿大者
　　曰馬蚰，或作蝵。

　　〔考〕《方言》卷十一：「蚰蜒，自關而東謂之蝪蚰，或謂之入耳，或謂之
　　蜙蠼，北燕謂之蚭蚭。」郭璞注，蚰蜒「由延二音」。《集韻》引語來源不
　　詳。

5、《集韻》入聲十三末韻　　　括（屍栝切）：《方言》閉也。

　　〔考〕《方言》卷十二：「括，關閉也。《易》曰括囊無咎。」郭璞注，括「音
　　適」。《集韻》引語來源不詳。

6、《集韻》入聲十六屑韻　　　佚（徒結切）：《方言》佚惕，緩也。

　　〔考〕《方言》卷六：「佚婸，婬也。」《集韻》引語來源不詳。

7、《集韻》入聲二十一麥韻　　鸊（博厄切）：鳥名。《方言》野鳧，其小好沒
　　水中者，南楚謂之鸊鷉。

　　〔考〕《方言》卷八：「雞，陳楚宋魏之間謂之鸊䳾，桂林之中謂之割雞，
　　……」今本《方言》只見「鸊䳾」，而《集韻》引語來源不詳。

（六）《集韻》引《方言》，但今本《方言》卻無被引之語，這種共 20 條：

1、《集韻》平聲一先韻　　　懴（倉先切）：《方言》自關而西秦晉之間呼好
　　為懴。

　　〔考〕《方言》無「懴」字。

2、《集韻》平聲二仙韻　　　秈（相然切）：《方言》江南呼粳為秈，或作𥢈、
　　秈、秖。

　　〔考〕《方言》無「秈」字。

3、《集韻》平聲二仙韻　　　唌（丘虔切）：《方言》樂也。一曰唌唌，歡
　　貌。或作嗎。

　　〔考〕《方言》無「唌」字。

4、《集韻》平聲四宵韻　　　胅（餘招切）：《方言》胅，說好也。
　　〔考〕《方言》無「胅」字。

5、《集韻》平聲五爻韻　　　漻（丘交切）：《方言》陳宋之間謂盛日漻。
　　〔考〕《方言》無「漻」字。

6、《集韻》平聲六豪韻　　　鷱（居勞切）：鳥名。《方言》鷱鴇。韓魏謂之
　　鷱鴇，一曰鳩也，或從隹。
　　〔考〕《方言》無「鷱」字。

7、《集韻》平聲六豪韻　　　籌（徒刀切）：《方言》戴也，或省。
　　〔考〕《方言》無「籌」字。

8、《集韻》平聲九麻韻　　　椏（於加切）：《方言》江東謂樹岐爲杈椏。
　　〔考〕《方言》無「椏」字。

9、《集韻》平聲十四清韻　　　鶄（諸盈切）：鳥名。《方言》齊魯間謂題肩爲
　　鶄。
　　〔考〕《方言》無「鶄」字。

10、《集韻》平聲十四清韻　　　攍（怡成切）：《方言》儋，齊楚陳宋日攍，或
　　從盈，通作贏。
　　〔考〕《方言》無「攍」字。

11、《集韻》平聲二十二覃韻　　　洽（胡南切）：《方言》沈也，或作匼、澹、澹、
　　淦、澹。
　　〔考〕《方言》無「洽」字。

12、《集韻》上聲一董韻　　　稞（損動切）：《方言》筲，自關而西謂之桶。
　　稞，或作穆。
　　〔考〕《方言》無「稞」字。

13、《集韻》上聲五旨韻　　　第（蔣兕切）：牀也。《方言》陳楚謂之第。
　　〔考〕《方言》無「第」字。

14、《集韻》上聲三十六養韻　　　簯（子兩切）：《方言》所以隱櫂謂之簯。一說
　　前推日簯，卻曳日擢，或作槳、篓、艩，亦書作艩。
　　〔考〕《方言》無「簯」字。

15、《集韻》上聲五十琰韻　　　檿（以冉切）：《方言》秦晉續折木謂之檿。
　　〔考〕《方言》無「檿」字。

16、《集韻》去聲六至韻　　隸（神至切）：《方言》餘也，秦晉之間曰隸。
　　〔考〕《方言》無「隸」字。

17、《集韻》去聲三十九過韻　嫷（奴臥切）：《方言》姓嫷，豔美也。
　　〔考〕《方言》無「嫷」字。

18、《集韻》去聲四十禡韻　　徦（居迓切）：《方言》至也。
　　〔考〕《方言》無「徦」字。

19、《集韻》入聲三燭韻　　　尖（子悉切）：蟲名。《方言》蜻，其雌者謂之
　　尖，或從蟲。
　　〔考〕《方言》無「尖」字。

20、《集韻》入聲十五鎋韻　　姡（乎刮切）：《方言》獪也。一曰面醜，一曰
　　靦也。
　　〔考〕《方言》無「姡」字。

二、《集韻》引用《說文》、《爾雅》、《釋名》等書，或這些書注釋中的方言材料，此種共計 121 條：

（一）《集韻》引自《說文》中的方言詞的，此種情況共 104 條：

1、《集韻》平聲一東韻　　　䴾（敷馮切）：《說文》煮麥也，鄭眾謂熬麥曰
　　䴾。

2、《集韻》平聲六脂韻　　　榱（雙佳切）：《說文》秦名爲屋椽，周謂之榱，
　　齊魯謂之桷。

3、《集韻》平聲六脂韻　　　椎（傳追切）：棓。《說文》擊也。齊謂之終葵，
　　或作棓通，作槌。

4、《集韻》平聲六脂韻　　　咦（延知切）：《說文》南陽謂大呼曰咦。

5、《集韻》平聲六脂韻　　　楣（旻悲切）：《說文》秦名屋檣聯也，齊謂之
　　檐，楚謂之梠。

6、《集韻》平聲七之韻　　　圯（盈之切）：《說文》東楚謂橋爲圯。

7、《集韻》平聲九魚韻　　　胠（斤於切）：《說文》北方謂鳥臘曰胠，引《傳》
　　曰堯如臘，舜如胠。

8、《集韻》平聲十虞韻　　　簍（雙雛切）：《說文》飯筥也，受五升。秦謂
　　筥曰簍。

9、《集韻》平聲十一模韻　　　　　迌（叢租切）：《說文》往也，迌，齊語。或從
　　彳，籀從盧。

10、《集韻》平聲十一模韻　　　　黸（龍都切）：《說文》齊謂黑爲黸。

11、《集韻》平聲十一模韻　　　　及（攻乎切）：《說文》秦以市買多得爲及，引
　　《詩》「我及酌彼金罍」。

12、《集韻》平聲十一模韻　　　　杇（汪胡切）：《說文》所以塗也，秦謂之杇，
　　關中謂之槾，或作圬、釫、楎。

13、《集韻》平聲十六咍韻　　　　秾（郎才切）：《說文》齊謂麥曰秾，或作麳，
　　亦從二來，通作氂。

14、《集韻》平聲十七眞韻　　　　緡（皮巾切）：《說文》釣魚繳也，吳人解衣相
　　被謂之緡。一曰錢緡，一曰國名，或作緍，又姓。

15、《集韻》平聲二十文韻　　　　帗（敷文切）：《說文》楚謂大巾曰帗，或書作
　　帉，通作紛。

16、《集韻》平聲二十三魂韻　　　罤（公渾切）：《說文》周人謂兄曰罤，或作晜，
　　通作昆。

17、《集韻》平聲二十六桓韻　　　酸（蘇官切）：《說文》酢也。關東謂酢曰酸，
　　籀從畯。

18、《集韻》平聲二仙韻　　　　　饘（諸延切）：《說文》糜也。周謂之饘，宋謂
　　之餰，或作鬻、饍、飦、餰、鬻、糂、屒、屖、饘。

19、《集韻》平聲四宵韻　　　　　藦（虛嬌切）：艸名。《說文》楚謂之籬，晉謂
　　之藦。

20、《集韻》平聲六豪韻　　　　　咷（徒刀切）：《說文》楚謂兒泣不止曰噭咷。

21、《集韻》平聲七歌韻　　　　　娥（牛河切）：《說文》帝堯之女舜妻娥皇字也，
　　秦晉謂好曰娙娥。

22、《集韻》平聲八戈韻　　　　　詑（湯河切）：說文沇州謂欺曰詑故從也。

23、《集韻》平聲十陽韻　　　　　閶（蚩良切）：《說文》天門也，楚人名門曰閶
　　闔，或作閶。

24、《集韻》平聲十三耕韻　　　　姘（披耕切）：《說文》除也。漢律齊人予妻婢
　　姦曰姘。

25、《集韻》平聲十五青韻　　　　桱（堅靈切）：《說文》桱桯也，東方謂之蕩。

26、《集韻》平聲十六蒸韻　　綾（閭承切）：《說文》東齊謂布帛之細者曰綾。

27、《集韻》平聲十六蒸韻　　蔆（閭承切）：《說文》芰也，楚謂之芰，秦謂之薢茩，或從遴，或作菱、陵。

28、《集韻》平聲十八尤韻　　脙（渠尤切）：《說文》齊人謂臞脙也，或從咎。

29、《集韻》平聲十九侯韻　　篝（居侯切）：《說文》答也，可薰衣。宋楚謂竹篝牆以居也，一曰蜀人負物，籠上大下小而長謂之篝筌，或作構。

30、《集韻》平聲二十一侵韻　訦（時任切）：《說文》燕代東齊謂信曰訦。

31、《集韻》平聲二十一侵韻　霠（鋤簪切）：《說文》霖雨也，南陽謂霖霠。

32、《集韻》平聲二十一侵韻　喑（於金切）：《說文》宋齊謂兒泣不止曰喑。

33、《集韻》平聲二十三談韻　襤（盧甘切）：《說文》楚謂無緣衣。

34、《集韻》平聲二十三談韻　泔（沽三切）：《說文》周謂潘曰泔，或從米。

35、《集韻》平聲二十四鹽韻　潿（余廉切）：《說文》海岱之間謂相汙為潿，一曰水進或作瀸。

36、《集韻》平聲二十四鹽韻　黔（其淹切）：《說文》黎也。秦謂民為黔首，謂黑色也。周謂之黎民，引《易》為黔喙。

37、《集韻》平聲二十七咸韻　鹹（胡讒切）：《說文》銜也，北方味也，俗從西非是。

38、《集韻》上聲四紙韻　　錡（語綺切）：《說文》鉏鏋也，江淮之間謂釜曰錡，一曰鑿屬。

39、《集韻》上聲七尾韻　　餥（府尾切）：《說文》餱也，陳楚之間相謁食麥飯曰餥。

40、《集韻》上聲八語韻　　莒（苟許切）：艸名，《說文》齊謂芌為莒，一曰國名亦姓。

41、《集韻》上聲十姥韻　　鹵（籠五切）：《說文》西方鹹地也，象鹽形，安定有鹵縣，東方謂之㡿，西方謂之鹵，或從水從土，亦作滷。

42、《集韻》上聲十一薺韻　　坁（典禮切）：《說文》秦謂陵阪曰坁，或從土。

43、《集韻》上聲十一薺韻　　嬭（乃禮切）：《說文》髮兒。江南謂醋母為嬭，或作髴。

44、《集韻》上聲十五海韻　　崽（子亥切）：《說文》益梁之州謂聾為崽，秦晉聽而不聞，聞而不達謂之崽。

45、《集韻》上聲十七準韻　　霣（羽敏切）：《說文》雨也，齊謂靁爲霣。一
　　日云轉起也，古作霸。

46、《集韻》上聲二十七銑韻　　錪（他典切）：《說文》朝鮮謂金曰錪，一曰重
　　也。

47、《集韻》上聲三十四果韻　　夥（戶果切）：《說文》齊謂多爲夥，或從果。

48、《集韻》上聲三十四果韻　　嫷（杜果切）：《說文》南楚之外謂好曰嫷。

49、《集韻》上聲三十五馬韻　　姐（子野切）：《說文》蜀謂母曰姐，淮南謂之
　　社，古作毑，或作她、媎。

50、《集韻》上聲三十五馬韻　　鮺（側下切）：《說文》藏魚也，南方謂之魿，
　　北方謂之鮺，或作鮭、䰽、鮓。

51、《集韻》上聲三十五馬韻　　雅（語下切）：鳥名。《說文》楚烏也，一名鷽，
　　一名卑居，秦謂之雅，或從鳥。雅，一曰正也。

52、《集韻》上聲三十六養韻　　攘（汝兩切）：《說文》益州鄙言人盛諱其肥謂
　　之攘。

53、《集韻》上聲三十八梗韻　　埂（古杏切）：《說文》秦謂阬爲埂，一曰堤封，
　　謂之埂。

54、《集韻》上聲四十靜韻　　逞（丑郢切）：《說文》通也，楚謂疾行爲逞，
　　引《春秋傳》何所不逞。一曰快也，或作呈。

55、《集韻》上聲四十七寢韻　　枕（直稔切）：《說文》搗之，橫也。關西謂之
　　㯼，或作槮。

56、《集韻》去聲一送韻　　眮（徒弄切）：《說文》吳楚謂瞋目顧視曰眮。

57、《集韻》去聲六至韻　　愁（力至切）：《說文》楚潁之間謂憂曰愁。

58、《集韻》去聲六至韻　　呬（虛器切）：《說文》東夷謂息曰呬，引《詩》
　　犬夷呬矣，亦從鼻。

59、《集韻》去聲六至韻　　餽（基位切）：《說文》吳人謂祭曰餽。

60、《集韻》去聲八未韻　　䮒（父沸切）：《說文》周成王時州靡國獻䮒人
　　身，反踵自笑，笑則上脣掩其目，食人。北方謂之土螻，《爾雅》䮒如人，
　　被髮。一名梟陽，從厹，象形，或作狒、禺、黁、魖、蠢。

61、《集韻》去聲八未韻　　媦（於貴切）：《說文》楚人謂女弟曰媦，引
　　《公羊傳》楚王之妻媦。

62、《集韻》去聲九御韻　　　寱（依據切）:《說文》楚人謂寐曰寱，或作寱。
63、《集韻》去聲十一莫韻　　筊（莫故切）：籠也。《說文》南楚謂之筊。
64、《集韻》去聲十二霽韻　　睇（大計切）:《說文》目小視也，南楚謂眄曰睇，或從夷，古從巨。
65、《集韻》去聲十三祭韻　　叡（朱芮切）:《說文》楚人謂卜問吉凶曰叡，從又從祟。
66、《集韻》去聲十三祭韻　　蜹（儒稅切）：蜹蟲名。《說文》秦晉謂之蜹，楚謂之蚊，或省。
67、《集韻》去聲十四夳韻　　瘌（落蓋切）:《說文》楚人謂藥毒曰痛瘌。
68、《集韻》去聲十六怪韻　　鴧（居拜切）:《說文》鳥似鶡而青，出羌中。
69、《集韻》去聲二十二稕韻　舜（輸閏切）:《說文》舛也，楚謂之葍，秦謂之藑，蔓地連華，象形，古作䑞，隸作舜，或作俊。
70、《集韻》去聲二十六慁韻　饂（烏困切）:《說文》秦人謂相謁而食麥曰饂飩。一曰飽也。
71、《集韻》去聲二十六慁韻　飩（烏困切）:《說文》饂，飩也。謂相謁食麥秦人語，或從禾。
72、《集韻》去聲二十八翰韻　閈（侯旰切）:《說文》閭也，汝南呼輿里門曰閈。
73、《集韻》去聲二十九換韻　矔（古玩切）:《說文》目多精也。益州謂瞋目一矔。一曰閉一目。
74、《集韻》去聲二十九換韻　爨（取亂切）:《說文》齊謂之炊爨，臼象持甑冂爲竈口廾推林內，火緇省，或作熶，亦姓。
75、《集韻》去聲三十二霰韻　倩（倉甸切）:《說文》人字，東齊壻謂之倩，一曰美也，一曰無廉隅，亦姓。
76、《集韻》去聲三十七號韻　悼（大到切）:《說文》懼也。陳楚謂懼曰悼，一曰傷也。
77、《集韻》去聲三十七號韻　癆（郎到切）:《說文》朝鮮謂藥毒曰癆，一曰痛也。
78、《集韻》去聲四十一漾韻　饟（人樣切）:《說文》周人謂餉曰饟。

79、《集韻》去聲四十一漾韻　　哓（丘亮切）：《說文》秦晉謂兒泣不止曰哓。

80、《集韻》入聲五質韻　　　　灂（壁吉切）：《說文》羌人所吹角屠，灂以驚
　　馬也，或省作觱，非是。

81、《集韻》入聲五質韻　　　　筆（逼密切）：所以書也，《說文》秦謂之筆，
　　或作筆。

82、《集韻》入聲十一沒韻　　　聖（苦骨切）：《說文》汝潁之間謂致力於地曰
　　聖。

83、《集韻》入聲十二曷韻　　　瘌（即達切）：《說文》楚人謂藥毒曰痛瘌，一
　　曰傷也，疥也，或作癩。

84、《集韻》入聲十三末韻　　　袚（北末切）：《說文》蠻衣衣，一曰蔽厀，或
　　作袜。

85、《集韻》入聲十四黠韻　　　聉（五滑切）：《說文》吳楚之外凡無耳者謂之
　　聉，言若斷耳為盟，一曰聲也。

86、《集韻》入聲十四黠韻　　　乞（乙黠切）：《說文》玄鳥也，齊魯謂之乞，
　　取其鳴自呼，象形。徐鍇曰此與甲乙之乙相類其形，聲舉首下曲與甲乙字
　　少異，或從鳥。

87、《集韻》入聲十六屑韻　　　鐅（匹滅切）：《說文》河內為臿頭金，或作書
　　鐝。

88、《集韻》入聲十六屑韻　　　劂（吉屑切）：《說文》楚人謂治魚人。

89、《集韻》入聲十六屑韻　　　鱴（莫結切）：《說文》涼州謂鸄為鱴，或從末，
　　從蔑，亦作秘。

90、《集韻》入聲十八藥韻　　　猏（式灼切）：《說文》犬，猏猏不附人也。南
　　楚謂相驚曰猏，或從樂。

91、《集韻》入聲十九鐸韻　　　萏（匹各切）：《說文》齊謂舂曰萏，或作槫。

92、《集韻》入聲十九鐸韻　　　漠（末各切）：《說文》北方流沙也，或作磏。

93、《集韻》入聲十九鐸韻　　　飵（疾各切）：《說文》楚人相謁食麥曰飵，一
　　曰餐飵食也。

94、《集韻》入聲二十白韻　　　逆（仡戟切）：《說文》迎也。關東曰逆，關西
　　曰迎，一曰卻也，亂也。

95、《集韻》入聲二十一麥韻　　䰈（尼厄切）：《說文》楚謂小兒嬾。䰈，一曰餅屬。

96、《集韻》入聲二十二昔韻　　適（施隻切）：《說文》之也，宋魯語，亦姓。

97、《集韻》入聲二十二昔韻　　拓（之石切）：《說文》拾也，陳宋語，或從庶，古作摭。

98、《集韻》入聲二十二昔韻　　跖（之石切）：《說文》楚人謂跳躍曰跖。

99、《集韻》入聲二十二昔韻　　赤（昌石切）：烾，《說文》南方色也，從大從火，古從炎土。

100、《集韻》入聲二十六緝韻　　戢（即入切）：《說文》戢戢，盛也，汝南名蠶盛曰戢。

101、《集韻》入聲二十九叶韻　　僷（弋涉切）：《說文》宋衛之間謂華僷僷，一曰詘也，容也。

102、《集韻》入聲二十九叶韻　　鍱（弋涉切）：《說文》鍱也，齊謂之鍱。

103、《集韻》入聲二十九叶韻　　萐（即涉切）：艸名，《說文》萐餘也，叢生水中葉，在莖端。江東呼爲苦。

104、《集韻》入聲三十帖韻　　褋（達協切）：《說文》南楚謂襌衣曰褋，或省。

（二）《集韻》引自《爾雅》中的方言詞的，此種情況共 4 條：

1、《集韻》平聲七之韻　　鶅（莊持切）：《爾雅》雉，東方曰鶅，或從隹。

2、《集韻》平聲八微韻　　鵗（香依切）：《爾雅》雉，北方曰鵗，或從隹。

3、《集韻》平聲四宵韻　　鷂（餘招切）：雉名。《爾雅》江淮而南青質五采皆備成章曰鷂。

4、《集韻》入聲二十三錫　　貚（局闃切）獸名。《爾雅》貚身長鬚而賊，秦人謂之小驢，一曰鼠名。今江東山中有狀如鼠而大蒼色，郭璞說。

（三）《集韻》引自晉郭璞注釋中的方言材料的，此種情況共 6 條：

1、《集韻》平聲一東韻　　涷（都籠切）：《說文》水出發鳩山入於河。《爾雅》暴雨謂之涷，郭璞曰今江東呼夏月暴雨爲涷雨，引《楚辭》使涷雨兮灑塵，一曰瀧涷沾漬。

2、《集韻》平聲五支韻　　螔（相支切）：郭璞曰青州人呼蛞蝓爲蛞螔。

3、《集韻》平聲九魚韻　　　　慮（淩如切）：木名。《爾雅》諸慮山櫐也。郭璞曰謂似葛而麤大，江東呼爲藤，或作櫖、櫨。一曰林慮地名也，無慮都凡也。

4、《集韻》平聲二十六韻　　　莞（胡官切）：艸名。《說文》夫蘺也。郭璞曰今西方人呼蒲爲莞蒲，江東謂之苻蘺，通作莞。

5、《集韻》平聲十五青韻　　　釘（當經切）：《說文》鍊鉼黃金，郭璞曰鶴鄰。矛，江東呼爲鈴釘，一曰鐵鉽。

6、《集韻》上聲四十五厚韻　　　㺃（許後切）：郭璞曰青州呼犢爲㺃，或從後。

（四）《集韻》引自六朝以前其他古籍古注的方言材料，此種情況共 7 條：

1、《集韻》平聲十虞韻　　　　軀（邕俱切）：《字林》韃也，胡人謂之軀。

2、《集韻》平聲十一模韻　　　菟（同都切）：《春秋傳》楚人謂虎於菟。一曰菟裘，魯邑，或作䖘檡兔。

3、《集韻》平聲二十二元韻　　鵷（於袁切）：鳳屬。《莊子》南方有鳥名曰鵷。

4、《集韻》平聲二十五寒韻　　忓（俄幹切）：《博雅》善也。一曰秦晉謂好曰忓。

5、《集韻》平聲十九矦韻　　　褸（郎侯切）：《博雅》袛謂之褸。南楚凡人貧衣破謂之褸裂，或作縷。

6、《集韻》去聲七志韻　　　　畀（渠記切）：《說文》舉也。引《春秋傳》晉人或以廣墜，楚人畀之，黃顥說廣車陷，楚人爲舉之。

7、《集韻》去聲四十禡韻　　　蛇（除駕切）：蟲名，《南越志》水母東海謂之蛇，或作蠦。

三、《集韻》未注明引自《方言》，今本《方言》中卻有。儘管有些方言詞不言引自《方言》一書，但其中有些是承《方言》而來，且可以覆核，此種共有 22 條：

1、《集韻》平聲一東韻　　　　眮（徒東切）：吳楚謂瞋目顧視曰眮。

《集韻》上聲一董韻　　　　眮（杜孔切）：吳楚謂瞋目顧視曰眮。

〔考〕《方言》卷六：「矔、眮，轉目也。梁益之間瞋目曰矔，轉目顧視亦曰矔，吳楚曰眮。」郭璞注，「眮」音「侹侗」。

2、《集韻》平聲九魚韻　　　渠（求於切）：宋魏之間謂杷爲渠挐，通作渠。

〔考〕《方言》卷五：「杷，宋魏之間謂之渠挐，或謂之渠疏。」

3、《集韻》平聲十一唐韻　　　媓（胡光切）：南楚謂母曰媓。

〔考〕《方言》卷六：「艾，長老也。東齊魯衞之間凡尊老或謂之艾……南楚瀑洭之間，母謂之媓，謂婦妣曰母姼。」

4、《集韻》平聲十三佳韻　　　娃（於佳切）：《說文》圜，深目皃。一曰吳楚之間謂好曰娃。

〔考〕《方言》卷二：「娃、嫷、窕，豔美也。吳楚衡淮之間曰娃，南楚之外曰嫷……自關而西秦晉之間凡美色或謂之好，或謂之窕，故吳有館娃之宮，秦有榛娥之臺……」郭璞注，「娃」音「烏佳反」。

5、《集韻》平聲十七登韻　　　襘（徂棱切）：楚人謂襦曰襘。

〔考〕《方言》卷四：「汗襦，江淮南楚之間謂之襘，自關而西或謂之袛裯，自關而東謂之甲襦，陳魏宋楚之間謂之襜襦，或謂之襌襦。」郭璞注，「襘」「音甑」。

6、《集韻》平聲二十四鹽韻　　　飿（如占切）：楚謂相謁食麥爲飿。

〔考〕《方言》卷一：「饡、飵，食也。陳楚之內相謁而食麥饘謂之饡，楚曰飵。凡陳楚之郊南楚之外相謁而餐或曰飵，或曰飿。」郭璞注，「飿」「音黏」。

7、《集韻》平聲二十七咸韻　　　詀（知咸切）：南楚謂譁譅曰詀諵。

〔考〕《方言》卷十：「嘽咺、譁譅，拏也。東齊周晉之鄙曰嘽咺，南楚曰譁譅，或謂之支註，或謂之詀諵，轉語也。」郭璞注，詀諵「上託兼反，下音蹄」。

「詀」在《集韻》中兩見。另一處則明確注明引自《方言》：平聲二十五沾韻　　　詀（他兼切）：《方言》譁譅，拏也。南楚謂之詀諵。由此可以進一步印證「詀」本出自《方言》。

8、《集韻》上聲六止韻　　　梠（象齒切）：田器。《說文》臿也。一曰徙土輂，齊人語，或作梩、耜、耛、杞、枱。

〔考〕《方言》卷五：「臿，宋魏之間謂之鏵，或謂之鍏，江淮南楚之間謂之臿，沅湘之間謂之畚，東齊謂之梩。」郭璞注，「梩」音「駭」。

9、《集韻》上聲二十一混韻　　錕（舌本切）：車釭，齊燕海岱之間謂之錕。

〔考〕《方言》卷九：「車釭，齊燕海岱之間謂之鍋，或謂之錕……」

10、《集韻》上聲三十六養韻　　蛘（以兩切）：蟲名。《說文》搔蛘也，一曰北燕人謂蚍蜉曰蛘，或從養從象。

〔考〕《方言》卷十一：「蚍蜉，齊魯之間謂之蚼蟓，西南梁益之間謂之玄蚼，燕謂之蛾蛘……」郭璞注，「蟻養二音」。

11、《集韻》去聲五寘韻　　　　鍦（施智切）：江淮南楚之間謂矛爲鍦，或作鉈。

〔考〕《方言》卷九：「矛，吳揚江淮南楚五湖之間謂之鍦，或謂之鋋，或謂之鏦，其柄謂之矜。」但《方言》原文「吳揚江淮南楚五湖之間」，《集韻》卻引作「江淮南楚之間」，有誤。

《集韻》另兩見：

其一，《集韻》平聲五支韻 鍦（商支切）：《方言》矛，吳楚之間謂之鍦，或作鉇、䂸、𥎞。

其二，平聲九麻韻　　　　鍦（詩車切）：《方言》南楚五湖矛謂之鍦。

《集韻》這兩處都明確注明引自《方言》，由此可以進一步印證「鍦」本出自《方言》，只是讀音上有了變化。

12、《集韻》去聲三十四嘯韻　　咷（他弔切）：楚謂兒泣不止曰噭咷。

〔考〕《方言》卷一：「咺、唏、怛，痛也。凡哀泣而不止曰咺……自關而西秦晉之間，凡大人少兒泣而不止謂之唴……楚謂之噭咷」。

13、《集韻》去聲三十八箇韻　　袏（子賀切）：單衣也，趙魏之間謂之袏。

〔考〕《方言》卷四：「襌衣，江淮南楚之間謂之𧝓，關之東西謂之襌衣。有裏者，趙魏之間謂之袏衣，無裏者謂之裎衣，古謂之深衣。」

14、《集韻》去聲三十九過韻　　嫷（吐臥切）：南楚之外謂好爲嫷，或省。

〔考〕《方言》卷二：「娃、嫷、窕，豔美也。吳楚衡淮之間曰娃，南楚之外曰嫷，宋衛晉鄭之間曰豔，陳楚周南之間曰窕，自關而西秦晉之間凡美色或謂之好，或謂之窕……」

15、《集韻》去聲四十一漾韻　　瓺（丑亮切）：《博雅》瓶也。一曰朝鮮謂罃瓺。

〔考〕《方言》卷五：「罃，陳魏宋楚之間曰甋，或曰㼪，燕之東北朝鮮洌水之間謂之瓺，齊之東北海岱之間謂之儋……」

「甋」另見於

《集韻》平聲十陽韻　　　甋（仲良切）：《方言》朝鮮洌水之間謂營爲甋。亦可證明「甋」本見於《集韻》。

16、《集韻》去聲四十五勁韻　　鉼（卑正切）：北燕謂釜曰鉼。

〔考〕《方言》卷五：「鍑，北燕朝鮮洌水之間或謂之錪，或謂之鉼，江淮陳楚之間謂之錡，或謂之鏤，吳揚之間謂之鬲。」郭璞注，「鍑，釜屬也，音富」。

17、《集韻》入聲二沃韻　　艒（謨沐切）：南楚謂小船曰艒艖。

〔考〕《方言》卷九：「舟，自關而西謂之船，自關而東或謂之舟，或謂之航。南楚江湘凡船大者謂之舸，小舸謂之艖，艖謂之艒艖，小艒艖謂之艇……」

18、《集韻》入聲十一沒韻　　扢（呼骨切）：楚謂擊爲扢，一曰去塵也。

〔考〕《方言》卷十：「拯、扶，推也。南楚凡相推搏曰拯，或曰扢……」郭璞注，「扢」「苦骨反」。

19、《集韻》入聲十六屑韻　　蛈（一抉切）：蟲名，《說文》蚍蜉蟑也。一曰蟪蛄，秦謂之蝑蛈。

〔考〕《方言》卷十一：「蝑蛈，齊謂之蝔蟭，楚謂之蟪蛄，或謂之蛉蛄，秦謂之蝑蛈，自關而東謂之蚼蟧……」

20、《集韻》入聲二十三錫韻　　蝎（先的切）：楚謂欺慢爲脈蝎。

〔考〕《方言》卷十：「眠娗、脈蝎、賜施、茭媞、譠謾、慛忚，皆欺謾之語也。楚郢以南東揚之郊通語也。」

21、《集韻》入聲二十三錫韻　　脈（莫狄切）：脈蝎欺慢也，楚人語。

〔考〕《方言》卷十：「眠娗、脈蝎、賜施、茭媞、譠謾、慛忚，皆欺謾之語也。楚郢以南東揚之郊通語也。」「脈」可能是誤寫，應是「脈」。

22、《集韻》入聲二十七合韻　　菈（落合切）：菜名，蘆菔，東魯謂之菈蔏。

〔考〕《方言》卷三：「蘴、蕘，蕪菁也。陳楚之郊謂之蘴，魯齊之郊謂之蕘，關之東西謂之蕪菁，趙魏之郊謂之大芥。其小者謂之辛芥，或謂之幽芥。其紫華者謂之蘆菔，東魯謂之菈蔏。」郭璞注，「菈蔏」「洛荅徒合兩反」。

　　《集韻》中有許多方言材料是有歷史來源的，共計 357 條。有的引用直接標明出自《方言》，共 214 條。這類引用又可分爲以下幾種情況：《集韻》所引《方言》與今本《方言》基本相同，此種 114 條；《集韻》所引與今本《方言》稍有異，此種 25 條；《集韻》引用《方言》明顯有誤的，這種 30 條；《集韻》以前人對《方言》的注誤作爲《方言》本文而引用，這種 18 條；《集韻》引《方言》，《方言》中雖有被釋詞，卻無《集韻》所引之語，此種 7 條；《集韻》引《方言》，但今本《方言》卻無被引之語，共 20 條。此外，《集韻》引用《說文》、《爾雅》、《釋名》等書，或這些書注釋中的方言材料，此種共 121 條：引自《說文》中的方言詞，共 104 條；引自《爾雅》中的方言詞，此種共 4 條；引自晉郭璞注釋中的方言材料的，此種共 6 條；引自《釋名》、《周禮》及六朝以前其他古籍古注的方言材料，此種共 7 條。《集韻》中還有些方言詞未注明引自《方言》，但今本《方言》中卻有，此種共 22 條。

第二節　　《集韻》中反映時音的方言材料

一·在古書中是通語，在《集韻》中發展爲方言詞，此種共有 18 條：

1、《集韻》平聲三鍾韻　　　蚣（渠容切）：《說文》蚣蝑，蟲也。一曰秦謂蟬蛻曰蚣，或從邛，通作邛。

2、《集韻》平聲四江韻　　　甖（初江切）：《博雅》瓶也，長沙謂罌曰甖。

3、《集韻》平聲六脂韻　　　眱（延知切）：《博雅》䚡眱直視。一曰小視也，南楚謂眄曰眱，古作眲。

4、《集韻》平聲六脂韻　　　咦（馨夷切）：《博雅》笑也。一曰呼也，一曰南陽謂失笑爲咦。

5、《集韻》平聲十虞韻　　　訏（匈於切）：《說文》詭譌也。一曰訏訾，齊楚謂言曰訏，一曰大也。

6、《集韻》平聲十二齊韻　　　桻（駢迷切）：《說文》圜榹也，一曰齊人謂斧柯爲桻。

7、《集韻》平聲十三佳韻　　　膎（戶佳切）：《說文》脯也。一曰吳人謂醃魚爲膎胴。

8、《集韻》平聲一先韻　　　　祅（馨煙切）：《說文》胡神也，唐官有祅正。
一曰胡謂神爲祅，關中謂天爲祅。

9、《集韻》平聲十陽韻　　　　枋（分房切）：《說文》木可作車。一説蜀人以
木偃魚曰枋。

10、《集韻》上聲四紙韻　　　　媞（上紙切）：《說文》諦也，一曰妍黠也，一
曰江淮之間謂母曰媞。

11、《集韻》上聲四紙韻　　　　厃（五委切）：《說文》仰也，從人，在厂上。
一曰屋梠，秦謂之桷，齊謂之厃。

12、《集韻》上聲七尾韻　　　　煒（詡鬼切）：《說文》火也，引《詩》王室如
煒，引《春秋傳》衛侯燬。一曰楚人曰煒，或作燬。

13、《集韻》上聲八語韻　　　　粔（臼許切）：密餌也，吳謂之膏環，或從麥。

14、《集韻》上聲九麌韻　　　　羽（王矩切）：《說文》鳥長毛也，一說北方之
音。

15、《集韻》上聲九麌韻　　　　漊（隴主切）：《說文》雨漊漊也，一曰汝南謂
飲酒習之不醉爲漊。

16、《集韻》上聲十姥韻　　　　嚕（籠五切）：嚕嚕，吳俗呼豬聲。

17、《集韻》上聲二十八獮韻　　僆（力展切）：《爾雅》雞未成者。一曰江東人
謂畜雙產曰僆。

18、《集韻》上聲三十七蕩韻　　阬（舉朗切）：《博雅》竟也。一曰趙魏謂陌爲
阬。

二、《方言》中未見，《集韻》中新創的方言詞，此種共有 222 條：

1、《集韻》平聲一東韻　　　　瘀（都籠切）：吳俗謂惡氣所傷爲瘀病。

2、《集韻》平聲一東韻　　　　鶫（徒東切）：鸏鶫，水鳥，黃喙，長尺餘。
南人以爲酒器。

3、《集韻》平聲一東韻　　　　鞚（烏公切）：吳人謂鞾勒曰鞚。

4、《集韻》平聲一東韻　　　　柊（昌嵩切）：齊人謂檈爲柊楑，一曰木名，
通作終。

5、《集韻》平聲一東韻　　　　絞（昌嵩切）：戎人呼篋曰絞。

6、《集韻》平聲二多韻　　　　儂（奴多切）：我也，吳語。

7、《集韻》平聲三鍾韻　　　妐（諸容切）：夫之兄爲兄妐，一曰關中呼夫
　　之父曰妐，或省，通作鍾。

8、《集韻》平聲三鍾韻　　　松（思恭切）：木也，關內語。

9、《集韻》平聲三鍾韻　　　襦（於容切）：襪袎，吳俗語，或從邑。

10、《集韻》平聲五支韻　　　稿（鄰知切）：長沙人謂禾二杷爲稿。

11、《集韻》平聲五支韻　　　醿（仕知切）：鹹也，河內語。

12、《集韻》平聲五支韻　　　麶（班麋切）：幽州謂麴曰麶。

13、《集韻》平聲五支韻　　　孋（民卑切）：齊人呼母曰孋，或作姟。

14、《集韻》平聲五支韻　　　鐴（民卑切）：青州謂鎌爲鐴。

15、《集韻》平聲五支韻　　　鉹（余支切）：涼州呼甑爲鉹。

16、《集韻》平聲六脂韻　　　秾（儒佳切）：長沙謂禾四把曰秾，或作稜。

17、《集韻》平聲六脂韻　　　阺（陳尼切）：秦謂陵阪曰阺。

18、《集韻》平聲六脂韻　　　磓（倫追切）：東齊謂磨曰磓。

19、《集韻》平聲七之韻　　　鮨（市之切）：蜀以魚爲醬曰鮨。

20、《集韻》平聲六脂韻　　　箈（旻悲切）：竹名，江漢間謂之箈竿，一尺
　　數節，葉大如扇，可以衣蓬。

21、《集韻》平聲七之韻　　　仍（人之切）：因也，關中語。

22、《集韻》平聲七之韻　　　憗（陵之切）：愁憂貌，楚潁間語。

23、《集韻》平聲七之韻　　　鶀（丘其切）：鳥名，今江東呼鸊鷉爲鶀鵝，
　　或作鵋。

24、《集韻》平聲七之韻　　　倛（渠之切）：淮南祈雨土偶人曰倛。

25、《集韻》平聲七之韻　　　狋（渠之切）：汝南謂犬子爲狋。

26、《集韻》平聲九魚韻　　　蒢（牛居切）：草名，東人呼荏爲蒢，或作苷。

27、《集韻》平聲九魚韻　　　娪（牛居切）：吳人謂女爲娪。

28、《集韻》平聲九魚韻　　　秮（斤於切）：蜀人謂黍曰糖秮。

29、《集韻》平聲九魚韻　　　傄（求於切）：吳人呼彼稱，通作渠。

30、《集韻》平聲九魚韻　　　蚷（求於切）：商蚷，蟲名，北燕謂之馬蚿。

31、《集韻》平聲九魚韻　　　麘（牀魚切）：麘子也，一曰關中謂小兒爲麘
　　子，取此義。

32、《集韻》平聲十一模韻　　　膜（蒙晡切）：胡人拜稱南膜，《穆天子傳》膜
　　拜而受。

33、《集韻》平聲十一模韻　　　胍（東徒切）：胍肫，大腹皃。一曰椎之大者，
　　故俗謂仗頭大為胍肫，關中語，訛為胍樞。

34、《集韻》平聲十一模韻　　　鹽（攻乎切）：陳楚謂鹽池為鹽。

35、《集韻》平聲十二齊韻　　　㦒（田黎切）：楚人謂憨曰㦒㦒。

36、《集韻》平聲十二齊韻　　　㜜（縣批切）：齊人呼母，或作㜸。

37、《集韻》平聲十三佳韻　　　腇（居佳切）：楚人謂乳為腇。

38、《集韻》平聲十四皆韻　　　霡（宜皆切）：南陽謂霖曰霡。

39、《集韻》平聲十五灰韻　　　譃（通回切）：江南呼欺曰譃。

40、《集韻》平聲十五灰韻　　　隤（徒回切）：楚人謂躓僕為隤。

41、《集韻》平聲十七真韻　　　晨（慈鄰切）：旦也，關中語。

42、《集韻》平聲二十二元韻　　瀿（符袁切）：楚人謂水暴溢為瀿。

43、《集韻》平聲二十三魂韻　　霣（公渾切）：齊人謂雷曰霣，籀作䨴。

44、《集韻》平聲二十三魂韻　　蟵（逋昆切）：蠣也，南方人燔以羞。

45、《集韻》平聲二十五寒韻　　鼾（虛幹切）：臥息也，吳人謂鼻聲為鼾。

46、《集韻》平聲二十六桓韻　　綄（胡官切）：船上候風羽，楚謂之五兩。

47、《集韻》平聲二十六桓韻　　鬝（祖官切）：吳人謂髡髮為鬝。

48、《集韻》平聲二十七刪韻　　糫（胡關切）：餌也，粗粖。吳人謂之膏糫，
　　或從麥。

49、《集韻》平聲二十八山韻　　鏟（鉏山切）：趙魏謂小鑿為鏟。

50、《集韻》平聲一先韻　　　　櫼（將先切）：趙魏之間謂栗之小者曰櫼，或
　　作櫼。

51、《集韻》平聲一先韻　　　　开（輕煙切）：羌謂之开，一曰平也。

52、《集韻》平聲一先韻　　　　閼（因蓮切）：匈奴謂妻曰閼氏。

53、《集韻》平聲二仙韻　　　　悁（荀緣切）：江東呼快為悁。

54、《集韻》平聲二仙韻　　　　甀（淳沿切）：江東呼盆曰甀。

55、《集韻》平聲三蕭韻　　　　籭（憐蕭切）：竹名，似苦竹而細軟，江漢間
　　謂之苦籭。

56、《集韻》平聲三蕭韻　　　　　　遛（憐蕭切）：并州謂豆曰遛。

57、《集韻》平聲五爻韻　　　　　　枹（何交切）：蠶槌也，關中呼長枚曰枹條。

58、《集韻》平聲五爻韻　　　　　　詨（虛交切）：吳人謂叫呼爲詨，或作謞呼謞
　　　嗃謧嘮。

59、《集韻》平聲五爻韻　　　　　　筊（師交切）：《說文》陳留謂飯帚曰筊。一曰
　　　飯器容五升，一曰宋魏謂箸筩爲筊，或從肖。

60、《集韻》平聲八戈韻　　　　　　稞（苦禾切）：青州謂麥曰稞，或作稿。

61、《集韻》平聲八戈韻　　　　　　矬（烏禾切）：燕人謂多曰矬。

62、《集韻》平聲九麻韻　　　　　　舥（披巴切）：浮梁謂之舥。

63、《集韻》平聲九麻韻　　　　　　梌（直加切）：吳人謂刺木曰梌。

64、《集韻》平聲九麻韻　　　　　　㹳（牛加切）：吳人謂赤子曰䍲㹳。

65、《集韻》平聲九麻韻　　　　　　跨（枯瓜切）：吳人謂大坐曰跨。

66、《集韻》平聲十陽韻　　　　　　瓤（如陽切）：秦晉謂肥曰瓤。

67、《集韻》平聲十一唐韻　　　　　穅（徒郎切）：蜀人謂黍曰穅稆。

68、《集韻》平聲十一唐韻　　　　　狼（於郎切）：江東呼貉爲狼狼，或從犬。

69、《集韻》平聲十二庚韻　　　　　埂（居行切）：秦晉謂坑爲埂。

70、《集韻》平聲十二庚韻　　　　　笙（師庚切）：《說文》十三簧象鳳之身，正月
　　　之音物生，故謂之笙，大者謂之巢，小者謂之和，古者隨作笙。一曰吳人
　　　謂簞爲笙。

71、《集韻》平聲十二庚韻　　　　　傖（鋤庚切）：吳人罵楚人曰傖。

72、《集韻》平聲十五青韻　　　　　簈（傍丁切）：吳人謂蠶曲爲簈。

73、《集韻》平聲十五青韻　　　　　缾（傍丁切）：吳人數絮。

74、《集韻》平聲十五青韻　　　　　泠（郎丁切）：吳人謂冰曰泠澤。

75、《集韻》平聲十五青韻　　　　　𥦬（囊丁切）：昊天謂之𥦬。

76、《集韻》平聲十六蒸韻　　　　　棱（丑升切）：吳人謂酢柚爲棱。

77、《集韻》平聲十七登韻　　　　　膯（他登切）：吳人謂飽曰膯。

78、《集韻》平聲十八尤韻　　　　　烌（虛尤切）：吳俗謂灰爲烌。

79、《集韻》平聲十九矦韻　　　　　籅（烏侯切）：竹器，吳人以息小兒。

80、《集韻》平聲十九矦韻　　　　　篼（烏侯切）：吳人謂育蠶竹器曰篼。

81、《集韻》平聲十九矦韻　　 貗（奴侯切）：江東呼兔子爲貗，或作㝹，亦
　　　書作𪕮。

82、《集韻》平聲二十一侵韻　 雂（咨林切）：漢中呼雞爲雂，或從鳥。

83、《集韻》平聲二十一侵韻　 鱏（咨林切）：魚名。一說南方謂鱁曰鱏。

84、《集韻》平聲二十一侵韻　 牝（持林切）：吳牛謂之牝，通作沈。

85、《集韻》平聲二十一侵韻　 鵀（夷針切）：江南呼鷁爲鵀，或從隹。

86、《集韻》平聲二十四鹽韻　 匲（丘廉切）：吳人謂盛衣櫝曰匲。

87、《集韻》平聲二十五寒韻　 忓（俄幹切）：《博雅》善也。一曰秦晉謂好曰
　　　忓。

88、《集韻》上聲二腫韻　　　 傱（筍勇切）：楚人謂暉曰傱，或作㧬。

89、《集韻》上聲三講韻　　　 㨄（虎項切）：山東謂擔荷曰㨄，或作扛，通
　　　作𢯳。

90、《集韻》上聲三講韻　　　 𩜋（母項切）：河朔謂強食不已曰𩜋。

91、《集韻》上聲四紙韻　　　 㛂（上紙切）：美女。一曰南楚謂妻母曰㛂。

92、《集韻》上聲四紙韻　　　 蕊（乳捶切）：艸木叢生皃，一曰香艸根似茅，
　　　蜀人所謂菋香。

93、《集韻》上聲四紙韻　　　 艤（語綺切）：南方人謂整舟向岸曰艤，通作
　　　檥。

94、《集韻》上聲四紙韻　　　 䰄（苦委切）：細也，秦晉之間凡細而有容謂
　　　之䰄。

95、《集韻》上聲五旨韻　　　 癸（頸誄切）：《說文》冬時水上平可揆度也，
　　　一曰北方之日。

96、《集韻》上聲五旨韻　　　 圮（部鄙切）：齊楚謂毀曰圮。

97、《集韻》上聲五旨韻　　　 㳷（之誄切）：閩人謂水曰㳷。

98、《集韻》上聲六止韻　　　 坁（象齒切）：東楚謂橋曰坁。

99、《集韻》上聲七尾韻　　　 魊（舉豈切）：南方之鬼曰魊，一說吳人曰鬼，
　　　越人曰魊。

100、《集韻》上聲八語韻　　　 癙（忍與切）：楚人謂瘵曰癙。

101、《集韻》上聲十姥韻　　　 乄（果五切）：秦以市買多得爲乄。

102、《集韻》上聲十二蟹韻　　 女（奴解切）：楚人謂女曰女。

103、《集韻》上聲十三駭韻　雉（古駭切）：桂林謂人短爲矲雉，或作矲矺。

104、《集韻》上聲十五海韻　詒（蕩亥切）：江南呼欺曰詒，通作紿。

105、《集韻》上聲十五海韻　欓（坦亥切）：吳人謂逆剡木曰欓。

106、《集韻》上聲十七準韻　簁（阻引切）：角，齊謂之簁。

107、《集韻》上聲十九隱韻　螼（許謹切）：蟲名，蚯蚓也。吳楚呼爲寒螼，
或作蚓。

108、《集韻》上聲二十四緩韻　潬（蕩旱切）：江東呼水中沙堆爲潬，今河陽
縣南有中潬城。

109、《集韻》上聲二十七銑韻　眠（彌殄切）：楚謂欺爲眠娗，一曰僄劣。

110、《集韻》上聲二十八獮韻　囝（九件切）：閩人呼兒曰囝。

111、《集韻》上聲三十小韻　轑（魚小切）：獸名，一曰趙魏謂牛馬騰躍曰
轑。

112、《集韻》上聲三十一巧韻　蔮（苦絞切）：藕根也，江東謂之蔮，一說弓
角接曰蔮。

113、《集韻》上聲三十二晧韻　稻（土晧切）：關西呼蜀黍曰稻黍。

114、《集韻》上聲三十二晧韻　獠（魯晧切）：西南夷謂之獠，或從犬，從人，
亦作獠。一曰土人自謂獠獠，別種。

115、《集韻》上聲三十二晧韻　燶（乃老切）：《說文》有所恨也。今汝南人有
所恨曰燶。

116、《集韻》上聲三十四果韻　過（戶果切）：秦晉之間凡人語而過謂之過。

117、《集韻》上聲三十四果韻　扼（努果切）：趙魏之間謂摘爲捼扼。

118、《集韻》上聲三十五馬韻　抓（鳥瓦切）：吳俗謂手爬物曰抓。

119、《集韻》上聲三十八梗韻　懬（於杏切）：吳人謂牘曰懬。

120、《集韻》上聲三十八梗韻　傫（張梗切）：海岱之人謂勇悍曰傫。

121、《集韻》上聲三十八梗韻　溟（差梗切）：楚人謂令曰溟。

122、《集韻》上聲四十一迥韻　泂（火迥切）：北燕謂濼曰泂。

123、《集韻》上聲四十一迥韻　鐼（乃挺切）：吳俗謂刀柄入處爲鐼。

124、《集韻》上聲四十三等韻　能（奴等切）：夷人語多也。

125、《集韻》上聲四十五厚韻　犵（舉後切）：青州呼犢子曰犵。

126、《集韻》上聲四十五厚韻　莽（莫後切）：南昌謂犬善逐菟艸中爲莽。

127、《集韻》上聲四十九敢韻　餡（母敢切）：吳人謂哺子曰餡。

128、《集韻》上聲五十五範韻　脮（補範切）：河東謂腫爲脮。

129、《集韻》去聲一送韻　夢（莫鳳切）：楚謂艸澤曰夢，通作夢瞢。

130、《集韻》去聲一送韻　蕻（呼貢切）：吳俗謂艸木萌曰蕻。

131、《集韻》去聲一送韻　欉（粗送切）：江東謂艸木叢生。

132、《集韻》去聲五寘韻　諟（是義切）：青州謂彈曰諟。

133、《集韻》去聲六至韻　𥡥（雖遂切）：楚人謂卜問吉凶曰𥡥。

134、《集韻》去聲六至韻　墜（直類切）：吳俗斷木爲軸以申物。

135、《集韻》去聲七志韻　貄（疏吏切）：江東呼貉爲猭貄，或作𤟭。

136、《集韻》去聲八未韻　妭（無沸切）：羌人謂婦曰妭。

137、《集韻》去聲八未韻　攢（父沸切）：楚謂擊搏曰攢，或省。

138、《集韻》去聲九御韻　𥯦（陟慮切）：吳俗謂盛物於器曰𥯦。

139、《集韻》去聲十遇韻　姁（區遇切）：嫗也。一曰河南謂婦。

140、《集韻》去聲十遇韻　颶（衢遇切）：越人謂具四方之風曰颶。

141、《集韻》去聲十遇韻　雩（王遇切）：求雨祭，一曰吳人謂虹曰雩。

142、《集韻》去聲十一莫韻　瘝（荒故切）：江淮謂治病爲瘝。

143、《集韻》去聲十一莫韻　鮥（古慕切）：魚腸，一曰杭越之間謂魚胃爲鮥。

144、《集韻》去聲十二霽韻　嬭（彌計切）：吳俗呼母曰嬭。

145、《集韻》去聲十二霽韻　軑（他計切）：韓魏謂車輪曰軑。

146、《集韻》去聲十二霽韻　掜（胡計切）：杭越之間謂換曰掜，或從系。

147、《集韻》去聲十二霽韻　稧（胡計切）：吳人謂秧稻曰稧。

148、《集韻》去聲十二霽韻　謉（壹計切）：諟也，吳越謂諟曰謉諦。

149、《集韻》去聲十三祭韻　栚（尺制切）：齊人謂急持曰栚。

150、《集韻》去聲十三祭韻　詍（時制切）：語多也，山東云，或作呭、詍。

151、《集韻》去聲十三祭韻　拽（時制切）：拖也，山東語。

152、《集韻》去聲十三祭韻　𥡥（山芮切）：楚謂卜問曰𥡥。

153、《集韻》去聲十五卦韻　岊（卜卦切）：山谷阨也，一曰蜀中謂山谷間田曰岊。

154、《集韻》去聲十七夬韻　　唄（簿邁切）：西域謂誦曰唄。

155、《集韻》去聲十八隊韻　　侏（莫佩切）：西戎之樂曰侏。

156、《集韻》去聲十九代韻　　袋（待戴切）：吳俗謂蠶槌曰袋。

157、《集韻》去聲二十二稕韻　　橉（良刃切）：門閾也，楚人曰橉，一曰木名。

158、《集韻》去聲二十四焮韻　　霣（王問切）：齊人謂雷為霣。

159、《集韻》去聲二十五願韻　　養（俱願切）：常山謂祭曰養。

160、《集韻》去聲二十八翰韻　　邚（侯旰切）：江湘間謂如是曰邚。

161、《集韻》去聲二十九換韻　　煔（古玩切）：楚人謂火曰煔。

162、《集韻》去聲三十二霰韻　　篤（作甸切）：楚謂筏上居曰篤。

163、《集韻》去聲三十三綫韻　　鐽（式戰切）：齊謂相築曰鐽，或從刀。

164、《集韻》去聲三十三綫韻　　養（古倦切）：常山謂祭為養，或從示。

165、《集韻》去聲三十五笑韻　　訬（七肖切）：輕也，江東語。

166、《集韻》去聲三十七號韻　　耗（虛到切）：吳俗以艸木葉糞田曰耗。

167、《集韻》去聲三十九過韻　　北（補過切）：關東謂塚大曰北。

168、《集韻》去聲三十九過韻　　潳（步臥切）：燕代謂喜言人惡為潳。

169、《集韻》去聲四十禡韻　　爸（必駕切）：吳人呼父曰爸。

170、《集韻》去聲四十禡韻　　褋（詞夜切）：吳人謂衣曰褋。

171、《集韻》去聲四十禡韻　　挱（烏化切）：吳人謂挽曰挱，或作攨。

172、《集韻》去聲四十二宕韻　　絣（補曠切）：吳俗謂繑絮曰絣。

173、《集韻》去聲四十三映韻　　蝗（為命切）：江南謂食禾蟲曰蝗。

174、《集韻》去聲四十九宥韻　　霤（力救切）：關東謂甑，通作霤。

175、《集韻》去聲四十九宥韻　　鎦（力救切）：梁州謂金曰鎦，或從石。

176、《集韻》去聲五十候韻　　鹺（千候切）：《博雅》塩也。一曰南夷謂塩曰鹺。

177、《集韻》去聲五十候韻　　綉（他候切）：吳俗謂縣一片。

178、《集韻》去聲五十二滲韻　　突（所禁切）：深皃，俗謂深黑為窨曰瘱也，關中謂瘱枢。

179、《集韻》去聲五十二滲韻　　彤（丑禁切）：吳楚謂船行曰彤。

180、《集韻》去聲五十二滲韻　　艜（巨禁切）：蜀人謂舟，或從今。

181、《集韻》去聲五十三勘韻　媣（辱紺切）：淮南呼母，一曰媞也。
182、《集韻》去聲五十四闞韻　賧（吐濫切）：夷人以財贖罪也，或作倓。
183、《集韻》去聲五十八陷韻　揞（於陷切）：棄也，吳俗云。
184、《集韻》入聲一屋韻　　　豰（胡谷切）：吳俗謂䉛爲豰。
185、《集韻》入聲一屋韻　　　嘿（莫六切）：楚人謂欺曰嘿杲。
186、《集韻》入聲一屋韻　　　粿（子六切）：吳俗謂熬米爲餌曰粿。
187、《集韻》入聲四覺韻　　　鐘（逆角切）：齊人謂大椎曰鐘。
188、《集韻》入聲五質韻　　　四（息七切）：關中謂四數爲四。
189、《集韻》入聲五質韻　　　烕（休必切）：狂也，齊人語。一曰怒也。
190、《集韻》入聲五質韻　　　𪙊（側律切）：吳人呼短。
191、《集韻》入聲六術韻　　　綷（即聿切）：周也，宋衛語。
192、《集韻》入聲六術韻　　　頧（昨律切）：頧，短皃。一曰關中謂臒弱爲
　　顀頧。
193、《集韻》入聲六術韻　　　淚（劣戍切）：關中謂目汁曰淚。
194、《集韻》入聲八拂韻　　　袚（敷勿切）：蠻夷衣。
195、《集韻》入聲十月韻　　　盂（居謁切）：齊人謂盤曰盂。
196、《集韻》入聲十三末韻　　妭（北末切）：羌人謂婦曰妭。
197、《集韻》入聲十六屑韻　　瓳（詰結切）：器受一斗，北燕謂瓶爲瓳。
198、《集韻》入聲十六屑韻　　鋭（欲雪切）：楚宋謂棁曰銚鋭。
199、《集韻》入聲十六屑韻　　拔（筆別切）：晉俗謂平地除坌臭曰拔。
200、《集韻》入聲十六屑韻　　筆（筆別切）：山東謂筆。
201、《集韻》入聲十八藥韻　　糴（直畧切）：關中謂買粟麥曰糴。
202、《集韻》入聲十九鐸韻　　鈼（疾各切）：甑也，梁人呼爲鉹，吳人呼爲
　　鈼。
203、《集韻》入聲二十白韻　　舶（薄陌切）：蠻夷汎海舟曰舶，或從帛。
204、《集韻》入聲二十一麥韻　鎃（匹麥切）：梁益謂裁木爲器曰鎃。
205、《集韻》入聲二十一麥韻　糒（測革切）：粽也，南齊虞悰作扁米糒。
206、《集韻》入聲二十二昔韻　瘍（施隻切）：關中謂病相傳爲瘍。
207、《集韻》入聲二十三錫韻　煶（莫狄切）：夷人聚落謂之煶。

208、《集韻》入聲二十三錫韻　　櫂（亭歷切）：楚宋謂梡曰櫂，一曰木扶直上
　　　皃。

209、《集韻》入聲二十四職韻　　勞（六直切）：趙魏之間謂棘曰勞。

210、《集韻》入聲二十四職韻　　扐（六直切）：縛也，關中語。

211、《集韻》入聲二十四職韻　　棘（六直切）：木名，野棗酸者，江南山東曰
　　　棘子。

212、《集韻》入聲二十四職韻　　匿（昵力切）：《說文》七也。一曰微也，一曰
　　　朔而月見。東方曰側匿。

213、《集韻》入聲二十五德韻　　匿（惕得切）：朔而月見，東方曰側匿。

214、《集韻》入聲二十五德韻　　蝳（敵德切）：關中謂蛇薑毒曰蝳，或書作蚋。

215、《集韻》入聲二十五德韻　　偬（鼻墨切）：趙魏謂熬曰偬。

216、《集韻》入聲二十五德韻　　蟈（密北切）：蟲名，齊人呼蝠為蟓蟈。

217、《集韻》入聲二十六緝韻　　鈒（質入切）：羊筆也，一說東夷謂鎈為鈒。

218、《集韻》入聲二十六緝韻　　級（極入切）：新羅謂絹曰級。

219、《集韻》入聲二十八盍韻　　蓋（轄臘切）：青齊人謂蒲席曰蒲蓋。

220、《集韻》入聲二十九叶韻　　喋（去涉切）：江南謂吃為喋。

221、《集韻》入聲二十九叶韻　　鍱（實欇切）：鏷也齊人語。

222、《集韻》入聲三十一業韻　　疴（乙洽切）：江淮之間謂病劣曰疴。

　　《集韻》中反映時音的方言材料共 240 條。在古書中是通語，在《集韻》中發展為方言詞的，共 18 條；《方言》中未見，在《集韻》中出現的方言詞，共 222 條，後者占總數的 92%。其中，《集韻》中新創的方言詞，個別的在《廣韻》中就出現了，例如：

　1、《集韻》平聲九麻韻　　　　跨（枯瓜切）：吳人謂大坐曰跨。

　　《廣韻》下平聲九麻韻　　　　跨（苦瓜切）：吳人云坐。

　2、《集韻》平聲十七登韻　　　鐙（他登切）：吳人謂飽曰鐙。

　　《廣韻》下平聲十七登韻　　　鐙（他登切）：飽也，吳人云。

由此可見，《廣韻》與《集韻》在反映時音時有相承性。

第三節　《集韻》方言詞的地域分佈

一、《集韻》中轉引《方言》、《說文》、《爾雅》、《釋名》中區域名的，此種情況共 341 條：

（一）轉引《方言》中區域名的，此種計有 197 條：

楚（52）

1、《集韻》平聲一東韻　　　　篷（盧東切）：《方言》車篷，南楚之外謂之篷，或省，亦作轃。

2、《集韻》平聲一東韻　　　　葑（敷馮切）：《方言》葑、蕘，蕪菁也。陳楚之郊謂之葑，或作蘴。《詩》采葑采菲，徐邈讀。

3、《集韻》平聲一東韻　　　　笻（丘弓切）：《方言》車枸簍，宋魏陳楚間謂之笻籠。

4、《集韻》平聲三鍾韻　　　　襛（餘封切）：《方言》南楚謂襜褕曰襱襛。

5、《集韻》平聲三鍾韻　　　　樅（渠容切）：《方言》南楚江湖凡船小而深者，謂之或樅，作艭、舼、舯。

6、《集韻》平聲三鍾韻　　　　鏦（初江切）：《方言》矛，吳楚之間謂之鏦，或從象，亦作穳、鏉。

7、《集韻》平聲五支韻　　　　鍦（商支切）：《方言》矛，吳楚之間謂之鍦，或作鉈、鉇、䤘。

8、《集韻》平聲五支韻　　　　姼（常支切）：《方言》南楚謂婦妣曰母姼，婦父曰父姼，或作媔。

9、《集韻》平聲五支韻　　　　疕（攀糜切）：《方言》南楚之間器破而未離謂之疕，或從皮。

10、《集韻》平聲五支韻　　　　鸍（翹移切）：《方言》雞，陳楚宋魏之間謂之鸍鸍，或從隹。

11、《集韻》平聲五支韻　　　　蔿（驅為切）：《方言》楚鄭謂獪曰蔿。

12、《集韻》平聲七之韻　　　　孷（陵之切）：《方言》陳楚之間凡人罵乳而雙產謂之孷孳，或省。

13、《集韻》平聲八微韻　　　䬫（芳微切）：《爾雅》䬫，餕食也。《方言》
陳楚之間相謁而食麥饘謂之䬫。

14、《集韻》平聲八微韻　　　狶（香依切）：豬也。《方言》南楚謂之狶，或
從犬。

15、《集韻》平聲十虞韻　　　盂（雲俱切）：《說文》飯器也。《方言》盂，
宋楚之間或謂之盌。

16、《集韻》平聲十虞韻　　　㠐（微夫切）：毳也。《方言》楚曰㠐㠐。郭璞
曰物之行敝，或從無。

17、《集韻》平聲十二齊韻　　　謕（田黎切）：《方言》譧謱，拏也。南楚謂之
諚謕。

18、《集韻》平聲十四皆韻　　　䡮（蒲皆切）：《方言》車箱。楚衛之間謂之䡮。

19、《集韻》平聲十五灰韻　　　摧（祖回切）：《爾雅》至也。《方言》摧詹，
楚語。

20、《集韻》平聲十六咍韻　　　儓（堂來切）：《方言》南楚凡罵庸賤謂之田儓，
一曰陪儓臣也。

21、《集韻》平聲十六咍韻　　　倈（郎才切）：獸名。《方言》貔，陳楚江淮之
間謂之倈，或從犬。

22、《集韻》平聲二十三魂韻　　　蓀（蘇昆切）：《方言》蓀蜊，南楚謂之蚟蓀。

23、《集韻》平聲二十六桓韻　　　拌（鋪官切）：《方言》楚人凡揮棄物謂之拌，
俗作拚。

24、《集韻》平聲二仙韻　　　挻（屍連切）：《說文》長也。《方言》楚部謂
取物而逆曰挻，一曰揉也。

25、《集韻》平聲二仙韻　　　攐（丘虔切）：《方言》取也。楚謂之攐，一曰
縮也，拔也，或作搴。

26、《集韻》平聲八戈韻　　　媻（當何切）：《方言》南楚謂婦妣曰母媻，婦
考曰父媻。

27、《集韻》平聲八戈韻　　　讔（上和切）：《方言》慧也。楚謂之讔，或省。

28、《集韻》平聲九麻韻　　　鍦（詩車切）：《方言》南楚五湖矛謂之鍦。

29、《集韻》平聲十陽韻　　　蚟（雨方切）：蟲名。《方言》促織，南楚謂之
蚟蓀。

30、《集韻》平聲十二庚韻　　蠑（於平切）:《方言》蜥蜴，南楚或謂之蠑螈，
　　　通作榮。

31、《集韻》平聲二十二覃韻　　鈶（胡南切）:《方言》齊楚謂受曰鈶，《博雅》
　　　鈶、籬謂之鑃。

32、《集韻》平聲二十四鹽韻　　飴（尼占切）:《方言》陳楚之外相謁而飱曰飴。

33、《集韻》平聲二十五沾韻　　詀（他兼切）:《方言》譀謰，拏也。南楚謂之
　　　詀諵。

34、《集韻》平聲二十七咸韻　　揞（於咸切）:《方言》摩，滅也。荆楚曰揞。

35、《集韻》上聲一董韻　　　　魟（鄔孔切）:《方言》南楚凡大而多謂之魟。

36、《集韻》上聲二腫韻　　　　愡（尹竦切）:勸也。《方言》南楚凡己不欲喜
　　　怒而旁人説者謂之慫愡，或作容夬。

37、《集韻》上聲四紙韻　　　　錡（巨綺切）:釜也。《方言》江淮陳楚之間謂
　　　之錡。

38、《集韻》上聲五旨韻　　　　第（蔣兕切）:牀也。《方言》陳楚謂之第。

39、《集韻》上聲五旨韻　　　　跛（普鄙切）:《方言》南楚謂器破未離曰跛，
　　　或從皮。

40、《集韻》上聲八語韻　　　　仔（象呂切）:《方言》豐人，楚謂之仔。

41、《集韻》上聲三十三哿韻　　舸（賈我切）:大船也。《方言》南楚江湖謂之
　　　舸。

42、《集韻》上聲三十四果韻　　鐹（古火切）:刈鉤。《方言》陳楚謂之鐹，或
　　　省。

43、《集韻》去聲五寘韻　　　　支（支義切）:《方言》南楚謂譀謰曰支註。

44、《集韻》去聲十遇韻　　　　註（朱戍切）:拏也。《方言》南楚謂之支註。
　　　一曰解也，識也。

45、《集韻》去聲三十六效韻　　敲（口教切）:擊也。《方言》楚人揮棄物謂之
　　　敲。

46、《集韻》去聲三十九過韻　　鐹（古臥切）:車釭也。《方言》齊楚海岱之間
　　　謂之鐹。

47、《集韻》去聲四十一漾韻　　柍（於亮切）斂也。《方言》齊楚謂之柍，即
　　　今連枷。

48、《集韻》去聲四十七證韻　　襘（子孕切）:《方言》汗襦江淮南楚謂之曰襘。

49、《集韻》入聲十一沒韻　　桲（薄孛切）:《方言》齊楚僉或謂之桲，今連枷。一曰杖，一曰榅桲，果名。

50、《集韻》入聲十一沒韻　　搰（苦骨切）:《博雅》擊也。《方言》南楚凡相推搏曰搰。

51、《集韻》入聲十六屑韻　　釪（吉列切）:《方言》戟，楚謂之釪。

52、《集韻》入聲二十一麥韻　　鷊（博厄切）:鳥名。《方言》野鳧，其小好沒水中者，南楚謂之鷊鷉。

齊（21）

1、《集韻》平聲一東韻　　轆（盧東切）:《方言》車轊，齊謂之轆。

2、《集韻》平聲一東韻　　襱（盧東切）:裥。《方言》齊魯之間謂之襱，關西謂之袴。一曰裙也，或從同。

3、《集韻》平聲九魚韻　　舒（商居切）:《說文》伸也。《方言》東齊之間凡展物謂之舒，一曰敘也，散也，或作豫。舒又姓，亦州名。

4、《集韻》平聲十虞韻　　蚼（恭於切）:蟲名。《方言》蚍蜉，齊魯之間謂之蚼蟓。

5、《集韻》平聲十七眞韻　　帪（之人切）:《方言》飲馬橐，燕齊間謂之帪。

6、《集韻》平聲十九臻韻　　榟（疏臻切）:《方言》牀槓，東齊海岱間謂之榟。

7、《集韻》平聲四宵韻　　蕘（如招切）:《說文》薪也。《方言》蕪菁，齊謂之蕘。

8、《集韻》平聲十陽韻　　樣（余章切）:《方言》槌，齊謂之樣。

9、《集韻》平聲十四清韻　　鴊（諸盈切）:鳥名。《方言》齊魯間謂題肩爲鴊。

10、《集韻》平聲十四清韻　　攍（怡成切）:《方言》儋，齊楚陳宋曰攍，或從盈，通作贏。

11、《集韻》平聲十九矦韻　　螇（胡溝切）:蟲名。《方言》守宮東齊海岱之間謂之蠦螇。

12、《集韻》平聲二十二覃韻　　鋡（胡南切）：《方言》齊楚謂受曰鋡。《博雅》
　　　鋡、鐕謂之鑑。

13、《集韻》上聲二腫韻　　　　襱（柱勇切）：《說文》絝，踦也。《方言》袴，
　　　齊魯之間謂之襱，或從賞從同。

14、《集韻》上聲九噳韻　　　　繧（聳取切）：《方言》所以縣裺，東齊海岱之
　　　間謂之繧，或省。

15、《集韻》上聲十姥韻　　　　土（動五切）：桑根也。《方言》東齊謂根曰土，
　　　通作杜。

16、《集韻》去聲二十一震韻　　帳（之刃切）：《方言》飤馬橐，燕齊之間謂之
　　　帳。

17、《集韻》去聲三十三綫韻　　憚（尺戰切）：難也。《方言》齊魯曰憚。

18、《集韻》去聲三十九過韻　　鍋（古臥切）：車釭也。《方言》齊楚海岱之間
　　　謂之鍋。

19、《集韻》去聲四十一漾韻　　柍（於亮切）斂也。《方言》齊楚謂之柍，即
　　　今連枷。

20、《集韻》去聲五十二滲韻　　喑（於禁切）：《方言》啼極無聲，齊宋之間謂
　　　之喑，或作噾。

21、《集韻》入聲二十三錫韻　　妯（亭歷切）：《爾雅》動也。《方言》擾也，
　　　齊宋曰妯。

秦（18）

　1、《集韻》平聲一東韻　　　　朦（謨蓬切）：《方言》秦晉之間凡大貌謂之朦，
　　　一曰豐也。

　2、《集韻》平聲六脂韻　　　　鶀（徒祁切）：鳥名。《方言》鳩，秦漢之間其
　　　小者謂之鶀鳩，或作鶀、雞。

　3、《集韻》平聲七之韻　　　　胹（人之切）：《說文》爛也。《方言》秦晉之
　　　郊謂熟曰胹，或作腝、臑、䐹、胹。

　4、《集韻》平聲十虞韻　　　　瑜（容朱切）：冢也。《方言》秦晉之間謂之
　　　瑜。

　5、《集韻》平聲十一模韻　　　蠦（龍都切）：蜰蠦，蟲名，蜌也。《方言》守
　　　宮，秦晉或謂之蠦蚼。

6、《集韻》平聲十二齊韻　　　　　聭（傾畦切）：《方言》聲之甚者，秦晉之間謂
　　之聭。

7、《集韻》平聲二十文韻　　　　　墳（符分切）：《說文》墓也。《方言》冢，秦
　　晉之間謂之墳，取名於大防。亦作隫。

8、《集韻》平聲二十七刪韻　　　　鷳（遍還切）：《方言》鳩，秦漢之間其大者謂
　　之鷳鳩。

9、《集韻》平聲一先韻　　　　　　懺（倉先切）：《方言》自關而西秦晉之間呼好
　　爲懺。

10、《集韻》平聲二仙韻　　　　　　蟬（時連切）：《說文》以旁鳴者。《方言》蜩，
　　秦晉謂之蟬，或作蠅。

11、《集韻》平聲二仙韻　　　　　　蟺（澄延切）：蟲名。《方言》守宮秦晉謂之蠦
　　蟺。

12、《集韻》平聲二十幽韻　　　　　瘡（時任切）：《方言》秦晉之間謂病曰瘡，或
　　從尤。

13、《集韻》上聲三十二晧韻　　　　剿（子晧切）：《方言》儈也，秦晉間曰剿。

14、《集韻》上聲五十琰韻　　　　　欕（以冉切）：《方言》秦晉續折木謂之欕。

15、《集韻》去聲六至韻　　　　　　隸（神至切）：《方言》餘也，秦晉之間曰隸。

16、《集韻》去聲十五卦韻　　　　　嗌（烏懈切）：《方言》噎也。秦晉謂咽痛曰
　　嗌。

17、《集韻》入聲二十二昔韻　　　　鷁（營隻切）：《方言》秦漢之間謂鷳鳩小者曰
　　鷁鳩，或從隹。

18、《集韻》入聲二十九叶韻　　　　剿（七接切）：續也。《方言》秦晉續繩索謂之
　　剿。

北燕（8）

1、《集韻》平聲五支韻　　　　　　麶（頻彌切）：《方言》北燕謂麴曰麶。

2、《集韻》平聲六脂韻　　　　　　蚭（女夷切）：蟲名。《博雅》蚰蜒也。《方言》
　　北燕謂之蚭蚭。

3、《集韻》平聲六脂韻　　　　　　貔（貧悲切）：貙也。《方言》北燕朝鮮謂之貔，
　　或作豼狃。

4、《集韻》平聲三蕭韻　　　　　癆（憐蕭切）：《方言》北燕朝鮮之間飲藥而毒
　　謂之癆，一曰痛也。

5、《集韻》平十陽聲韻　　　　　跟（仲良切）：《方言》北燕之郊謂跪曰跟。

6、《集韻》上聲四紙韻　　　　　荵（尹捶切）：艸名。《方言》芡，北燕謂之荵。

7、《集韻》上聲五旨韻　　　　　貔（部鄙切）：獸名，貅也。《方言》北燕朝鮮
　　之間謂之貔。

8、《集韻》入聲二十二昔韻　　　荵（營隻切）：芡也。《方言》北燕謂之荵。

吳（3）

1、《集韻》平聲一東韻　　　　　融（餘中切）：《說文》炊氣，上出也。一曰和
　　也。《方言》宋衛荊吳之間謂長曰融，又姓籀，不省。

2、《集韻》平聲三鍾韻　　　　　鏦（初江切）：《方言》矛，吳楚之間謂之鏦，
　　或從象，亦作穩、鉏。

3、《集韻》平聲五支韻　　　　　鏇（商支切）：《方言》矛，吳楚之間謂之鏇，
　　或作鈶、㢱、䄄。

趙魏（10）

1、《集韻》平聲一東韻　　　　　錬（都籠切）：《方言》輨、軑，趙魏之間曰錬
　　鎬。

2、《集韻》平聲三鍾韻　　　　　姇（敷容切）：《方言》凡好而輕者，趙魏燕代
　　之間曰姇，或作烽。

3、《集韻》平聲五支韻　　　　　椸（余支切）：《方言》榻前几，趙魏之間謂之
　　椸。一曰衣架，或作箷篂椻杝。

4、《集韻》平聲十虞韻　　　　　蚅（雲俱切）：蟲名。《方言》蚰蜒，趙魏之間
　　或謂之蚨蚅。

5、《集韻》平聲十虞韻　　　　　蝓（容朱切）：蟲名。《說文》虒蝓也。《方言》
　　趙魏謂蛭蝓為蠋蝓。

6、《集韻》上聲二十九筱韻　　　乚（丁了切）：懸也。《方言》趙魏之間曰乚，
　　或從麼。

7、《集韻》上聲四十靜韻　　　　裎（丑郢切）：《說文》袒也。《方言》襌衣，
　　趙魏之間無裏者謂之裎。

8、《集韻》去聲五寘韻　　　　椸（以豉切）：《方言》榻前几，趙魏謂之椸，
　　或從匕。

9、《集韻》去聲六至韻　　　　耿（兵媚切）：《方言》憇，趙魏之間謂之耿。

10、《集韻》入聲五質韻　　　　眳（莫筆切）：《方言》憇也，趙魏曰眳，或從
　　目。

趙（5）

1、《集韻》平聲一東韻　　　　蠓（謨蓬切）：《方言》蠿，燕趙之間謂之蠓
　　蝝。

2、《集韻》平聲六豪韻　　　　篼（他刀切）：飲牛器。《方言》籇，趙岱之間
　　謂之篼。

3、《集韻》平聲二十幽韻　　　蚴（於虯切）：《方言》蠿之小者燕趙之間謂之
　　蚴蛻。

4、《集韻》去聲五十一幼韻　　蚴（伊謬切）：《方言》燕趙謂蜂小者曰蚴蛻。

5、《集韻》入聲十七薛韻　　　蛻（欲雪切）：《方言》燕趙謂蠿小者曰蚴蛻，
　　一曰蟬蛇解皮也。

魏（5）

1、《集韻》平聲五支韻　　　　帔（攀糜切）：《方言》帬，陳魏之間謂之帔，
　　一曰巾也。

2、《集韻》平聲八微韻　　　　暐（於非切）：雷也。《方言》宋魏之間謂之
　　暐。

3、《集韻》平聲六豪韻　　　　鷝（居勞切）：鳥名。《方言》鶹鷝，韓魏謂之
　　鷞鷝，一曰鳩也，或從隹。

4、《集韻》上聲九麌韻　　　　瓿（罔甫切）：《方言》甖，周魏之間謂之瓿，
　　或從廡武。

5、《集韻》去聲十九代韻　　　蝳（他代切）：蟲名，食葉者。《方言》蟒，宋
　　魏之間謂之蝳。

燕（3）

1、《集韻》平聲三鍾韻　　　　妦（敷容切）：《方言》凡好而輕者，趙魏燕代
　　之間曰妦，或作𡡓。

2、《集韻》平聲二仙韻　　　　蜓（夷然切）：蟲名。《方言》燕北謂易析曰祝蜓。一曰蝘蜓，獸名。一曰蜿蜓，龍皃。

3、《集韻》入聲二十五德韻　　鵝（檴北切）：鳥名。《方言》戴勝，燕之東北謂之鵝。

晉（2）

1、《集韻》平聲五支韻　　　　甀（重垂切）：《方言》甖，其大者，晉之舊都謂之甀。

2、《集韻》平聲十六韻　　　　㙇（牆來切）：《方言》晉之舊都曰㙇。

蜀（1）

《集韻》去聲五寘韻　　　　　杫（斯義切）：《方言》俎，機。西南蜀漢之郊曰杫，或從徙，亦作榹。

陳魏宋楚（4）

1、《集韻》平聲十虞韻　　　　瓶（慵朱切）：《方言》罃，陳魏宋楚之間曰瓶。

2、《集韻》平聲十虞韻　　　　瓻（容朱切）：《方言》罃，陳魏宋楚之間曰瓻。

3、《集韻》平聲八戈韻　　　　籮（良何切）：《方言》箕，陳魏宋楚之間謂之籮。一說江南謂筐底方上圜曰籮。

4、《集韻》上聲十一韻　　　　題（待禮切）：甂也。《方言》陳魏宋楚謂之題，或從缶。

宋（4）

1、《集韻》平聲五支韻　　　　鬾（章移切）：《方言》雞，陳宋謂之辟鬾。

2、《集韻》平聲五爻韻　　　　漻（丘交切）：《方言》陳宋之間謂盛曰漻。

3、《集韻》上聲十七準韻　　　諄（主尹切）：《方言》宋魯凡相惡謂之諄。

4、《集韻》入聲二十四職韻　　䭼（悉即切）：《博雅》息也。《方言》周鄭宋沛間曰䭼。

魯（3）

1、《集韻》平聲十八尤韻　　　雔（將由切）：《方言》鷄雛，徐魯之間謂之雔子。

2、《集韻》平聲二十二覃韻　　撏（祖含切）：《方言》衛魯楊徐荊衡之郊謂取曰撏。

3、《集韻》入聲二十七合韻　　薱（達合切）：蘆菔也。《方言》東魯謂之菈
　　薱。

陳（2）

1、《集韻》平聲九魚韻　　帤（女居切）：《說文》巾帤也。一曰幣也。《方
　　言》大巾，嵩嶽之南陳潁之間謂之帤巾。

2、《集韻》平聲四宵韻　　蹘（餘招切）：《說文》跳也。《方言》陳鄭之
　　間曰蹘。

朝鮮（5）

1、《集韻》平聲六脂韻　　貔（貧悲切）：貙也。《方言》北燕朝鮮謂之
　　貔，或作狉狉。

2、《集韻》平聲九魚韻　　蜍（羊諸切）：蟲名，蟁蜍也。《方言》北方朝
　　鮮洌水之間謂之蟇蜍。

3、《集韻》平聲十陽韻　　瓺（仲良切）：《方言》朝鮮洌水之間謂罃為
　　瓺。

4、《集韻》上聲五旨韻　　貔（部鄙切）：獸名，貅也。《方言》北燕朝鮮
　　之間謂之貔。

5、《集韻》上聲三十六養韻　　靪（語兩切）：屨也。《方言》東北朝鮮洌水之
　　間謂之靪角。

桂林（1）

《集韻》平聲三鍾韻　　鏦（牆容切）：《方言》桂林之中謂雞曰鏦，或
從鳥，亦書作雔。

梁益（4）

1、《集韻》平聲五支韻　　攈（均窺切）：《方言》梁益間裂帛為衣曰攈。

2、《集韻》上聲六止韻　　屣（牀史切）：履也。《方言》西南梁益之間謂
　　之屣。

3、《集韻》去聲十五卦韻　　屣（胡卦切）：履也。《方言》西南梁益之間謂
　　之屣。

4、《集韻》入聲二十三錫韻　　鈚（匹歷切）：《方言》梁益之間裁木為器曰
　　鈚。

海岱（3）

1、《集韻》平聲五支韻　　蝘（相支切）：《方言》守宮在澤者，海岱之間
謂之蝘蜓。郭璞曰，似蜥易而大，有鱗。今通言蛇醫。一曰蝘蝓，蝸牛
也。

2、《集韻》平聲二十三談韻　　甔（都甘切）：罃也。《方言》齊東北海岱之間
謂之甔，通作儋。

3、《集韻》去聲三十九過韻　　輠（古臥切）：車釭也。《方言》齊楚海岱之間
謂之輠。

沅澧（2）

1、《集韻》平聲五支韻　　詜（抽知切）：《方言》沅澧之間凡相問而不知
答曰詜，或作誺。

2、《集韻》平聲二十三談韻　　欦（胡甘切）：《方言》㘝，或也。沅澧之間凡
言或如此者曰欦。

江沔（1）

《集韻》平聲十五青韻　　桱（乎經切）：《方言》榻前几，江沔之間曰
桱。

江湘（6）

1、《集韻》平聲二冬韻　　甕（徂宗切）：甖屬。《方言》江湘之間謂之
甕。

2、《集韻》平聲十四皆韻　　崽（山皆切）：子也。《方言》江湘間凡言是子
謂之崽，自高而侮人也。

3、《集韻》平聲二仙韻　　顚（諸延切）：《方言》額，江湘之間謂之顚，
或從枾。

4、《集韻》平聲六豪韻　　惆（都勞切）：《方言》惽，江湘謂之昏惆。

5、《集韻》上聲十一薺韻　　瘠（在禮切）：《方言》江湘間凡物生而不長大
曰瘠，一曰病也，隸作瘠。

6、《集韻》入聲十一沒韻　　突（他骨切）：《方言》江湘謂卒相見曰突，一
曰出兒，或省。

河濟（1）

《集韻》平聲五爻韻　　　　嫹（謨交切）:《說文》目裏好也。《方言》河濟之間謂好而輕言者爲嫹。

江東（1）

《集韻》平聲九麻韻　　　　椏（於加切）:《方言》江東謂樹岐爲杈椏。

江南（2）

1、《集韻》平聲十六咍韻　　　　隑（柯開切）:《方言》渏也，江南人呼梯爲隑。

2、《集韻》平聲二仙韻　　　　秈（相然切）:《方言》江南呼稉爲秈，或作䆨秈稛。

關西（5）

1、《集韻》平聲一東韻　　　　裗（昌嵩切）:襌衣，《方言》襜褕布而無緣，關西謂之裗裾。

2、《集韻》上聲一董韻　　　　輚（祖動切）:車輪。《方言》關西謂之輚，或作轗。

3、《集韻》上聲五十琰韻　　　　繳（力冉切）:《方言》所以縣㮂，關西謂之繳，一曰索也。

4、《集韻》去聲二十七恨韻　　　　饐（於恨切）:《方言》關西呼食欲飽爲饐饑。

5、《集韻》入聲一屋韻　　　　妯（佇六切）:《方言》今關西兄弟婦相呼爲妯娌，或作嫡。

自關而東（5）

1、《集韻》平聲五支韻　　　　䙡（班縻切）:《方言》帬，自關而東謂之䙡，或從罷從皮。

2、《集韻》平聲二十二元韻　　　　蝖（許元切）:《方言》蠀螬，自關而東謂之蝖。

3、《集韻》平聲二仙韻　　　　梴（抽延切）:《說文》長木也。引《詩》松桷有梴。《方言》碓機，自關而東謂之梴。

4、《集韻》上聲二十阮韻　　　　靰（委遠切）:《方言》自關而東履其庳者謂之靰，或作韈。

5、《集韻》去聲三十三綫韻　　　　蜷（古倦切）:蟲名。《方言》自關而東謂之蜷蠾。

自關而西（14）

1、《集韻》平聲八微韻　　　　鐖（無非切）：鉤也。《方言》自關而西謂之鐖。

2、《集韻》平聲十虞韻　　　　襦（汝朱切）：《說文》短衣也。一曰䵍衣。
　　　《方言》襦，自關而西謂之衹裯，或作褕。

3、《集韻》平聲十二齊韻　　　衹（都黎切）：《說文》衹裯，短衣也。《方言》
　　　汗襦，自關而西謂之衹裯。

4、《集韻》平聲一先韻　　　　㦓（倉先切）：《方言》自關而西秦晉之間呼好
　　　為㦓。

5、《集韻》平聲一先韻　　　　甌（卑眠切）：《方言》自關而西盆盎小者曰甌。

6、《集韻》平聲二仙韻　　　　船（食川切）：《說文》舟也。《方言》自關而
　　　西謂之船，俗作舡，非是。

7、《集韻》平聲六豪韻　　　　裯（都勞切）：《說文》衣袂，衹裯。《方言》
　　　汗襦自關而西或謂之衹裯。

8、《集韻》平聲十九侯韻　　　𥬇（郎侯切）：《方言》飲馬橐，自關而西謂之
　　　𥬇篼。

9、《集韻》上聲一董韻　　　　𥶉（損動切）：《方言》箸，筩，自關而西謂之
　　　桶、𥶉，或作䉛。

10、《集韻》上聲四紙韻　　　　鞞（補弭切）：劍削。《方言》自關而西謂之鞞。

11、《集韻》上聲九麌韻　　　　裋（上主切）：《方言》襜褕，自關而西其短者
　　　謂之裋褕，或從豎。

12、《集韻》上聲四十七寑韻　　揪（力錦切）：《方言》殺也。一曰自關而西謂
　　　打為揪。

13、《集韻》入聲九迄韻　　　　襭（渠勿切）：《方言》自關而西謂襤褸曰袿襭，
　　　或省冕曲，其出乙乙也。

14、《集韻》入聲二十二昔　　　奕（夷益切）：《說文》大也。引《詩》奕奕梁
　　　山。《方言》奕、僷，容也。自關而西凡美容謂之僷，奕奕、僷僷，皆輕麗
　　　皃。

北鄙（1）

《集韻》入聲一屋韻　　　　蚰（佇六切）：蟲名。《方言》北鄙謂馬蚿大者
　　　曰馬蚰，或作蚰。

其　他

新野人（1）

《集韻》平聲六脂韻　　　　　　鑸（朱惟切）：《博雅》鼠屬。《方言》新野人
謂鼠爲鑸，或書作鼬。　　　　　

青徐（2）

1、《集韻》上聲三十小韻　　　　鈔（七小切）：好也。《方言》青徐謂之鈔，一
日微也。　　　　　　　　　　　曰微也。

2、《集韻》去聲三十四嘯韻　　　嫽（力弔切）：好也。《方言》青徐之間曰嫽。

蘇沅湘南（1）

《集韻》入聲十五鎋韻　　　　　蕓（下轄切）：葦，艸名。《方言》蘇沅湘南謂
之蕓，或省。　　　　　　　　　之蕓，或省。

梁中（1）

《集韻》入聲二十四職韻　　　　愵（昵力切）：惡愧也。《方言》梁中曰愵，或
作惡。　　　　　　　　　　　　作惡。

（二）轉引《說文》中區域名的，此種計有124條：

楚（33）

1、《集韻》平聲六脂韻　　　　　楣（旻悲切）：《說文》秦名屋檐聯也，齊謂之
簷，楚謂之梠。　　　　　　　　簷，楚謂之梠。

2、《集韻》平聲七之韻　　　　　圯（盈之切）：《說文》東楚謂橋爲圯。

3、《集韻》平聲二十文韻　　　　帉（敷文切）：《說文》楚謂大巾日帉，或書作
帉，通作紛。　　　　　　　　　帉，通作紛。

4、《集韻》平聲四宵韻　　　　　藃（虛嬌切）：艸名。《說文》楚謂之籬，晉謂
之藃。　　　　　　　　　　　　之藃。

5、《集韻》平聲六豪韻　　　　　咷（徒刀切）：《說文》楚謂兒泣不止日嗷咷。

6、《集韻》平聲十陽韻　　　　　閶（蚩良切）：《說文》天門也，楚人名門日閶
闔，或作閶。　　　　　　　　　闔，或作閶。

7、《集韻》平聲十六蒸韻　　　　菱（閭承切）：《說文》芰也，楚謂之芰，秦謂
之薢茩，或從遴，或作菱、蔆。　之薢茩，或從遴，或作菱、蔆。

8、《集韻》平聲十九侯韻　　篝（居侯切）：《說文》答也，可薰衣。宋楚謂
竹篝牆以居也。一曰蜀人負物，籠上大下小而長謂之篝筲，或作簼。

9、《集韻》平聲二十三談韻　　襤（盧甘切）：《說文》楚謂無緣衣。

10、《集韻》上聲七尾韻　　餥（府尾切）：《說文》餱也，陳楚之間相謁食
麥飯曰餥。

11、《集韻》上聲三十四果韻　　媠（杜果切）：《說文》南楚之外謂好曰媠。

12、《集韻》上聲四十靜韻　　逞（丑郢切）：《說文》通也，楚謂疾行為逞，
引《春秋傳》何所不逞。一曰快也，或作呈。

13、《集韻》去聲一送韻　　眮（徒弄切）：《說文》吳楚謂瞋目顧視曰眮。

14、《集韻》去聲六至韻　　懟（力至切）：《說文》楚穎之間謂憂曰懟。

15、《集韻》平聲去聲七志韻　　曁（渠記切）：《說文》舉也。引《春秋傳》晉
人或以廣墜，楚人曁之，黃顥說廣車陷，楚人為舉之。

16、《集韻》去聲八未韻　　媦（於貴切）：《說文》楚人謂女弟曰媦，引《公
羊傳》楚王之妻媦。

17、《集韻》去聲九御韻　　癙（依據切）：《說文》楚人謂寐曰癙，或作癳。

18、《集韻》去聲十一莫韻　　笯（莫故切）：籠也。《說文》南楚謂之笯。

19、《集韻》去聲十二霽韻　　眱（大計切）：《說文》目小視也，南楚謂眄曰
眱，或從夷，古從巨。

20、《集韻》去聲十三祭韻　　劖（朱芮切）：《說文》楚人謂卜問吉凶曰劖，
從又從祟。

21、《集韻》去聲十三祭韻　　蜹（儒稅切）：蚋蟲名。《說文》秦晉謂之蜹，
楚謂之蚊，或省。

23、《集韻》去聲十四夳韻　　瘌（落蓋切）：《說文》楚人謂藥毒曰痛瘌。

24、《集韻》去聲二十二稕韻　　蕣（輸閏切）：《說文》艸也，楚謂之蕣，秦謂
之藑，蔓地連華，象形，古作舜，隸作舜，或作俊。

25、《集韻》去聲三十七號韻　　悼（大到切）：《說文》懼也，陳楚謂懼曰悼。
一曰傷也。

26、《集韻》入聲十二曷韻　　瘌（即達切）：癩，《說文》楚人謂藥毒曰痛瘌，
一曰傷也，疥也，或作癩。

27、《集韻》入聲十四黠韻　聉（五滑切）:《說文》吳楚之外凡無耳者謂之聉，言若斷耳為盟，一曰聾也。

28、《集韻》入聲十六屑韻　劀（吉屑切）:《說文》楚人謂治魚人。

29、《集韻》入聲十八藥韻　猎（式灼切）:《說文》犬，猎猎不附人也。南楚謂相驚曰猎，或從樂。

30、《集韻》入聲十九鐸韻　飵（疾各切）:《說文》楚人相謁食麥曰飵，一曰餈飵食也。

31、《集韻》入聲二十一麥韻　嫛（尼厄切）:《說文》楚謂小兒嬾。嫛，一曰餅屬。

32、《集韻》入聲二十二昔韻　跖（之石切）:《說文》楚人謂跳躍曰跖。

33、《集韻》入聲三十帖韻　褋（達協切）:《說文》南楚謂禪衣曰褋，或省。

齊（19）

1、《集韻》平聲六脂韻　榱（雙佳切）:《說文》秦名為屋椽，周謂之榱，齊魯謂之桷。

2、《集韻》平聲六脂韻　椎（傳追切）:梲，《說文》擊也。齊謂之終葵，或作枉通，作槌。

3、《集韻》平聲六脂韻　楣（旻悲切）:《說文》秦名屋檐聯也，齊謂之簷，楚謂之梠。

4、《集韻》平聲十一模韻　徂（叢租切）:《說文》往也，徂，齊語。或從彳，籀從盧。

5、《集韻》平聲十一模韻　黸（龍都切）:《說文》齊謂黑為黸。

6、《集韻》平聲十六咍韻　秾（郎才切）:《說文》齊謂麥曰秾，或作麳，亦從二來，通作釐。

7、《集韻》平聲四宵韻　蕭（虛嬌切）:艸名。《說文》楚謂之蘺，晉謂之蘺，齊謂之茞。

8、《集韻》平聲十六蒸韻　綾（閭承切）:《說文》東齊謂布帛之細者曰綾。

9、《集韻》平聲十八尤韻　脉（渠尤切）:《說文》齊人謂臞脉也，或從咎。

10、《集韻》平聲二十一侵韻　訦（時任切）:《說文》燕代東齊謂信曰訦。

11、《集韻》平聲二十一侵韻　　暗（於金切）：《說文》宋齊謂兒泣不止曰喑。

12、《集韻》上聲八語韻　　莒（苟許切）：艸名。《說文》齊謂芌爲莒，一曰國名亦姓。

13、《集韻》上聲十七準韻　　霣（羽敏切）：《說文》雨也，齊謂靁爲霣，一曰雲轉起也，古作䨓。

14、《集韻》上聲三十四果韻　　夥（戶果切）：《說文》齊謂多爲夥，或從咼。

15、《集韻》去聲二十九換韻　　爨（取亂切）：《說文》齊謂之炊爨，臼象持甑冂爲竈口廾推林內火籒省，或作㸑，亦姓。

16、《集韻》去聲三十二霰韻　　倩（倉甸切）：《說文》人字，東齊壻謂之倩。一曰美也，一曰無廉隅，亦姓。

17、《集韻》入聲十四黠韻　　乞（乙黠切）：《說文》玄鳥也，齊魯謂之乞，取其鳴自呼，象形。徐鍇曰此與甲乙之乙相類其形，聲舉首下曲與甲乙字少異，或從鳥。

18、《集韻》入聲十九鐸韻　　䒰（匹各切）：《說文》齊謂春曰䒰，或作暷。

19、《集韻》入聲二十九叶韻　　鍱（弋涉切）：《說文》鏶也，齊謂之鍱。

秦（18）

1、《集韻》平聲六脂韻　　榱（雙隹切）：《說文》秦名爲屋椽，周謂之榱，齊魯謂之桷。

2、《集韻》平聲六脂韻　　楣（旻悲切）：《說文》秦名屋櫋聯也，齊謂之檐，楚謂之梠。

3、《集韻》平聲十虞韻　　籭（雙雛切）：《說文》飯筥也，受五升。秦謂筥曰籭。

4、《集韻》平聲十一模韻　　夃（攻乎切）：《說文》秦以市買多得爲夃，引《詩》「我夃酌彼金罍」。

5、《集韻》平聲十一模韻　　杇（汪胡切）：《說文》所以塗也，秦謂之杇，關中謂之槾，或作圬、釫、椺。

6、《集韻》平聲七歌韻　　娥（牛河切）：《說文》帝堯之女舜妻娥皇字也，秦晉謂好曰娙娥。

7、《集韻》平聲十六蒸韻　　蔆（閭承切）：《說文》芰也，楚謂之芰，秦謂之薢茩，或從遴，或作菱、䔖。

8、《集韻》平聲二十四鹽韻　黔（其淹切）：《說文》黎也。秦謂民爲黔首，
謂黑色也。周謂之黎民，引《易》爲黔喙。

9、《集韻》上聲十一薺韻　阺（典禮切）：《說文》秦謂陵阪曰阺，或從
土。

10、《集韻》上聲十五海韻　聹（子亥切）：《說文》益梁之州謂聾爲聹，秦
晉聽而不聞，聞而不達謂之聹。

11、《集韻》上聲三十五馬韻　雅（語下切）：鳥名。《說文》楚烏也。一名
鸒，一名卑居。秦謂之雅，或從鳥。雅，一曰正也。

12、《集韻》上聲三十八梗韻　埂（古杏切）：《說文》秦謂阬爲埂，一曰堤
封，謂之埂。

13、《集韻》去聲十三祭韻　蜹（儒稅切）：蚋蟲名。《說文》秦晉謂之蜹，
楚謂之蚊，或省。

14、《集韻》去聲二十二稕韻　㯺（輸閏切）：《說文》艸也，楚謂之葍，秦謂
之蔓，蔓地連華，象形，古作㽥，隸作舜，或作俊。

15、《集韻》去聲二十六圂韻　饐（烏困切）：《說文》秦人謂相謁而食麥曰饐
餽。一曰飽也。

16、《集韻》去聲二十六圂韻　餽（烏困切）：《說文》饐，餽也。謂相謁食麥
秦人語，或從禾。

17、《集韻》去聲四十一漾韻　哴（丘亮切）：《說文》秦晉謂兒泣不止曰哴。

18、《集韻》入聲五質韻　筆（逼密切）：所以書也。《說文》秦謂之筆，
或作筆。

吳（3）

1、《集韻》平聲十七眞韻　緡（皮巾切）：《說文》釣魚繳也。吳人解衣相
被謂之緡，一曰錢緡，一曰國名，或作緍，又姓。

2、《集韻》去聲六至韻　餽（基位切）：《說文》吳人謂祭曰餽。

3、《集韻》入聲六術韻　聿（允律切）：《說文》所以書也楚謂之聿，吳
謂之不律，燕謂之弗。一曰述也，遂也。

燕（1）

《集韻》入聲十六屑韻　㼽（詰結切）：器受一斗，北燕謂瓶爲㼽。

晉（1）

《集韻》平聲四宵韻　　　藃（虛嬌切）：艸名。《說文》楚謂之籬，晉謂
之藃。

蜀漢（2）

《集韻》入聲五質韻　　　楔（私列切）：《說文》攦也。蜀人從殺，《周
禮》從執。一曰楔山桃。

《集韻》平聲十三耕韻　　　姘（披耕切）：《說文》除也。漢律齊人予妻婢
姦曰姘。

宋（4）

1、《集韻》平聲二仙韻　　　饘（諸延切）：《說文》糜也。周謂之饘，宋謂
之餰，或作鬻、飦、飦、饍、鬻、糕、鬵、餰、饘。

2、《集韻》入聲二十二昔韻　　適（施隻切）：《說文》之也，宋魯語，亦姓。

3、《集韻》入聲二十二昔韻　　拓（之石切）：《說文》拾也，陳宋語，或從庶，
古作摭。

4、《集韻》入聲二十九叶韻　　偞（弋涉切）：《說文》宋衛之間謂華偞偞，一
曰詘也，容也。

鄭（1）

《集韻》平聲一東韻　　　䴷（敷馮切）：《說文》煮麥也，鄭眾謂熬麥曰
䴷。

朝鮮（2）

1、《集韻》上聲二十七銑韻　　鉄（他典切）：《說文》朝鮮謂金曰鉄，一曰重
也。

2、《集韻》去聲三十七號韻　　癆（郎到切）：《說文》朝鮮謂藥毒曰癆，一曰
痛也。

周（5）

1、《集韻》平聲二十三魂韻　　晜（公渾切）：《說文》周人謂兄曰晜，或作昆，
通作昆。

2、《集韻》平聲二仙韻　　　饘（諸延切）：《說文》糜也。周謂之饘，宋謂
之餰，或作鬻、飦、飦、饍、鬻、糕、鬵、餰、饘。

3、《集韻》平聲二十三談韻　　汫（沽三切）：《說文》周謂潘曰汫，或從米。

4、《集韻》平聲二十四鹽韻　　黔（其淹切）：《說文》黎也。秦謂民爲黔首，謂黑色也。周謂之黎民，引《易》爲黔喙。

5、《集韻》去聲四十一漾韻　　饟（人樣切）：《說文》周人謂餉曰饟。

涼州（1）

《集韻》入聲十六屑韻　　　䖖（莫結切）：《說文》涼州謂鸞爲䖖，或從末，從蔑，亦作䘏。

沇州（1）

《集韻》平聲八戈韻　　　　詑（湯河切）：說文沇州謂欺曰詑故從也。

益州（2）

1、《集韻》上聲三十六養韻　　䑋（汝兩切）：《說文》益州鄙言人盛諱其肥謂之䑋。

2、《集韻》去聲二十九換韻　　矔（古玩切）：《說文》目多精也。益州謂瞋目一矔。一曰閉一目。

海岱（2）

1、《集韻》平聲八微韻　　　睎（香依切）：《說文》望也，海岱之間謂眄曰睎。

2、《集韻》平聲二十四鹽韻　　潚（余廉切）：《說文》海岱之間謂相汙爲潚，一曰水進或作灩。

江淮（1）

《集韻》上聲四紙韻　　　　錡（語綺切）：《說文》鉏鋤也。江淮之間謂釜曰錡，一曰鑿屬。

淮南（1）

《集韻》上聲三十五馬韻　　姐（子野切）：《說文》蜀謂母曰姐，淮南謂之社，古作㚼，或作她、媎。

汝南（3）

1、《集韻》上聲三十二晧韻　　㛴（乃老切）：《說文》有所恨也。今汝南人有所恨曰㛴，或作惱、悩、㛴、㛴、憹。

· 105 ·

2、《集韻》去聲二十八翰韻　　閈（侯旰切）：《說文》閈也，汝南呼興里門曰
　　　閈。

3、《集韻》入聲二十六緝韻　　戢（即入切）：《說文》戢戢，盛也，汝南名蠶
　　　盛曰戢。

河內（1）

《集韻》入聲十六屑韻　　鐅（匹滅切）：《說文》河內為臿頭金，或作書
　　鐅。

江南（1）

《集韻》上聲十一薺韻　　鬀（乃禮切）：《說文》髮兒，讀若。江南謂醋
　　母為鬀，或作鬁。

東方（2）

1、《集韻》平聲十五青韻　　桱（堅靈切）：《說文》桱桯也，東方謂之蕩。

2、《集韻》上聲十姥韻　　鹵（籠五切）：《說文》西方鹹地也，象鹽形，
　　安定有鹵縣，東方謂之㡑，西方謂之鹵，或從水從土，亦作滷。

關西（2）

1、《集韻》上聲四十七寑韻　　朕（直稔切）：《說文》搯之，橫也。關西謂之
　　撛，或作㯼。

2、《集韻》入聲二十白韻　　逆（仡戟切）：《說文》迎也。關東曰逆，關西
　　曰迎，一曰卻也，亂也。

北方（8）

1、《集韻》平聲五支韻　　螭（抽知切）：《說文》若龍而黃，北方謂之地
　　螻，一說無角螭，或作彲、魑、离。

2、《集韻》平聲九魚韻　　腒（斤於切）：《說文》北方謂鳥臘曰腒，引《傳》
　　曰堯如臘，舜如腒。

3、《集韻》平聲二十七咸韻　　鹹（胡讒切）：《說文》銜也，北方味也，俗從
　　酉非是。

4、《集韻》上聲三十五馬韻　　鮺（側下切）：《說文》藏魚也，南方謂之䰼，
　　北方謂之鮺，或作鮮、䲹、鮓。

5、《集韻》去聲八未韻　　　　鬱（父沸切）：《說文》周成王時州靡國獻鬱人身，反踵自笑，笑則上唇掩其目，食人。北方謂之土螻，《爾雅》鬱如人，被髮。一名梟陽，從屮，象形，或作狒、䏣、䲹、髴、鬃。

6、《集韻》入聲十九鐸韻　　　　漠（末各切）：《說文》北方流沙也，或作磺。漠，一曰清也。

7、《集韻》上聲三十五馬韻　　　　鮺（側下切）：《說文》藏魚也，南方謂之鮨，北方謂之鮺，或作鮓、䱉、鮓。

8、《集韻》入聲二十二昔韻　　　　赤（昌石切）：烾，《說文》南方色也，從大從火，古從炎土。

關東（2）

1、《集韻》平聲二十六桓韻　　　　酸（蘇官切）：《說文》酢也。關東謂酢曰酸，籀從畯。

2、《集韻》入聲二十白韻　　　　逆（仡戟切）：《說文》迎也。關東曰逆，關西曰迎，一曰卻也，亂也。

西方（1）

《集韻》上聲十姥韻　　　　鹵（籠五切）：《說文》西方鹹地也，象鹽形，安定有鹵縣，東方謂之𪉩，西方謂之鹵，或從水從土，亦作滷。

夷（1）

《集韻》去聲六至韻　　　　呬（虛器切）：《說文》東夷謂息曰呬，引《詩》犬夷呬矣，亦從鼻。

羌（2）

1、《集韻》去聲十六怪韻　　　　鶛（居拜切）：《說文》鳥似鶡而青，出羌中。

2、《集韻》入聲五質韻　　　　觱（壁吉切）：《說文》羌人所吹角屠觱以驚馬也，或省作觱，非是。

蠻（1）

《集韻》平聲二冬韻　　　　賨（祖宗切）：《說文》南蠻賦也，或從巾，亦書作賝。

南陽（2）

1、《集韻》平聲六脂韻　　　　咦（延知切）：《說文》南陽謂大呼曰咦。

2、《集韻》平聲二十一侵韻　　霃（鋤簪切）：《說文》霖雨也，南陽謂霖霃。

穎（1）

《集韻》入聲十一沒韻　　聖（苦骨切）：《說文》汝穎之間謂致力於地曰聖。

（三）轉引《爾雅》、《釋名》、《周禮》等古書及晉郭璞注中區域名的，此種計有20條：

楚（3）

1、《集韻》平聲一東韻　　涷（都籠切）：《說文》水出發鳩山入於河。《爾雅》暴雨謂之涷，郭璞曰今江東呼夏月暴雨爲涷雨，引《楚辭》使涷雨兮灑塵，一曰瀧涷沾漬。

2、《集韻》平聲十一模韻　　菟（同都切）：《春秋傳》楚人謂虎於菟，一曰菟裘，魯邑，或作㿉、檡、兔。

3、《集韻》平聲十九矦韻　　褸（郎侯切）：《博雅》袒謂之褸。南楚凡人貧衣破謂之褸裂，或作縷。

秦（1）

《集韻》入聲二十三錫韻　　鼳（局闃切）獸名。《爾雅》鼳身長鬚而賊，秦人謂之小驢，一曰鼠名。今江東山中有狀如鼠而大蒼色，郭璞說。

晉（1）

《集韻》去聲七志韻　　舁（渠記切）：《說文》舉也。引《春秋傳》晉人或以廣墜，楚人舁之，黃顥說廣車陷，楚人爲舉之。

長沙（1）

《集韻》平聲四江韻　　甏（初江切）：《博雅》瓶也。長沙謂罌曰甏。

青州（2）

1、《集韻》平聲五支韻　　蠵（相支切）：郭璞曰青州人呼載爲蛄蠵。

2、《集韻》上聲四十五厚韻　　竘（許後切）：郭璞曰青州呼犢爲竘，或從後。

江淮（1）

《集韻》平聲四宵韻　　鷂（餘招切）：雉名。《爾雅》江淮而南青質五采皆備成章曰鷂。

江東（4）

1、《集韻》平聲九魚韻　　　　　櫖（淩如切）：木名。《爾雅》諸櫖山欙也。郭
璞曰謂似葛而麤大，江東呼爲藤，或作櫖、櫨。一曰林櫖地名也，無櫖都
凡也。

2、《集韻》平聲二十六韻　　　　萑（胡官切）：艸名。《說文》夫䕞也。郭璞曰
今西方人呼蒲爲萑蒲，江東謂之苻䕞，通作莞。

3、《集韻》平聲十五青韻　　　　釘（當經切）：《說文》鍊鉼黃金，郭璞曰鶴鄒。
矛，江東呼爲鈴釘，一曰鐵鈇。

4、《集韻》入聲二十三錫　　　　鼳（局闃切）獸名。《爾雅》鼳身長鬚而賊，
秦人謂之小驢，一曰鼠名。今江東山中有狀如鼠而大蒼色，郭璞說。

東方（1）

《集韻》平聲七之韻　　　　　鶅（莊持切）：《爾雅》雉，東方曰鶅，或從
隹。

北方（1）

《集韻》平聲八微韻　　　　　鵗（香依切）：《爾雅》雉，北方曰鵗，或從
隹。

南方（1）

《集韻》平聲二十二元韻　　　鵷（於袁切）：鳳屬。《莊子》南方有鳥名曰
鵷。

西方（1）

《集韻》平聲二十六韻　　　　萑（胡官切）：艸名。《說文》夫䕞也。郭璞曰
今西方人呼蒲爲萑蒲，江東謂之苻䕞，通作莞。

胡人（1）

《集韻》平聲十虞韻　　　　　韁（邕俱切）：《字林》鞁也，胡人謂之韁。

揚雄（2）

1、《集韻》上聲九噳韻　　　　　頫（匪父切）：《說文》低頭也。太史卜書頫仰
也如此。揚雄曰人面頫，或作俛俯。

2、《集韻》去聲二十九換韻　　　擎（烏貫切）：《說文》手擎也。揚雄曰擎，握
也。或作腕捥䘽胬。

二、《集韻》中直接說明某詞是某地的詞，此種情況共 272 條，按地點分列如下：

（一）古國名（189）

楚（46）

1、《集韻》平聲一東韻　　　　眮（徒東切）：吳楚謂瞋目顧視曰眮。

2、《集韻》平聲六脂韻　　　　眱（延知切）：《博雅》䁾眱直視。一曰小視也，南楚謂眄曰眱，古作眲。

3、《集韻》平聲七之韻　　　　憖（陵之切）：愁憂貌，楚潁間語。

4、《集韻》平聲十虞韻　　　　訏（匈於切）：《說文》詭譌也。一曰訏謩，齊楚謂言曰訏，一曰大也。

5、《集韻》平聲十一模韻　　　𪉟（攻乎切）：陳楚謂鹽池爲𪉟。

6、《集韻》平聲十二𪧐韻　　　㥏（田黎切）：楚人謂慙曰㦨㥏。

7、《集韻》平聲十三佳韻　　　娃（於佳切）：《說文》圜，深目皃。一曰吳楚之間謂好曰娃。

8、《集韻》平聲十三佳韻　　　腉（居佳切）：楚人謂乳爲腉。

9、《集韻》平聲十五灰韻　　　蹪（徒回切）：楚人謂躓僕爲蹪。

10、《集韻》平聲十九矦韻　　　篝（居侯切）：《說文》笿也，可薰衣。宋楚謂竹篝牆以居也，一曰蜀人負物，籠上大下小而長謂之篝笭，或作𥴸。

11、《集韻》平聲二十二元韻　　瀿（符袁切）：楚人謂水暴溢爲瀿。

12、《集韻》平聲二十六桓韻　　綄（胡官切）：船上候風羽，楚謂之五兩。

13、《集韻》平聲十一唐韻　　　媓（胡光切）：南楚謂母曰媓。

14、《集韻》平聲十七登韻　　　襘（徂棱切）：楚人謂襦曰襘。

15、《集韻》平聲二十四鹽韻　　飿（如占切）：楚謂相謁食麥爲飿。

16、《集韻》平聲二十七咸韻　　詀（知咸切）：南楚謂謰謱曰詀謕。

17、《集韻》上聲一董韻　　　　眮（杜孔切）：吳楚謂瞋目顧視曰眮。

18、《集韻》上聲二腫韻　　　　㥦（筍勇切）：楚人謂揮日㥦，或作㧐。

19、《集韻》上聲四紙韻　　　　㚸（上紙切）：美女，一曰南楚謂妻母曰㚸。

20、《集韻》上聲五旨韻　　　　𢻂（部鄙切）：齊楚謂擊曰𢻂。

21、《集韻》上聲六止韻　　　　圯（象齒切）：東楚謂橋曰圯。

22、《集韻》上聲七尾韻　　　　炜（詡鬼切）：《說文》火也，引《詩》王室如
　　炜，引《春秋傳》衛侯燬。一曰楚人曰炜，或作燬。

23、《集韻》上聲八語韻　　　　竊（忍與切）：楚人謂寐曰竊。

24、《集韻》上聲十二蟹韻　　　女（奴解切）：楚人謂女曰女。

25、《集韻》上聲十七準韻　　　蟪（許謹切）：蟲名，蚯蚓也。吳楚呼爲寒蟪，
　　或作蚓。

26、《集韻》上聲二十七銑韻　　眠（彌殄切）：楚謂欺爲眠娗，一曰偄劣。

27、《集韻》上聲三十八梗韻　　瀴（差梗切）：楚人謂令曰瀴。

28、《集韻》去聲一送韻　　　　夢（莫鳳切）：楚謂艸澤曰夢，通作夢、薎。

29、《集韻》去聲五寘韻　　　　鉈（施智切）：江淮南楚之間謂矛爲鉈，或作
　　鉈。

30、《集韻》去聲六至韻　　　　敊（雖遂切）：楚人謂卜問吉凶曰敊。

31、《集韻》去聲八未韻　　　　攢（父沸切）：楚謂擊搏曰攢，或省。

32、《集韻》去聲十三祭韻　　　敠（山芮切）：楚謂卜問曰敠。

33、《集韻》去聲二十二稕韻　　橉（良刃切）：門閾也，楚人曰橉，一曰木名。

34、《集韻》去聲二十九換韻　　焨（古玩切）：楚人謂火曰焨。

35、《集韻》去聲三十二霰韻　　薦（作甸切）：楚謂筏上居曰薦。

36、《集韻》去聲三十四嘯韻　　咷（他弔切）：楚謂兒泣不止曰嗷咷。

37、《集韻》去聲三十九過韻　　嫷（吐臥切）：南楚之外謂好爲嫷，或省。

38、《集韻》去聲五十二滲韻　　彤（丑禁切）：吳楚謂船行曰彤。

39、《集韻》入聲一屋韻　　　　嘿（莫六切）：楚人謂欺曰嘿杲。

40、《集韻》入聲二沃韻　　　　艒（謨沐切）：南楚謂小船曰艒艑。

41、《集韻》入聲十一沒韻　　　揔（呼骨切）：楚謂擊爲揔，一曰去塵也。

42、《集韻》入聲十六屑韻　　　銳（欲雪切）：楚宋謂梲曰銚銳。

43、《集韻》入聲二十陌韻　　　懡（郝格切）：楚人謂慙曰懡㦬。

44、《集韻》入聲二十三錫韻　　蜴（先的切）：楚謂欺慢爲脈蜴。

45、《集韻》入聲二十三錫韻　　眽（莫狄切）：眽蜴欺慢也，楚人語。

46、《集韻》入聲二十三錫韻　　櫂（亭歷切）：楚宋謂梲曰櫂，一曰木扶直上
　　兒。

　　反映時音的方言區中，楚共出現 46 次，單獨出現 35 次，占總出現次數的

四分之三強，與其他方言區並舉的共計 11 次。

齊（21）

1、《集韻》平聲一東韻　　　　柊（昌嵩切）：齊人謂樵爲柊楑，一曰木名，
　　通作終。

2、《集韻》平聲五支韻　　　　孆（民卑切）：齊人呼母曰孆，或作媤。

3、《集韻》平聲六脂韻　　　　磓（倫追切）：東齊謂磨曰磓。

4、《集韻》平聲十二齊韻　　　椑（駢迷切）：《說文》圜楥也，一曰齊人謂斧
　　柯爲椑。

5、《集韻》平聲十二齊韻　　　孆（縣批切）：齊人呼母，或作媤。

6、《集韻》平聲二十三魂韻　　霣（公渾切）：齊人謂雷曰霣，籀作霳。

7、《集韻》上聲六止韻　　　　枱（象齒切）：田器，《說文》耜也。一曰徙土
　　輂，齊人語，或作梩、耜、耙、杞、耛。

8、《集韻》上聲十七準韻　　　䡎（阻引切）：角，齊謂之䡎。

9、《集韻》上聲二十一混韻　　錕（舌本切）：車釭，齊燕海岱之間謂之錕。

10、《集韻》去聲十三祭韻　　　栔（尺制切）：齊人謂急持曰栔。

11、《集韻》去聲二十四焮韻　　霣（王問切）：齊人謂雷爲霣。

12、《集韻》去聲三十三綫韻　　鐥（式戰切）：齊謂相築曰鐥，或從刀。

13、《集韻》入聲四覺韻　　　　錐（逆角切）：齊人謂大椎曰錐。

14、《集韻》入聲五質韻　　　　烼（休必切）：狂也，齊人語。一曰怒也。

15、《集韻》入聲十月韻　　　　盂（居謁切）：齊人謂盤曰盂。

16、《集韻》入聲二十一麥韻　　柵（測革切）：粽也，南齊虞悰作扁米柵。

17、《集韻》入聲二十五德韻　　螚（密北切）：蟲名，齊人呼蝠爲蟙螚。

18、《集韻》入聲二十八蓋韻　　蓋（轄臘切）：青齊人謂蒲席曰蒲蓋。

19、《集韻》入聲二十九叶韻　　鍱（實欇切）：鍱也齊人語。

　　有 2 條與楚並舉，已歸入楚。

秦（9）

1、《集韻》平聲三鍾韻　　　　蚣（渠容切）：《說文》蚣蝑，蟲也。一曰秦謂
　　蟬蛻曰蚣，或從邛，通作邛。

2、《集韻》平聲六脂韻　　　　阺（陳尼切）：秦謂陵阪曰阺。

3、《集韻》平聲二十五寒韻　　忏（俄幹切）：《博雅》善也。一曰秦晉謂好曰
　　忏。

4、《集韻》平聲十陽韻　　　　孃（如陽切）：秦晉謂肥曰孃。

5、《集韻》平聲十二庚韻　　　埂（居行切）：秦晉謂坑為埂。

6、《集韻》上聲四紙韻　　　　魏（苦委切）：細也，秦晉之間凡細而有容謂
　　之魏。

7、《集韻》上聲十姥韻　　　　及（果五切）：秦以市買多得為及。

8、《集韻》上聲三十四果韻　　過（戶果切）：秦晉之間凡人語而過謂之過。

9、《集韻》入聲十六屑韻　　　蚗（一抉切）：蟲名，《說文》蚙蝭蟟也。一曰
　　蟪蛄，秦謂之蛥蚗。

北燕（5）

1、《集韻》平聲九魚韻　　　　蚷（求於切）：商蚷，蟲名，北燕謂之馬蚿。

2、《集韻》上聲三十六養韻　　蛘（以兩切）：蟲名，《說文》搔蛘也。一曰北
　　燕人謂蚍蜉曰蛘，或從養從象。

3、《集韻》上聲四十一迥韻　　泂（火迥切）：北燕謂㵾曰泂。

4、《集韻》去聲四十五勁韻　　鉼（卑正切）：北燕謂金曰鉼。

5、《集韻》入聲十六屑韻　　　㼪（詰結切）：器受一斗，北燕謂瓶為㼪。

吳（58）

1、《集韻》平聲一東韻　　　　瘲（都籠切）：吳俗謂惡氣所傷為瘲病。

2、《集韻》平聲一東韻　　　　鞺（烏公切）：吳人謂鞶韔曰鞺。

3、《集韻》平聲二多韻　　　　儂（奴多切）：我也，吳語。

4、《集韻》平聲三鍾韻　　　　襬（於容切）：襪裮，吳俗語，或從邑。

5、《集韻》平聲九魚韻　　　　姁（牛居切）：吳人謂女為姁。

6、《集韻》平聲九魚韻　　　　㹴（求於切）：吳人呼彼稱通作渠。

7、《集韻》平聲十三佳韻　　　膎（戶佳切）：《說文》脯也。一曰吳人謂醃魚
　　為膎胏。

8、《集韻》平聲二十五寒韻　　鼾（虛幹切）：臥息也，吳人謂鼻聲為鼾。

9、《集韻》平聲二十六桓韻　　劗（祖官切）：吳人謂髡髮為劗。

10、《集韻》平聲二十七刪韻　　糫（胡關切）：餌也，粔籹。吳人謂之膏糫，
　　或從麥。

11、《集韻》平聲五爻韻　　　　詨（虛交切）：吳人謂叫呼為詨，或作謤呼譹
　　譹譯嘮。

12、《集韻》平聲九麻韻　　　　椏（直加切）：吳人謂刺木曰椏。

13、《集韻》平聲九麻韻　　　　豰（牛加切）：吳人謂赤子曰豌豰。

14、《集韻》平聲九麻韻　　　　跨（枯瓜切）：吳人謂大坐曰跨。

15、《集韻》平聲十二庚韻　　　笙（師庚切）：《說文》十三簧象鳳之身，正月
　　之音物生，故謂之笙，大者謂之巢，小者謂之和，古者隨作笙。一曰吳人
　　謂簟為笙。

16、《集韻》平聲十二庚韻　　　傖（鋤庚切）：吳人罵楚人曰傖。

17、《集韻》平聲十五青韻　　　蠵（傍丁切）：吳人謂蠶曲為蠵。

18、《集韻》平聲十五青韻　　　綛（傍丁切）：吳人數絮。

19、《集韻》平聲十五青韻　　　冷（郎丁切）：吳人謂冰曰冷澤。

20、《集韻》平聲十六蒸韻　　　棱（丑升切）：吳人謂酢柚為棱。

21、《集韻》平聲十七登韻　　　䐖（他登切）：吳人謂飽曰䐖。

22、《集韻》平聲十八尤韻　　　烌（虛尤切）：吳俗謂灰為烌。

23、《集韻》平聲十九矦韻　　　篊（烏侯切）：竹器，吳人以息小兒。

24、《集韻》平聲十九矦韻　　　篼（烏侯切）：吳人謂育蠶竹器曰篼。

25、《集韻》平聲二十一侵韻　　牸（持林切）：吳牛謂之牸，通作沈。

26、《集韻》平聲二十四鹽韻　　匲（丘廉切）：吳人謂盛衣櫝曰匲。

27、《集韻》上聲七尾韻　　　　蘷（舉豈切）：南方之鬼曰蘷，一說吳人曰鬼，
　　越人曰蘷。

28、《集韻》上聲八語韻　　　　粔（臼許切）：密餌也，吳謂之膏環，或從麥。

29、《集韻》上聲十姥韻　　　　噳（籠五切）：噳噳，吳俗呼豬聲。

30、《集韻》上聲十五海韻　　　櫑（坦亥切）：吳人謂逆剡木曰櫑。

31、《集韻》上聲三十五馬韻　　摴（鳥瓦切）：吳俗謂手爬物曰摴。

32、《集韻》上聲三十八梗韻　　㜝（於杏切）：吳人謂憒曰㜝。

33、《集韻》上聲四十一迥韻　　鐯（乃挺切）：吳俗謂刀柄入處為鐯。

34、《集韻》上聲四十九敢韻　　餤（母敢切）：吳人謂哺子曰餤。

35、《集韻》去聲一送韻　　　　蕻（呼貢切）：吳俗謂艸木萌曰蕻。

36、《集韻》去聲六至韻　　　　桘（直類切）：吳俗斷木爲軸以申物。

37、《集韻》去聲九御韻　　　　齼（陟慮切）：吳俗謂盛物於器曰齼。

38、《集韻》去聲十遇韻　　　　雩（王遇切）：求雨祭，一曰吳人謂虹曰雩。

39、《集韻》去聲十二霽韻　　　㜷（彌計切）：吳俗呼母曰㜷。

40、《集韻》去聲十二霽韻　　　稧（胡計切）：吳人謂秧稻曰稧。

41、《集韻》去聲十二霽韻　　　謕（壹計切）：諟也，吳越謂諟曰謕謕。

42、《集韻》去聲十九代韻　　　柋（待戴切）：吳俗謂蠶槌曰柋。

43、《集韻》去聲三十七號韻　　耗（虛到切）：吳俗以艸木葉糞田曰耗。

44、《集韻》去聲四十禡韻　　　爸（必駕切）：吳人呼父曰爸。

45、《集韻》去聲四十禡韻　　　褯（詞夜切）：吳人謂衣曰褯。

46、《集韻》去聲四十禡韻　　　搲（烏化切）：吳人謂挽曰搲，或作擭。

47、《集韻》去聲四十二宕韻　　絖（補曠切）：吳俗謂繀絮曰絖。

48、《集韻》去聲五十候韻　　　綉（他候切）：吳俗謂縣一片。

49、《集韻》去聲五十八陷韻　　揞（於陷切）：棄也，吳俗云。

50、《集韻》入聲一屋韻　　　　籔（胡谷切）：吳俗謂籆爲籔。

51、《集韻》入聲一屋韻　　　　糪（子六切）：吳俗謂熬米爲餌曰糪。

52、《集韻》入聲五質韻　　　　䟞（側律切）：吳人呼短。

53、《集韻》入聲十九鐸韻　　　鈼（疾各切）：甑也，梁人呼爲鉹，吳人呼爲
鈼。

　　有 5 條與楚並舉，已歸入楚。

趙魏（8）

1、《集韻》平聲二十八山韻　　鐥（鉏山切）：趙魏謂小鑿爲鐥。

2、《集韻》平聲一先韻　　　　橏（將先切）：趙魏之間謂栗之小者曰橏，或
作檖。

3、《集韻》上聲三十小韻　　　獟（魚小切）：獸名，一曰趙魏謂牛馬騰躍曰
獟。

4、《集韻》上聲三十四果韻　　扼（奴果切）：趙魏之間謂摘爲捼扼。

5、《集韻》上聲三十七蕩韻　　朖（舉朗切）：《博雅》竟也。一曰趙魏謂陌爲
朖。

6、《集韻》去聲三十八箇韻　　袘（子賀切）：單衣也，趙魏之間謂之袘。

7、《集韻》入聲二十四職韻　　劈（六直切）：趙魏之間謂棘曰劈。

8、《集韻》入聲二十五德韻　　䙲（鼻墨切）：趙魏謂麨曰䙲。

魏（3）

1、《集韻》平聲九魚韻　　㭉（求於切）：宋魏之間謂杷爲㭉挐，通作渠。

2、《集韻》平聲五爻韻　　箚（師交切）：《說文》陳留謂飯帚曰箚。一曰飯器容五升，一曰宋魏謂箸筩爲箚，或從肖。

3、《集韻》去聲十二霽韻　　軑（他計切）：韓魏謂車輪曰軑。

燕（7）

1、《集韻》平聲九魚韻　　蚷（求於切）：商蚷，蟲名，北燕謂之馬蚿。

2、《集韻》平聲八戈韻　　矬（烏禾切）：燕人謂多曰矬。

3、《集韻》上聲三十六養韻　　蛘（以兩切）：蟲名。《說文》搔蛘也，一曰北燕人謂蚍蜉曰蛘，或從養從象。

4、《集韻》上聲四十一迥韻　　泂（火迥切）：北燕謂㵤曰泂。

5、《集韻》去聲三十九過韻　　瘥（步臥切）：燕代謂喜言人惡爲瘥。

6、《集韻》去聲四十五勁韻　　鉼（卑正切）：北燕謂金曰鉼。

　　有1條齊燕海岱並舉，已歸入齊。

晉（6）

　　《集韻》入聲十六屑韻　　拔（筆別切）：晉俗謂平地除垚臭曰拔。

　　有5條秦晉並舉，已歸入秦。

蜀（8）

1、《集韻》平聲七之韻　　鮨（市之切）：蜀以魚爲醬曰鮨。

2、《集韻》平聲九魚韻　　稆（斤於切）：蜀人謂黍曰糖稆。

3、《集韻》平聲十陽韻　　枋（分房切）：《說文》木可作車。一說蜀人以木偃魚曰枋。

4、《集韻》平聲十一唐韻　　糖（徒郎切）：蜀人謂黍曰糖稆。

5、《集韻》平聲十九侯韻　　篝（居侯切）：《說文》笭也，可薰衣，宋楚謂竹籠牆以居也。一曰蜀人負物，籠上大下小而長謂之篝等，或作簼。

6、《集韻》上聲四紙韻　　蕊（乳捶切）：艸木叢生皃，一曰香艸根似茅，蜀人所謂葅香。

7、《集韻》去聲十五卦韻　　　嶭（卜卦切）：山谷阬也，一曰蜀中謂山谷間
　　田曰嶭。

8、《集韻》去聲五十二滲韻　　　舲（巨禁切）：蜀人謂舟，或從今。

宋（6）

《集韻》入聲六術韻　　　　　綷（即聿切）：周也，宋衛語。

　　有 3 條楚宋並舉，已歸入楚；有 2 條宋魏並舉，已歸入魏。

越（5）

1、《集韻》上聲七尾韻　　　　蟡（舉豈切）：南方之鬼曰蟡。一說吳人曰鬼，
　　越人曰蟡。

2、《集韻》去聲十遇韻　　　　颶（衢遇切）：越人謂具四方之風曰颶。

3、《集韻》去聲十一莫韻　　　䐼（古慕切）：魚腸，一曰杭越之間謂魚胃為
　　䐼。

4、《集韻》去聲十二霽韻　　　擤（胡計切）：杭越之間謂換曰擤，或從系。

　　有 1 條吳越並舉，已歸入吳。

魯（1）

《集韻》入聲二十七合韻　　　菈（落合切）：荣名，蘆菔，東魯謂之菈蕫。

漢（3）

1、《集韻》平聲六脂韻　　　　箷（旻悲切）：竹名，江漢間謂之箷竿，一尺
　　數節，葉大如扇，可以衣蓬。

2、《集韻》平聲三蕭韻　　　　䉁（憐蕭切）：竹名，似苦竹而細軟，江漢間
　　謂之苦䉁。

3、《集韻》平聲二十一侵韻　　　雂（咨林切）：漢中呼雞為雂，或從鳥。

朝鮮（1）

《集韻》去聲四十一漾韻　　　瓺（丑亮切）：《博雅》瓶也。一曰朝鮮謂罃
　　瓺。

周（2）

1、《集韻》上聲三十六養韻　　　饟（始兩切）：周人謂饋曰饟，或從向從啇。

2、《集韻》上聲五十琰韻　　　玁（虛檢切）：周謂北夷曰玁狁，通作獫。

（二）郡、縣、邑（10）

桂林（1）

　《集韻》上聲十三駭韻　　　雉（古駭切）：桂林謂人短為㷛雉，或作㺉㾿。

長沙（2）

　1、《集韻》平聲五支韻　　　稿（鄰知切）：長沙人謂禾二杷為稿。

　2、《集韻》平聲六脂韻　　　稜（儒隹切）：長沙謂禾四把曰稜，或作稜。

梁益（1）

　《集韻》入聲二十一麥韻　　銤（匹麥切）：梁益謂裁木為器曰銤。

山東（5）

　1、《集韻》上聲三講韻　　　摀（虎項切）：山東謂擔荷曰摀，或作扛，通
　　　作偪。

　2、《集韻》去聲十三祭韻　　詍（時制切）：語多也，山東云，或作吚、詍。

　3、《集韻》去聲十三祭韻　　拽（時制切）：拖也，山東語。

　4、《集韻》入聲十六屑韻　　筆（筆別切）：山東謂筆。

　5、《集韻》入聲二十四職韻　棘（六直切）：木名，野棗酸者，江南山東曰
　　　棘子。

河南（1）

　《集韻》去聲十遇韻　　　　姁（區遇切）：嫗也。一曰河南謂婦。

（三）州名（8）

涼州（1）

　《集韻》平聲五支韻　　　　鉹（余支切）：涼州呼甑為鉹。

青州（4）

　1、《集韻》平聲五支韻　　　鏖（民卑切）：青州謂鐮為鏖。

　2、《集韻》平聲八戈韻　　　稞（苦禾切）：青州謂麥曰稞，或作稿。

　3、《集韻》上聲四十五厚韻　犓（舉後切）：青州呼犢子曰犓。

　4、《集韻》去聲五寘韻　　　毼（是義切）：青州謂彈曰毼。

梁州（1）

　《集韻》去聲四十九宥韻　　鋼（力救切）：梁州謂金曰鋼，或從石。

并州（1）

《集韻》平聲三蕭韻　　　　遛（憐蕭切）：并州謂豆曰遛。

幽州（1）

《集韻》平聲五支韻　　　　麵（班麋切）：幽州謂麴曰麵。

（四）山嶽名（4）

海岱（2）

《集韻》上聲三十八梗韻　　傓（張梗切）：海岱之人謂勇悍曰傓。

有 1 條齊燕海岱並舉，已歸入齊。

常山（2）

《集韻》去聲二十五願韻　　禣（俱願切）：常山謂祭曰禣。

《集韻》去聲三十三綫韻　　禣（古倦切）：常山謂祭爲禣，或從示。

（五）水名（11）

江淮（4）

1、《集韻》上聲四紙韻　　　媞（上紙切）：《說文》諦也，一曰妍黠也，一
　　日江淮之間謂母曰媞。

2、《集韻》去聲十一莫韻　　癁（荒故切）：江淮謂治病爲癁。

3、《集韻》入聲三十一業韻　疿（乙洽切）：江淮之間謂病劣曰疿。

有 1 條江淮南楚之間，已歸入楚。

淮南（2）

1、《集韻》平聲七之韻　　　俱（渠之切）：淮南祈雨土偶人曰俱。

2、《集韻》去聲五十三勘韻　媞（辱紺切）：淮南呼母，一曰媞也。

汝南（2）

1、《集韻》平聲七之韻　　　狋（渠之切）：汝南謂犬子爲狋。

2、《集韻》上聲九噳韻　　　漊（隴主切）：《說文》雨漊漊也，一曰汝南謂
　　飲酒習之不醉爲漊。

河朔（1）

《集韻》上聲三講韻　　　　饟（母項切）：河朔謂強食不已曰饟。

江湘（1）

　　《集韻》去聲二十八翰韻　　　泮（侯旰切）：江湘間謂如是曰泮。

河內（1）

　　《集韻》平聲五支韻　　　　　醝（仕知切）：鹹也，河內語。

（六）方位名（45）

江東（13）

　1、《集韻》平聲七之韻　　　　鶊（丘其切）：鳥名，今江東呼鶄鶃爲鶀鶊，
　　　或作鶀。

　2、《集韻》平聲二仙韻　　　　恮（荀緣切）：江東呼快爲恮。

　3、《集韻》平聲二仙韻　　　　瓶（淳沿切）：江東呼盆曰瓶。

　4、《集韻》平聲十一唐韻　　　狼（於郎切）：江東呼貉爲狼狭，或從犬。

　5、《集韻》平聲十九疾韻　　　毿（奴侯切）：江東呼兔子爲毿，或作毿，亦
　　　書作𪕌。

　6、《集韻》上聲二十四緩韻　　渾（蕩旱切）：江東呼水中沙堆爲渾，今河陽
　　　縣南有中渾城。

　7、《集韻》上聲二十八獮韻　　𨾚（力展切）：《爾雅》雞未成者。一曰江東人
　　　謂畜雙產曰𨾚。

　8、《集韻》上聲三十一巧韻　　蔽（苦絞切）：藕根也，江東謂之蔽。一說弓
　　　角接曰蔽。

　9、《集韻》上聲四十靜韻　　　衻（裏郢切）：《方言》袒飾謂之直衻，謂婦人
　　　初嫁上服。一曰繞衻謂之䙝，江東通言下裳曰衻。

　10、《集韻》去聲一送韻　　　　欉（粗送切）：江東謂艸木叢生。

　11、《集韻》去聲七志韻　　　　狭（疏吏切）：江東呼貉爲狼狭，或作𧰲。

　12、《集韻》去聲三十五笑韻　　誚（七肖切）：輕也，江東語。

　13、《集韻》入聲二十九葉韻　　蕺（即涉切）：艸名。《說文》蕺餘也，叢生水
　　　中，葉在莖端。江東呼爲苦。

江南（7）

　1、《集韻》平聲十五灰韻　　　譠（通回切）：江南呼欺曰譠。

　2、《集韻》平聲八戈韻　　　　籮（良何切）：《方言》箕，陳魏宋楚之間謂之

籮。一說江南謂筐底方上圓曰籮。

3、《集韻》平聲二十一侵韻　　鷏（夷針切）：江南呼鷦爲鷏，或從隹。

4、《集韻》上聲十五海韻　　詒（蕩亥切）：江南呼欺曰詒，通作紿。

5、《集韻》去聲四十三映韻　　蝗（爲命切）：江南謂食禾蟲曰蝗。

6、《集韻》入聲二十九叶韻　　喋（去涉切）：江南謂吃爲喋。

有 1 條江南山東並舉，已歸入山東。

東方（2）

1、《集韻》入聲二十四職韻　　匿（昵力切）：《說文》匿也，一曰微也，一曰
朔而月見。東方曰側匿。

2、《集韻》入聲二十五德韻　　匿（惕得切）：朔而月見，東方曰側匿。

河東（1）

《集韻》上聲五十五範韻　　胗（補範切）：河東謂腫爲胗。

關西（1）

《集韻》上聲三十二晧韻　　稻（土晧切）：關西呼蜀黍曰稻黍。

關中（12）

1、《集韻》平聲三鍾韻　　妐（諸容切）：夫之兄爲兄妐，一曰關中呼夫
之父曰妐，或省通作鍾。

2、《集韻》平聲七之韻　　仍（人之切）：因也，關中語。

3、《集韻》平聲九魚韻　　麑（牀魚切）：麑子也，一曰關中謂小兒爲麑
子，取此義。

4、《集韻》平聲十一模韻　　肶（東徒切）：胍肶，大腹皃。一曰椎之大者，
故俗謂仗頭大爲胍肶，關中語，訛爲胍樞。

5、《集韻》平聲十七眞韻　　晨（慈鄰切）：旦也，關中語。

6、《集韻》平聲一先韻　　祆（馨煙切）：《說文》胡神也，唐官有祆正。
一曰胡謂神爲祆，關中謂天爲祆。

7、《集韻》平聲五爻韻　　橈（何交切）：蠶槕也，關中呼長枚曰橈條。

8、《集韻》去聲五十二滲韻　　突（所禁切）：深皃，俗謂深黑爲窨曰瘮也，
關中謂瘮柩。

9、《集韻》入聲十八藥韻　　糴（直畧切）：關中謂買粟麥曰糴。

10、《集韻》入聲二十二昔韻　　瘲（施隻切）：關中謂病相傳為瘲。

11、《集韻》入聲二十四職韻　　扐（六直切）：縛也，關中語。

12、《集韻》入聲二十五德韻　　螣（敵德切）：關中謂蛇蠆毒曰螣，或書作蚮。

關內（1）

《集韻》平聲三鍾韻　　松（思恭切）：木也，關內語。

北方（2）

1、《集韻》上聲五旨韻　　癸（頸誄切）：《說文》冬時水上平可揆度也，
一曰北方之日。

2、《集韻》上聲九噳韻　　羽（王矩切）：《說文》鳥長毛也，一說北方之
音。

南方（3）

1、《集韻》平聲二十三魂韻　　蜳（逋昆切）：蠣也，南方人燔以羞。

2、《集韻》平聲二十一侵韻　　鱏（咨林切）：魚名。一說南方謂鬻曰鱏。

3、《集韻》上聲四紙韻　　艤（語綺切）：南方人謂整舟向岸曰艤，通作
檥。

關東（2）

1、《集韻》去聲三十九過韻　　坬（補過切）：關東謂塚大曰坬。

2、《集韻》去聲四十九宥韻　　甅（力救切）：關東謂甀，通作甅。

西方（1）

《集韻》去聲四十禡韻　　白（步化切）：西方之色。

（七）其他（5）

羌（3）

1、《集韻》平聲一先韻　　开（輕煙切）：羌謂之开，一曰平也。

2、《集韻》去聲八未韻　　妭（無沸切）：羌人謂婦曰妭。

3、《集韻》入聲十三末韻　　妭（北末切）：羌人謂婦曰妭。

閩人（2）

1、《集韻》上聲五旨韻　　氼（之誄切）：閩人謂水曰氼。

2、《集韻》上聲二十八獮韻　　囝（九件切）：閩人呼兒曰囝。

　　《集韻》中的方言詞從地域分佈上來看，共計 613 條。《集韻》中轉引《方言》、《說文》、《爾雅》等書中區域名的，共 341 條；直接說明某詞是某地的詞，共 272 條。直接說明中，楚 46 條，齊 21 條，秦 9 條，北燕 5 條，吳 58 條，趙魏 8 條，魏 3 條，燕 7 條，晉 6 條，蜀 8 條，宋 6 條，越 5 條，魯 1 條，漢 3 條，朝鮮 1 條，周 2 條，桂林 1 條，長沙 2 條，梁益 1 條，山東 5 條，河南 1 條，涼州 1 條，青州 4 條，梁州 1 條，并州 1 條，幽州 1 條，海岱 2 條，常山 2 條，江淮 4 條，淮南 2 條，汝南 2 條，河朔 1 條，江湘 1 條，河內 1 條，江東 13 條，江南 7 條，東方 2 條，河東 1 條，關西 1 條，關中 12 條，關內 1 條，北方 2 條，南方 3 條，關東 2 條，西方 1 條，羌 3 條，閩語 2 條。其中吳最多 58 條，其次是楚 46 條，再次是齊 21 條，江東 13 條也較突出。

　　對跨方言區的條目，做以下說明：吳楚並舉 5 條，只歸入「楚」；齊楚並舉 2 條，只歸入「楚」；陳楚並舉 1 條，只歸入「楚」；江淮南楚之間 1 條，只歸入「楚」；楚宋並舉 3 條，只歸入「楚」；齊燕海岱之間 1 條，只歸入「齊」；秦晉並舉 5 條，只歸入「秦」；吳越並舉 1 條，只歸入「吳」；宋魏之間 2 條，只歸入「魏」；韓魏並舉 1 條，只歸入「魏」；燕代並舉 1 條，只歸入「燕」；宋衛並舉 1 條，只歸入「宋」；杭越之間 2 條，只歸入「越」；江南山東並舉 1 條，只歸入「山東」。

　　《集韻》收字 53525 個，方言詞有 597 條，占收字總數的 1.1%。有歷史來源的方言詞 357 條，反映時音的方言詞 240 條。從地域分佈上看，《集韻》中轉引《方言》、《說文》、《爾雅》等書中區域名的共 341 條，直接說明某詞是某地的詞共 272 條。《集韻》中跨方言區的現象比較常見，主要有吳楚並舉、齊楚並舉、陳楚並舉、江淮南楚之間、楚宋並舉、齊燕海岱之間、秦晉並舉、吳越並舉、宋魏之間、韓魏並舉、燕代並舉、宋衛並舉、杭越之間、江南山東並舉。可見，《集韻》受時音影響頗深。

第四章 《廣韻》和《集韻》方言詞的
比較研究

第一節 《廣韻》方言詞概說

　　《廣韻》共五卷，收字 26194 個。其中，收方言詞 179 條，占收字總數的
0.68%。如上文所述，這 179 條方言詞中有些是有歷史來源的，有些是反映時
音的。有歷史來源的方言詞大多引自揚雄《方言》、《說文》、《爾雅》、《釋名》
等書，或是源於這些書中的注釋材料，共計 101 條；反映時音的方言詞共計 78
條。

　　《廣韻》中有歷史來源的方言詞，釋義與原文不完全一致。本文詳細考釋
了《廣韻》引用《方言》時的幾種不同情況。一方面，古書在傳抄摘錄時難免
會有一些失誤之處；另一方面，我們也必須承認《廣韻》在編撰中受了時音的
影響。因此，在某種程度上我們可以說，這些有歷史來源的方言詞，它們所反
映的可能既是古方言又是今方言。這裡的古方言是指六朝以前的方言材料，今
方言是指反映唐宋時音的方言材料。

　　《廣韻》中另一部份方言材料，據本文考證，沒有歷史出處，它們反映的
正是唐宋時音。這裡需要說明的是，《廣韻》中有些方言材料，雖然沒有注明出
處，實際上引自古書。本文已將此種方言材料逐一剔除，它們不在今方言的討

論範圍內。

《廣韻》中方言詞所屬區域名，一部份是轉引《方言》、《說文》、《爾雅》、《釋名》中的區域名，一部份是直接說明某詞是某地的詞。其中，反映時音的方言詞是本文研究的重點，借助它們可以驗證唐宋方言區劃，這在後文會有專門討論。這裡先列出一些古國名、州縣地名、較寬泛的地域名以及少數民族名的統計結果：

　　一、古國名（47）：周 1，吳 18，楚 6，燕 1，秦 5，趙魏 2，蜀 3，齊 9，
　　　　魯 2；

　　二、州名、縣名（7）：青州 3，荊州 1，長沙 3；

　　三、地區、地域名（19）：北方 4，南方 2，江南 2，江淮 1，東方 1，江東
　　　　7，關西 2；

　　四、少數民族及其他國名（5）：夷 1，羌 2，戎 2；

　　五、其他：（6）：南人 2，江湘 2，北人 1，隴西 1。

　　從地域分佈來看，方言詞集中在吳，齊，江東，楚，秦，北方，蜀等地。方言詞中明確出現「北方」和「南方」的提法，可見北南兩大方言區的格局正日趨形成。

　　對跨方言區的情況，做以下說明：齊魯並舉 1 次，只歸入「齊」； 趙魏並舉 2 次。

第二節　《集韻》方言詞概說

　　《集韻》收字 53525 個，方言詞有 597 條，占收字總數的 1.1%。有歷史來源的方言詞 357 條，反映時音的方言詞 240 條，二者之比約為 3：2。可見宋代時有大量方音詞出現，反映了當時的實際語音狀況。《集韻》是宋代一部大型官修韻書，皇帝賜名。這些詞為《集韻》所收，可見，這些方言詞在當時已經具有一定影響力。反映時音的方言詞一部份在古書中是通語，在《集韻》中發展為方言詞，此種共有 18 條；另一部份在《方言》中未見，是《集韻》新創的方言詞，此種共有 222 條，後者占總數的 92%。

　　《集韻》中的方言詞從地域分佈上來看，反映時音的有 272 條。因為有跨方言區的現象，所以以上統計有重複歸入的情況。

一、古國名（189）：楚46，齊21，秦9，北燕5，吳58，趙魏8，魏3，燕7，晉6，蜀8，宋6，越5，魯1，漢3，朝鮮1，周2；

二、郡、縣、邑（10）：桂林1，長沙2，梁益1，山東5，河南1；

三、州名（8）：涼州1，青州4，梁州1，并州1，幽州1；

四、山嶽名（4）：海岱2，常山2；

五、水名（13）：江淮4，淮南2，汝南2，河朔1，江湘1，河內1；

六、方位名（46）：江東13，江南7，東方2，河東1，關西1，關中12，關內1，北方2，南方3，關東2，西方2；

七、其他（5）：羌3，閩語2。

各方言區依據條目的多寡，按照從大到小順序排列如下（5條以上）：吳58，楚46，齊21，江東13，關中12，秦9，趙魏8，蜀8，燕7，江南7，晉6，宋6，越5，山東5，北燕5。方言詞中出現閩語2條，值得注意。

對跨方言區的情況，做以下說明：

楚共出現46次：楚單獨出現26次，包括楚人出現的16次，占楚出現總次數的57%。吳、楚並舉5次，宋、楚並舉3次，齊、楚並舉2次，楚、穎並舉1次，陳、楚並舉1次。另外，南楚出現5次，東楚出現1次，江淮南楚之間出現1次，南楚之外出現1次。

齊共出現21次：齊單獨出現15次，包括齊人出現的13次。齊、楚並舉2次，齊燕海岱之間出現1次，東齊、南齊、青齊人各出現1次。

秦共出現9次：秦單獨出現4次；秦、晉並舉3次，秦晉之間出現2次。

吳共出現58次：吳單獨出現35次，包括吳人32次，吳語1次；吳俗出現16次，吳俗語出現1次；吳、楚並舉5次，吳、越並舉1次。

魏共出現11次：魏沒有單獨出現過，與趙並舉次數最多，共計8次。其次與宋並舉2次，又與韓並舉1次。

燕共出現7次：燕人單獨出現1次；北燕出現4次，包括北燕人1次；齊燕海岱並舉1次，燕、代並舉1次。

晉共出現6次：只有1次是晉俗單獨出現，其餘5次都是秦、晉並舉。

宋共出現6次：宋沒有單獨出現的條目，楚、宋並舉3條，宋、魏並舉2條，宋衛語1條。

越共出現5次：越人出現2次，吳、越並舉1次，杭越之間出現2次。

山東共出現 5 次：山東單獨出現 4 次，1 次江南山東並舉。

海岱共出現 2 次：其中 1 次齊燕海岱並舉。

江淮共出現 4 次：江淮單獨出現 3 次，江淮南楚之間出現 1 次。

江南共出現 7 次：6 次江南單獨出現，江南山東並舉 1 次。

第三節　《廣韻》和《集韻》方言詞比較研究

3.1　有歷史來源的方言詞比較

一、《廣韻》所引常異於《方言》原文，《集韻》可以印證並說明緣由。有些是異體字，有些是《廣韻》誤引，此種共有 13 條：

1、《廣韻》上平聲三鍾韻　　鯼（疾容切）：《方言》云，南楚人謂雞。
《集韻》平聲鍾韻「鷀」字釋義為「《方言》桂林之中謂雞曰鷀，或從鳥。亦書作鯼。」《方言》作「鷀」，《廣韻》作「鯼」，由《集韻》可知，「鯼」、「鷀」係同字異體。

2、《廣韻》上平聲五支韻　　鉹（弋支切）：《方言》云，涼州呼甑。又音侈。
今《廣韻》所引「涼州呼甑」，是《方言》郭注之意。《集韻》平聲五支韻鉹（余支切）：涼州呼甑為鉹。釋義已刪去「《方言》云」。

3、《廣韻》上平聲九魚韻　　渠（強魚切）：渠挐。《方言》云，把，宋魏之間謂之渠挐。
《方言》「渠挐」，《廣韻》作「渠挐」。《集韻》平聲九魚韻「求於切」一音中收有「渠」，注為「渠，宋魏之間謂杷為渠挐，或作櫫，通作渠。」可知「渠」、「渠」通。

4、《廣韻》上平聲十一模韻　　盬（古胡切）：陳楚人謂鹽池為盬，出《方言》。又音古。
《集韻》平聲十一模　　盬（攻乎切）：陳楚謂鹽池為盬。《集韻》釋義與《廣韻》基本相同，卻未注「出《方言》」。

5、《廣韻》上平聲十二齊韻　　聧（苦圭切）：《說文》云，耳不相聴。《方言》云，聲之甚者，秦晉之間謂之聧。
《集韻》平聲十二齊韻　　聧（傾畦切）：《方言》聲之甚者，秦晉之間謂

之聦。「聦」字的釋義刪去了《說文》語，卻在同一小韻「睽」字下增加
釋義「《說文》耳不相聽也」。

6、《廣韻》上平聲二十二元韻 轅（雨元切）：車轅。《方言》云，轅，楚衛謂
之輈。又姓。《左傳》陳大夫轅濤塗之後，又漢複姓，有軒轅氏。
《集韻》上平聲二十二元韻 轅（於元切）：《說文》，輈也，籀通作爰，又
姓。《集韻》未提「《方言》云，」改作「《說文》」；亦未明言方言區。

7、《廣韻》下平聲二仙韻 嘕（去乾切）：《方言》曰嘕嘕，歡兒。
《廣韻》所引是《方言》之郭注，《集韻》平聲二仙韻 嘕（丘虔切）：《方
言》：樂也。一曰，嘕嘕，歡兒。或作嗎。可見，《集韻》已改正《廣韻》
之誤引。

8、《廣韻》下平聲十陽韻 樣（與章切）：《廣雅》云：樣，槌也。《方言》
曰：懸蠶柱，齊謂之樣。
《集韻》平聲十陽韻 樣（余章切）：《方言》：槌，齊謂之樣。《集韻》
改正了《廣韻》之誤引。

9、《廣韻》下平聲十五青韻 蜻（倉經切）：蜻蜓，蟲。《方言》曰：蜻蜓謂
蚰蛉也，六足四翼，又音精。
《廣韻》將《方言》本文及郭注混在一起，皆視爲《方言》的引用。《集韻》
平聲青韻「蜻」的釋義「蜻蛉，蟲名，蚰蛉也，六足四翼。」《集韻》未
注明「《方言》曰」，符合原意，更可靠。

10、《廣韻》上聲二腫韻 壠（力踵切）：《說文》云，丘壟也。《方言》
曰，秦晉之間冢謂之壟，亦作壠。書傳曰，畝壟也。
《集韻》上聲腫韻「壠」字下注「亦書作壟」，可知「壠」同「壟」。

11、《廣韻》上聲四紙韻 餷（息委切）：餭餷，《方言》云餅。
但《方言》中無「餷云餅」的說法。《集韻》上聲四紙韻兩見：一，餷（選
委切）：豆屑和飴也。二，餷（尹捶切）：豆屑和飴也。兩處讀音不同，但
釋義相同，受了郭注的影響，且都未提「《方言》云餅。」

12.《廣韻》上聲十五海韻 載（作亥切）：年也，出《方言》。又音再。
《方言》釋義與《廣韻》不同。
《集韻》上聲十五海韻 載（子亥切）年也。《集韻》釋義雖與《廣韻》
相同，卻未注明「出《方言》」。看來《集韻》編者將《廣韻》所記「方言」

詞與揚雄《方言》進行了核對，更可靠。

13、《廣韻》入聲八物韻　　　柫（分物切）：連架，杖打穀者，出《方言》。
《廣韻》將《方言》中的郭注誤作《方言》本文。《集韻》入聲物韻，柫（敷勿切）：《說文》，擊禾連枷也。《集韻》未提《方言》。

二、《廣韻》中有 24 條注明「方言」的詞語，在今本《方言》中卻找不到原文，《集韻》可以驗證。劉紅花《〈廣韻〉所記「方言」詞》〔註1〕和于建華《〈集韻〉及其詞彙研究》〔註2〕對這 24 條方言詞都曾有過討論。《集韻》是《廣韻》的增訂本，考察這 24 條在《集韻》中的收錄情況並進行比較，無論對《廣韻》還是《集韻》的研究來說，都是大有裨益的。

（一）《方言》中無，《集韻》中亦無的：鑾

（二）《方言》中無，《集韻》中有：

1、《集韻》因襲《廣韻》，標明引自《方言》的：

《集韻》平聲九麻韻　　　椏（於加切）：《方言》江東謂樹岐為杈椏。

《集韻》平聲十四皆韻　　　㧪（崇懷切）：《方言》損也。

《集韻》平聲十四清韻　　　鶄（諸盈切）：鳥名。《方言》齊魯間謂題肩為鶄。

2、《集韻》未注明出自《方言》的：

（1）《廣韻》中雖注明出自《方言》，卻未明確方言區，《集韻》亦未注明使用區域的：

《集韻》平聲六脂韻　　　耆（渠伊切）：《說文》老也；一曰至也，至於老境。一曰癙，耆或省。

《集韻》上聲四紙韻　　　諰（展爾切）：言也。

《集韻》上聲三十六養韻　　　廠（齒兩切）：屋無壁也。

《集韻》上聲四十八感韻　　　籃（古禫切）：箱類，或作簎。

《集韻》去聲七志韻　　　饎（昌志切）：《說文》酒食也。一說炊黍稷曰

〔註1〕劉紅花，《廣韻》所記「方言」詞〔J〕，古漢語研究，2003，（2）：19-24。

〔註2〕于建華，《集韻》及其詞彙研究〔D〕，南京師範大學文學院，2005。

饎。或作餼、餽、餼、糦、喜、餀。

《集韻》去聲四十八隥韻 亙（居鄧切）：《說文》竟也，古作亙。

《集韻》去聲五十候韻 後（下遘切）：《詩》傳，相導前後曰先後。

《集韻》入聲五質韻 撑（逼密切）：刺也。

《集韻》入聲十三末韻 嬒（烏括切）：女黑色。

《集韻》入聲二十一麥韻 趀（士革切）：走兒。

趀（查畫切）：急走也。

其中，《集韻》中「廠」和「饎」的釋義與《廣韻》稍有差異；「嬒」與《廣韻》釋義完全不同；「趀」在《集韻》中兩處的釋義與《廣韻》都不同。

（2）《廣韻》中注明引自《方言》和方言區，《集韻》沿襲其使用區域的：

《集韻》平聲四宵韻 藻（彌遙切）：萍也，江東語，或從瓢。

《集韻》平聲十七登韻 腾（他登切）：吳人謂飽曰腾。

《集韻》入聲二十四職韻 棘（六直切）：趙魏之間謂棘曰棘。

（3）《廣韻》中引成方言詞，《集韻》中注明是通語的一類：

《集韻》平聲十二齊韻 儕（牋西切）：疑猶猜疑也，或從賣。

《集韻》平聲二十六嚴韻 枚（虛嚴切）：鍬屬，或作櫃、欣。

《集韻》上聲二十四緩韻 稬（乃管切）：稻也。

《集韻》去聲六至韻 㳦（式類切）：深也，或作邃。

《集韻》去聲九御韻 簾（良據切）：舟中簀也。

《集韻》入聲十八藥韻 钁（厥縛切）：《說文》大鉏也。

《集韻》入聲二十四職韻 絾（設職切）：織已經未緯也。

編者對待《廣韻》十分慎重，將《廣韻》所記「方言」詞與揚雄《方言》進行了核對，從而排除《廣韻》中所謂的「方言」詞。

但是，「椏」、「挗」、「鶌」三字在《廣韻》和《集韻》中都標明引自《方言》，而《方言》中卻不見，這是怎麼回事呢？今本《方言》是晉代郭璞的注本，凡十三卷，但原來有十五卷。周祖謨先生認為「這應當是六朝時期的變動……以郭注《方言》而論，我們可能考察出來的異文，為數很少。」〔註3〕于建華認為《集韻》編者依據的《方言》是郭注本。〔註4〕「椏」、「挗」、「鶌」

〔註3〕周祖謨，方言校箋〔M〕，北京：中華書局，1993。

〔註4〕于建華，《集韻》及其詞彙研究〔D〕，南京師範大學文學院，2005。

三字可能另有出處。據魯國堯先生研究,「歷史上名爲『方言』的書除了西漢揚雄《方言》外,還有十六國時期西涼北涼人劉昞的《方言》和南宋前人王浩的《方言》,可惜皆已散佚。」〔註5〕因此,「椏」、「㨤」、「鴮」三字引自以上兩書亦未可知,當然也不排除其他可能,即董志翹先生認爲的「『方言』有指歷代方言事實的可能」。〔註6〕

三、《廣韻》中是今方言,《集韻》說明其是有歷史來源的方言詞,此種共有19條:

(一)《集韻》說明其引自《方言》,此種共有7條:

1、《廣韻》上平聲五支韻　　　襬(彼爲切):關東人呼裙也。
　　《集韻》平聲五支韻　　　　襬(班糜切):《方言》帬,自關而東謂之襬,
　　或從罷從皮。

2、《廣韻》上聲七尾韻　　　　豨(虛豈切):楚人呼豬,亦作狶。
　　《集韻》平聲八微韻　　　　豨(香依切):豬也。《方言》南楚謂之豨,或
　　從犬。

3、《廣韻》上聲一董韻　　　　轃(作孔切):關西呼輪曰轃。
　　《集韻》上聲一董韻　　　　轃(祖動切):車輪。《方言》關西謂之轃,或
　　作輕。

4、《廣韻》上聲十四賄韻　　　煨(呼罪切):南人呼火也。
　　《集韻》上聲十四賄韻　　　煨(虎猥切):《方言》火也。

5、《廣韻》上聲三十一巧韻　　舸(古我切):楚以大船曰舸。
　　《集韻》上聲三十三哿韻　　舸(賈我切):大船也。《方言》南楚江湖謂之
　　舸。

6、《廣韻》入聲二十二昔韻　　苀(營隻切):燕人呼芡。
　　《集韻》入聲二十二昔韻　　苀(營隻切):芡也,《方言》北燕謂之苀。

7、《廣韻》入聲二十七合韻　　蔜(徒合切):東魯人呼蘆菔曰菈蔜。
　　《集韻》入聲二十七合韻　　蔜(達合切):蘆菔也,《方言》東魯謂之菈蔜。

〔註5〕魯國堯,魯國堯自選集〔C〕,河南鄭州:河南教育出版社,1994。
〔註6〕董志翹,中古文獻語言論集〔C〕,成都:巴蜀書社,2000。

這 7 條《廣韻》未注明引自《方言》，而今本《方言》中卻有，《集韻》可證明其源自《方言》。其中，除了「舸」，《集韻》引爲「南楚江湖」與今本《方言》的「南楚江湘」稍異外，其餘 6 條《集韻》所引與今本《方言》完全相同。這既證明了這些方言詞的出處，又說明了《廣韻》引用時的失誤。

（二）《集韻》說明其引自其他古書，此種共有 12 條：

1、《廣韻》上平聲五支韻　　蠡（息移切）：《爾雅》曰螷，蚚蠡。郭璞曰，蛓屬也。今青州人呼蛓爲蚚蠡。

《集韻》平聲五支韻　　蠡（相支切）：郭璞曰：青州人呼蛓爲蚚蠡。

2、《廣韻》上聲三十五馬韻　　姐（茲野切）：羌人呼母。一曰慢也。

《集韻》上聲三十五馬韻　　姐（子野切）：《說文》屬謂母曰姐，淮南謂之社，古作她，或作她、媎。

《集韻》雖然說明其有歷史來源，讀音相同，但《廣韻》中說明「羌人呼母」，與古書所注有異。

3、《廣韻》下平聲三十六養韻　　饟（書兩切）：周人呼餉食。

《集韻》兩見：

其一，上聲三十六養　　饟（始兩切）：周人謂饋曰饟，或從向、從敵；

其二，去聲四十一漾　　饟（人樣切）：《說文》周人謂餉曰饟。

《集韻》兩見中，一處注明來源，而另一處也未注明引自《說文》。

4、《廣韻》上聲七尾韻　　焜（許偉切）：齊人云火。

《集韻》上聲七尾韻　　焜（詡偉切）：《說文》火也。引《詩》王室如焜。引《春秋傳》衛侯燬。一曰楚人曰焜，或作燬

《集韻》注明「焜」，「《說文》火也」，「楚人曰焜」；卻沒有注明「齊人云火」。由此可見，「焜」由原來的通語，發展成方言詞；而且使用的方言區域在《廣韻》和《集韻》中發生過轉移。

5、《廣韻》上聲八語韻　　癙（人渚切）：楚人呼寐。

《集韻》去聲九御韻　　癙（依據切）：《說文》楚人謂寐曰癙，或作癢。

6、《廣韻》上聲三十六養韻　　膕（如兩切）：肥，蜀人云。

《集韻》兩見：

其一，平聲十陽韻　　膕（如陽切）：秦晉謂肥曰膕。

其二，上聲三十六養韻　　孃（汝兩切）：《說文》益州鄙言人盛，諱其肥謂之孃。後者與《廣韻》的注音相同，故據其可知「孃」出自《說文》。

7、《廣韻》上聲三十四果韻　　夥（胡火切）：楚人云多也。

《集韻》上聲三十四果韻　　夥（戶果切）：《說文》齊謂多為夥，或從咼。

《集韻》說明「夥」出自《說文》，但「齊謂多為夥」；發展到宋代時，《廣韻》注「楚人云多也」。由此可知，由漢代到宋代，「夥」使用的方言區域發生了轉移。

8、《廣韻》去聲八未韻　　娓（於貴切）：楚人呼妹。《公羊傳》曰楚王之妻娓。

《集韻》去聲八未韻　　娓（於貴切）《說文》楚人謂女弟曰娓。引《公羊傳》楚王之妻娓。

9、《廣韻》入聲十一沒韻　　圣（苦骨切）：汝潁間謂致力於地曰圣。

《集韻》入聲十一沒韻　　圣（苦骨切）：《說文》汝潁之間謂致力於地曰圣。

10、《廣韻》入聲十四黠韻　　聉（五骨切）：無耳，吳楚音也。

《集韻》入聲十四黠韻　　聉（五滑切）：《說文》吳楚之外凡無耳者謂之聉，言若斷耳為盟，一曰聾也。

11、《廣韻》入聲十六屑韻　　䃑（普蔑切）：江南呼鏊刃。

《集韻》入聲十六屑韻　　䃑（匹滅切）：《說文》河內為臿頭金，或作書鐖。

《集韻》注「《說文》河內為臿頭金」，與《廣韻》注「江南呼鏊刃」有別。又考郭璞注，「江東又呼鏊刃為䃑，普蔑反。」

12、《廣韻》入聲十九鐸韻　　䬓（在各切）：楚人相謁食麥饘曰䬓。

《集韻》入聲十九鐸韻　　䬓（疾各切）：《說文》楚人相謁食麥曰䬓，一曰餴，䬓食也。

四、在《廣韻》《集韻》中都是今方言，在《方言》中卻可見，此種共有2條：

1、《廣韻》去聲二十九換韻　　焥（古玩切）：楚人云火。

〔考〕《方言》卷十：「焥，火也，楚轉語也，猶齊言烠，火也。」郭璞注，

煤「呼隗反」。

　　《集韻》去聲二十九換韻　　煤（古玩切）：楚人謂火曰煤。

　2、《廣韻》入聲二十七合韻　　蓋（盧合切）：蓋薘，東魯人呼蘿蔔。

　　〔考〕《方言》卷三：「蘴、蕘，蕪菁也。陳楚之郊謂之蘴，魯齊之郊謂之蕘，關之東西謂之蕪菁，趙魏之郊謂之大芥。其小者謂之辛芥，或謂之幽芥。其紫華者謂之蘆菔，東魯謂之蓋薘。」郭璞注，蓋薘「洛苔徒合兩反」。「盧合切」、「洛苔反」音同。

　　《集韻》入聲二十七合韻　　蓋（落合切）：菜名，蘆菔，東魯謂之蓋薘。

3.2　反映時音的方言材料比較

　　《廣韻》和《集韻》在進行比較時，最有研究考察價值的是反映時音的方言材料。本文對二書中的方言材料做了窮盡性統計，《廣韻》中反映時音的材料共計 78 條，《集韻》中反映時音的材料共計 240 條。其中，《廣韻》中反映時音的材料，在《集韻》中不錄的有 36 條；《集韻》中反映時音的方言詞，在《廣韻》中未見的有 217。由於這些材料在前文中已提及，這裡不再贅述。現將《廣韻》和《集韻》中都是反映時音的材料列舉如下，共計 25 條：

　1、《廣韻》上平聲一東韻　　柊（職戎切）：木名，又齊人謂椎為柊楑也。

　　《集韻》平聲一東韻　　柊（昌嵩切）：齊人謂樵為柊楑，一曰木名，通作終。

　2、《廣韻》上平聲一東韻　　終（職戎切）：篋終戎人呼之。

　　《集韻》平聲一東韻　　終（昌嵩切）：戎人呼篋曰終。

　3、《廣韻》上平聲一東韻　　翰（烏紅切）：吳人靴勒曰翰。

　　《集韻》平聲一東韻　　翰（烏公切）：吳人謂鞾勒曰翰。

　4、《廣韻》上平聲五支韻　　稿（呂支切）：長沙人謂禾二把為稿。

　　《集韻》平聲五支韻　　稿（鄰知切）：長沙人謂禾二把為稿。

　5、《廣韻》上平聲五支韻　　嫛（武移切）：齊人呼母也。

　　《集韻》兩見：

　　其一，平聲五支韻　　嫛（民卑切）：齊人呼母曰嫛，或作嫚。

　　其二，平聲十二齊韻　　嫛（縣批切）：齊人呼母，或作嫚。

　6、《廣韻》上平聲五支韻　　罍（武移切）：青州人云鎌。

《集韻》平聲五支韻　　　甕（民卑切）：青州謂鎌爲甕。

7、《廣韻》上平聲六脂韻　稤（息遺切）：禾四把，長沙云。

　　《集韻》平聲六脂韻　　稤（儒佳切）：長沙謂禾四把曰稤，或作稜。

8、《廣韻》上平聲十二齊韻　嫛（莫兮切）：齊人呼母。

　　《集韻》平聲五支韻　　甕（民卑切）：齊人呼母曰甕，或作婆。

9、《廣韻》下平聲一先韻　機（則前切）：小栗名，趙魏間語也。

　　《集韻》平聲一先韻　　機（將先切）：趙魏之間謂栗之小者曰機，或
　　作機。

10、《廣韻》下平聲二仙韻　顓（諸延切）：江湘間人謂額也。

　　《集韻》平聲二仙韻　　顓（諸延切）：《方言》額，江湘之間謂之顓，
　　或從栞。

11、《廣韻》下平聲八戈韻　矬（烏禾切）：燕人云多。

　　《集韻》平聲八戈韻　　矬，燕人謂多曰矬。

12、《廣韻》下平聲九麻韻　棷（宅加切）：吳人云刺木曰棷也。

　　《集韻》平聲九麻韻　　棷（直加切）：吳人謂刺木曰棷。

13、《廣韻》下平聲九麻韻　跨（苦瓜切）：吳人云坐。

　　《集韻》平聲九麻韻　　跨（枯瓜切）：吳人謂大坐曰跨。

14、《廣韻》下平聲十二庚韻　埂（古行切）：秦人謂坑也。

　　《廣韻》上聲三十八梗韻　埂（古杏切）：堤封，吳人云也。

　　《集韻》兩見：

　　其一，平聲十二庚韻　　埂（居行切）：秦晉謂坑爲埂。

　　其二，上聲三十八梗韻　埂（古杏切）：《說文》秦謂阬爲埂，一曰堤封
　　謂之埂。

15、《廣韻》下平聲十五青韻　冷（郎丁切）：冷澤，吳人云冰淩。

　　《集韻》平聲十五青韻　　冷（郎丁切）：吳人謂冰曰冷澤。

16、《廣韻》下平聲二十四鹽韻　飪（女廉切）：南楚呼食麥粥。

　　《集韻》兩見：

　　其一，平聲二十四鹽韻　飪（如占切）：楚謂相謁食麥爲飪。

　　其二，平聲二十四鹽韻　飪（尼占切）：《方言》陳楚之外相謁而殘曰飪。

17、《廣韻》上聲四紙韻　　　媞（承紙切）：江淮呼母也，又音啼。
　　《集韻》上聲四紙韻　　　媞（上紙切）：《說文》諦也。一曰妍點也，一
　　日江淮之間謂母曰媞。

18、《廣韻》上聲三十四果韻　　遤（胡火切）：過也。秦人呼過爲遤也。
　　《集韻》上聲三十四果韻　　遤（戶果切）：秦晉之間凡人語而過謂之遤。

19、《廣韻》上聲四十九敢韻　　餤（謨敢切）：吳人呼哺兒也。
　　《集韻》上聲四十九敢韻　　餤（母敢切）：吳人謂哺子曰餤。

20、《廣韻》去聲五寘韻　　　　提（是義切）：青州人云彈提。
　　《集韻》去聲五寘韻　　　　提（是義切）：青州謂彈曰提。

21、《廣韻》去聲四十禡韻　　　擭（烏吳切）：吳人云牽，亦爲擭也。
　　《集韻》去聲四十禡韻　　　擭（烏化切）：吳人謂挽曰擭，或作擭。

22、《廣韻》去聲五十候韻　　　鹺（倉奏切）：南夷名塩。
　　《集韻》去聲五十候韻　　　鹺（千候切）：《博雅》塩也。一曰南夷謂塩曰
　　鹺。

23、《廣韻》去聲五十八陷韻　　揞（於陷切）：吳人云抛也。
　　《集韻》平聲二十七咸韻　　揞（於咸切）：《方言》摩滅也，荊楚曰揞。
　　《集韻》去聲五十八陷韻　　揞（於陷切）：棄也，吳俗云。

24、《廣韻》入聲六術韻　　　　䫻（側律切）：吳人呼短。
　　《集韻》三見：
　　　其一，去聲六至韻　　　　䫻（陟利切）：《方言》短也。
　　　其二，入聲五質韻　　　　䫻（側律切）：吳人呼短。
　　　其三，入聲十三末韻　　　䫻（都活切）：《方言》短也。由於《集韻》中
　　第二種情況與《廣韻》讀音相同，所以我們認爲「側律切」是今方言。

25、《廣韻》入聲十九鐸韻　　　鉾（在各切）：鉾也，吳人云也。
　　《集韻》入聲十九鐸韻　　　鉾（疾各切）：甀也，梁人呼爲鉾，吳人呼爲
　　鉾。

3.3　方言詞所屬區域比較

　　從《廣韻》和《集韻》所收方言詞來看，反映時音的方言材料有一部份是
繼承漢代地域名稱發展而來的。我們不妨先將《方言》與《廣韻》、《集韻》做

一比較，以觀察《廣韻》和《集韻》在創造新方言詞時的繼承性，詳見表一：

表一：《廣韻》、《集韻》方言詞的分佈與漢代方言區劃比較

揚雄《方言》分區（華學成）	廣　韻	集　韻
秦晉方言區——秦、西漢、晉（亦稱汾唐）	秦（5）	秦（9）晉（6）
梁及楚之西部方言區——梁（亦稱西南蜀，漢，益）	蜀（3）	蜀（8）漢（3）梁益（1）梁州（1）
趙魏自河以北方言區——趙、魏	趙魏（2）	趙魏（8）魏（3）
宋衛及魏之一部方言區——宋、魏		宋（6）
鄭、韓、周方言區——鄭、韓、周	周（1）	周（2）
齊、魯方言區（魯近第四區）——齊、魯	齊（9）魯（2）	齊（21）魯（1）山東（5）
燕代方言區——燕、代	燕（1）	燕（7）
燕代北鄙朝鮮洌水方言區——北燕、朝鮮		北燕（5）朝鮮（1）
東齊海岱淮泗方言區（亦曰青徐）——東齊、徐		海岱（2）
陳汝穎江淮（楚）方言區——陳、汝穎、江淮、楚	楚（6）江淮（1）	楚（46）江淮（4）
南楚方言區——（雜有蠻語）		
吳揚越方言區——（西揚尤近淮楚）	吳（18）	吳（58）越（5）
西秦方言區——（雜有羌語）	羌（2）	羌（3）
秦晉北鄙——（雜有狄語）		

　　《廣韻》和《集韻》反映時音的方言材料，還有一部份區域名是新出現的，這說明地域分佈在宋代發生了一定的變化，詳見表二：

表二：《廣韻》和《集韻》新增方言詞中區域名相同的部份

	東方	北方	南方	南人	關西	江東	江湘	江南	青州	長沙
《廣韻》	1	4	2	2	2	7	2	2	3	3
《集韻》	2	2	3	1	1	13	1	7	4	1

　　此外，《廣韻》中有荊州，北人，隴西各1條，《集韻》無。

　　最後我們再一起看看《廣韻》中無，《集韻》中新增的方言區域：關東2，桂林1，河南1，涼州1，并州1，幽州1，常山2，淮南2，汝南2，河朔1，河內1，關中12，關內1，西方1，閩語2。尤其值得注意的是，《集韻》中出

現 2 條閩人，這是「從唐宋時代開始才出現關於閩人方言的記載」〔註7〕的佐證。

第四節　《廣韻》和《集韻》方言詞特點分析

一、有歷史來源的方言詞：《廣韻》所引常常異於《方言》原文，《集韻》可以印證並說明緣由；《廣韻》中有 24 條注明「方言」的詞語，在今本《方言》中卻找不到原文，《集韻》可以說明並驗證；《廣韻》中是今方言，《集韻》說明其是有歷史來源的方言詞；在《廣韻》《集韻》中都是今方言，在《方言》中卻可見。

二、反映時音的方言詞：《集韻》繼承《廣韻》的反映時音的方言材料只有 25 條；《廣韻》中反映時音的材料，在《集韻》中不錄的有 36 條；《集韻》中反映時音的方言詞，在《廣韻》中未見的有 217。《集韻》和《廣韻》相距短短 31 年，方言詞數量有這麼大的變化；那麼，《集韻》較《廣韻》方言詞呈現出什麼新特點呢？

首先，我們從方言詞相差數量的角度加以分析：

在共同的方言區內，《集韻》較《廣韻》多出的條目數：秦 4 條，蜀 5 條，趙魏 6 條，齊 12 條，周 1 條，燕 6 條，楚 40 條，江淮 3 條，吳 40 條，羌 1，江東 6 條，江南 5 條，青州 1 條。不難看出，吳、楚遙遙領先於其他方言區。吳、楚是宋代南方很有代表性的兩大方言區，自漢代沿襲而來，兩大方言關係密切。從政治、經濟、文化等因素來看，楚方言對吳方言的影響是主要的，這種影響主要通過江淮地區來實現。楚方言對吳方言的影響，不僅造成了吳、楚方言在詞彙面貌上的顯著共性，而且在語音上面也有體現。陸法言在《切韻序》中敘述當時各地方言的語音特徵時說：「吳楚則時傷輕淺，燕趙則多涉重濁。」顏之推在《顏氏家訓·音辭篇》中說：「南方水土和柔，其音清舉而切詣，失在浮淺，其辭多鄙俗。」陸德明在《經典釋文·序錄》中也說：「方言差別，固自不同，河北江南，最為鉅異。或失在浮清，或滯於重濁。」可見，吳、楚方言語音上的共性較多，是六朝時人們的一致意見。這必然也影響它們在宋代的關係，儘管在區劃上有了一定變化，但作為重要的方言區的影響力依然不減當日。

〔註7〕周振鶴，游汝傑等，方言與中國文化〔M〕，上海：上海人民出版社，1986。

　　其次，《廣韻》中跨方言區現象不多，而《集韻》中並舉情況卻很常見。《廣韻》中齊共出現 9 次，有 1 次與魯並舉；趙魏並舉出現 2 次。而《集韻》中齊共出現 21 次，單獨出現 15 次，沒有出現與魯並舉的情況。魏共出現 11 次，且總是與其他區域並舉。其中與趙並舉次數最多，共計 8 次。與宋並舉 2 次，又與韓並舉 1 次。可見，《集韻》在鞏固《廣韻》中趙魏密切關係的同時，又與其他區域相互滲透、影響。

　　《廣韻》與《集韻》中楚方言與吳方言的相似性最大。《廣韻》中楚出現 6 次，沒有並舉情況；《集韻》中楚共出現 46 次，單獨出現 26 次，占楚出現總次數的 57%。其中，吳、楚並舉 5 次，宋、楚並舉 3 次，齊、楚並舉 2 次，楚、潁並舉 1 次，陳、楚並舉 1 次，江淮南楚之間出現 1 次。《廣韻》中吳出現 18 次，沒有並舉情況；《集韻》中吳共出現 58 次，吳單獨出現 35 次，占吳出現總次數的 60%。其中，吳、楚並舉 5 次，吳、越並舉 1 次。我們不難發現，吳方言與楚方言的共性如下：其一，相對於《廣韻》而言，吳、楚方言出現的頻率都大幅度提高了，成為《集韻》中增幅最明顯的兩個方言。其二，都出現了近半數的並舉情況。吳方言與楚方言出現的次數雖然增多了，但單獨出現的比例卻大幅下降了。可見，本來較保守的傾向於抗拒外來影響的兩種方言，正開始接受其他方言的影響。其三，從楚方言角度看，楚方言與吳方言並舉次數最多；如果以吳方言為基礎，情況亦是如此。因此，吳方言和楚方言的關係最為密切。

第五章　《廣韻》和《集韻》方言詞的研究意義

第一節　對《切韻》音系性質考定的作用

1.1　前人研究述評

　　《切韻》是研究漢語音韻的一部最重要的著作，它是上推上古音，下連近代音的樞紐，是整個漢語音韻學研究的基礎。目前多數學者將其視爲中古音的代表，探究《切韻》的性質及其音系基礎，是關係到漢語音韻學研究的根本性、全局性問題，對中古音的研究有著深遠意義。有關《切韻》的性質，自高本漢以來便爲學者所著意，尤以六十年代和八十年代的論爭最爲熱烈，但這個問題遠未得到最後解決，討論仍然不徹底。《切韻》是否記錄了當時的實際語音，是否屬於內部一致的語音系統？《切韻》可能綜合了某些方言，但是肯定有基礎方言。而這一基礎方言又是何地語音？爲了便於分析討論，我們有必要先回顧一下前人關於《切韻》性質的討論。

　　首先，《切韻》究竟是綜合音系還是單一音系？

　　單一論：西人高本漢認爲《切韻》是代表了當時的長安音。邵榮芬認爲「《切韻》音系大體上是一個活方言的音系，只是部份地集中了一些方音的特

點。具體地說，當時洛陽一帶的語音是它的基礎，金陵一帶的語音是它主要的參考對象。」〔註1〕在他看來，金陵和洛陽兩個標準在顏氏心目中不是同等重要的。「顏氏是推重北方話的。洛陽話既然屬於北方話的範圍，當然就是主要的標準了……總之，我們認為《切韻》音系是以洛陽音系為基礎的音系。它吸收了一部份方音，但方音成分還不至多到破壞洛陽音系基本面貌的程度……它所綜合的成分又以金陵音系為主，金陵音系是洛陽音系的分支，兩者差別是不大的。」〔註2〕王顯認為「《切韻》音系是以當時的洛陽話為基礎的，它也適當地吸收了魏晉時代的個別音類，同時也適當地吸收了當時河北區其他方言音系的個別音類以及金陵音系的一部份音類。《切韻》基本上反映了漢語語音史發展到六世紀時的面貌。」〔註3〕王顯、邵榮芬都強調以當時的洛陽話為基礎，所以基本上還是屬於一時一地之音一派。趙振鐸認為「洛陽一帶的話是切韻音系的基礎，但是某個具體的音上，陸法言也曾有所去取，採用了一些別的方言中，他認為精切的音，消除了一些他認為疏緩的音。」〔註4〕潘悟雲先生說：「到目前為止，關於《切韻》的性質雖然還在爭論，但是海內外主要的音韻學家，都是把《切韻》作為單一體系來接受的。」〔註5〕馮蒸先生基本上同意邵榮芬教授的意見，認為「《切韻》音系大體上是一個活方言音系，但也多少吸收了一些別的方音的特點。具體地說，它的基礎音系是洛陽音系，它所吸收的方音特點主要是金陵話的特點。《切韻》音系反映了當時漢語北方話的標準音。」〔註6〕

綜合論：黃淬伯認為「《切韻》音系不是一時一地的語音記錄，更不是所謂

〔註1〕邵榮芬，《切韻》音系的性質和它在漢語語音史上的地位〔J〕，中國語文，1961，（4）：26-32。

〔註2〕邵榮芬，《切韻》音系的性質和它在漢語語音史上的地位〔J〕，中國語文，1961，（4）：26-32。

〔註3〕王顯，再談《切韻》音系的性質——與何九盈、黃淬伯兩位同志討論〔J〕，中國語文，1962，（12）：540-547。

〔註4〕趙振鐸，從《切韻·序》論《切韻》〔J〕，中國語文，1962，（10）：467-476。

〔註5〕潘悟雲，漢語歷史音韻學〔M〕，上海：上海教育出版社，2000。

〔註6〕馮蒸，唐代方音分區考略〔A〕，編輯委員會，龍宇純先生七秩晉五壽慶文集〔C〕，臺北：臺灣學生書局，2002，301-382。

『長安方音』，而是具有綜合性的作品。它所包含的音系可以看作中古時期南北方言音系的全面綜合。」〔註7〕王力先生認爲「切韻的系統並不能代表當時（隋代）的首都（長安）的實際語音，它只代表一種被認爲文學語言的語音系統。」〔註8〕何九盈先生認爲「我們是古今南北雜湊論者……我們研究《切韻》的性質時，應該從《切韻》本身出發……首先，從《切韻》這個名稱來看。王顯同志對於它的解釋應該承認是一個有價值的創見。他認爲『這個「切」字，用今天的話來說，就是正確的、規範的』意思……但規範的標準是否就是洛陽話呢？我們認爲不是，而是王仁昫所說的『典音』，這種『典音』是與口語脫節的讀書音，它裏面有古音成分，又有今音。而古音又往往在方言中得到保存，於是古今分歧又往往表現爲南北分歧，這種現象是長期歷史積累的結果」〔註9〕周祖謨先生曾說「《切韻》音系的基礎，應當是公元六世紀南北士人通用的雅言……總之，《切韻》是一部極有系統而且審音從嚴的韻書，它的音系不是單純以某一地行用的方言爲準，而是根據南方士大夫如顏、蕭等人所承用的雅言、書音、折衷南北的異同而定的……這個音系可以說就是六世紀文學語言的語音系統。」〔註10〕丁邦新承認當時的方言有南北的差異，「南指江南，也就是江東，其代表方言是金陵；北指河北，其代表方言是鄴下，其實就等於洛陽……我認爲我們應該擬測兩種切韻音系，一種代表北方的鄴下方言，另一種代表南方的金陵方言。」〔註11〕楊劍橋說：「七十年代以後的音韻學界恐怕也已經沒有人再持單一音系的觀點了。」〔註12〕潘文國分析了潘（潘悟雲）、楊（楊劍橋）兩位先生的觀點，認爲「楊劍橋先生的結論是符合事實的……」〔註13〕

　　由單一論與綜合論的論爭不難發現，就主流而言，兩種體系似乎輪流占上風。潘文國在其研究中注意到這一變化，確信「綜合體系說已經確立，高

〔註7〕黃淬伯，唐代關中方言音系〔M〕，南京：江蘇古籍出版社，1998。

〔註8〕王力，漢語音韻〔M〕，北京：中華書局，1963。

〔註9〕何九盈，《切韻》音系的性質及其他〔J〕，中國語文，1961，（9）：15-16。

〔註10〕周祖謨，問學集〔C〕，北京：中華書局，1966。

〔註11〕丁邦新，重建漢語中古音系的一些想法〔J〕，中國語文，1995，（6）：414-419。

〔註12〕楊劍橋，漢語現代音韻學〔M〕，上海：復旦大學出版社，1996。

〔註13〕潘文國，漢語音韻研究中難以迴避的論爭——再論高本漢體系及《切韻》性質諸問題〔J〕，中國語文，2002，（5）：441-446，

本漢體系已成明日黃花……六、七十年代以來，至少在理論上，明確主張單一體系說的確實是絕無僅有。」〔註14〕但是潘悟雲先生卻是堅定的單一體系論者「六十年代《切韻》性質大討論以來國內幾乎是一邊倒的『綜合體系說』，怎麼會被人或明或暗地拋棄？……正是由於綜合體系說本身的無力，導致了十多年來單一體系說的復振。應該說，漢語音韻進入九十年代以後的這一變化，主要還是要由綜合論者自己來負責的。」〔註15〕

由此可見，討論目前尚無定論，只是哪一觀點略占上風而已。我們可以嘗試將主流演變總結爲以下的嬗變過程：

單一（高本漢時期）──→綜合（六、七十年代）──→單一（八、九十年代以後）

這個問題至今難以解決，不但由於主流的嬗變，還在於各家主張也隨著研究的深入而不斷轉變。主要表現爲兩類：從單一說轉到綜合說和從綜合說轉到單一說。

從單一說轉到綜合說：除了周法高先生，還有很多學者。第一次大討論中綜合派的主將黃淬伯，就是從單一派陣營中反戈出來的。尤其典型的是王力先生，從三十年代的《漢語音韻學》到六十年代的《漢語音韻》，再到八十年代的《音韻學初步》、《〈經典釋文〉反切考》、《漢語語音史》，從基本接受高本漢的擬音體系，到一次比一次明確地主張《切韻》並不代表一時一地的語音系統。

從綜合說轉到單一說：以張世祿先生爲代表。

董志翹在各家或綜合或單一的說法基礎上，另闢蹊徑，將其分析成三大派〔註16〕，董氏將綜合論分成雜湊和主從兩類，與單一論鼎足而立。每派中各家又有程度不同的差別。「雜湊論派意見認爲：《切韻》音系是古今方國之音的雜湊（或云綜合）。何九盈先生明確聲稱『我們是古今南北雜湊論者』。黃淬伯曰：《切韻》爲『綜合中古時期南北方言音系。』前者持『古今』說，後者持『南北』說。……縱觀雜湊論者的立論依據，大致有以下幾個方面：一是從《切韻·

〔註14〕潘文國，漢語音韻研究中難以迴避的論爭——再論高本漢體系及《切韻》性質諸問題〔J〕，中國語文，2002，（5）：441-446。

〔註15〕潘文國，漢語音韻研究中難以迴避的論爭——再論高本漢體系及《切韻》性質諸問題〔J〕，中國語文，2002，（5）：441-446。

〔註16〕董志翹，中古文獻語言論集〔C〕，成都：巴蜀書社，2000。

序》演義出來的。二是以王韻小注爲根據。這樣無疑在《切韻》音系上表現爲雜湊性，其實，這些論據都是有可商之處的……綜上所述，雜湊論和單一論似乎都不能成立。我認爲，比較能切合實際的，還是周祖謨先生的『主從論』，周祖謨先生認爲『《切韻》著重保持了當時傳統的書音的音位系統，並參校河北與江東語音，辨析分合，而不以一地方音爲準，以利於南北人應用，雖然自成一家言，而實際上是爲了適應當時的政治統一形勢的需要而作的。」〔註17〕

其次，《切韻》是不是一個內部一致的音系？

邵榮芬認爲「主張《切韻》音系是單一音系的人往往又把《切韻》的內部一致作爲證據。高本漢就是其中最堅決的一個。他認爲《切韻》的反切表現了『一個完整的語言的準確輪廓』就可以作爲《切韻》是當時一個眞語言的『內部證據』。其實一個方音音系稍微綜合一些別的方言音系的特點，並不一定就會造成這一音系的內部混亂和自相矛盾。」〔註18〕何九盈先生的觀點是「我們說《切韻》音系在性質上具有『雜湊』的特點，而不是說《切韻》這部書是雜亂無章的，也不是說《切韻》沒有嚴密的語音體系。」〔註19〕楊劍橋認爲「承認《切韻》綜合了某些方言和古語成分，所以稱《切韻》爲『綜合音系』，但是我也強調《切韻》的內部一致性。」〔註20〕

由以上各家觀點可見，多數學者的意見還是相當接近的。吸收一些方言和古語，並不影響其內部的一致性。

最後，《切韻》的基礎音系是什麼？

鄧少君分析各家觀點後，歸結爲「一派認爲《切韻》音系是以一個音系爲基礎，吸收一些方言和古音。這一派中又有不同的觀點：一是《切韻》音系以洛陽語音爲基礎，二是《切韻》音系雖以當時南北通用之雅言爲基礎，但審音多根據南方的書音；三是《切韻》音系以長安音爲基礎。」〔註21〕楊劍橋概括爲「三種意見。第一種意見以黃淬伯和何九盈爲代表，他們認爲《切韻》是

〔註17〕董志翹，中古文獻語言論集〔C〕，成都：巴蜀書社，2000。

〔註18〕邵榮芬，《切韻》音系的性質和它在漢語語音史上的地位〔J〕，中國語文，1961，(4)：26-32。

〔註19〕何九盈，中國古代語言學史〔M〕，河南鄭州：河南教育出版社，1985。

〔註20〕楊劍橋，《切韻》的性質和古音研究〔J〕，古漢語研究，2004，(2)：2-8。

〔註21〕鄧少君，從方言詞論《切韻》的性質〔J〕，上海師範大學學報，1988，(3)：117-119。

古今南北之音的『複雜組合』或『雜湊』。既然如此，也就談不上什麼基礎音系……第二種意見以王顯和邵榮芬爲代表，他們認爲《切韻》是以洛陽音爲基礎的活方言音系，同時吸收了其他方言，主要是金陵話的特點……第三種意見以周祖謨爲代表。『《切韻》音系的基礎，應當是公元六世紀南北士人通用的雅言』，這種雅言也就是『當時承用的書音和官於金陵的士大夫通用的語音』，而《切韻》音系『可以說就是六世紀文學語言的語音系統。』」〔註22〕董志翹的討論更加深入，「單一論派又可分成幾家：一、吳音說。代表者是中唐的李涪。二、長安音說。代表是西人高本漢，他認爲《切韻》是代表了當時的長安音。此說有馬伯樂、周法高等響應。三、洛陽音說。此說又可分爲二派，一派以陳寅恪爲代表的洛陽舊音說……另一派是以王顯、邵榮芬爲代表的洛陽活方音論。」〔註23〕

綜合各家觀點，筆者姑且將其分爲三類：一是長安音論。以高本漢、周法高爲代表。高本漢認爲「《切韻》忠實地描寫了一個同質的語言，華北的語言，即首都長安話。它在七至十世紀時成了眞正的共同語，其證據就是幾乎所有現代分歧巨大的方言都能一個個合理而系統地從《切韻》導出。」〔註24〕二是洛陽音論。此說又可以二分，一爲以陳寅恪、鄭張尙芳爲代表的洛陽舊音說，另一爲以王顯、趙振鐸、邵榮芬爲代表的洛陽活方音論。鄭張尙芳先生認爲《切韻》「代表中古早期標準音洛陽舊音的音系」。〔註25〕王顯認爲「《切韻》音系是以當時的洛陽話爲基礎的，它也適當地吸收了魏晉時代的個別音類，同時也適當地吸收了當時河北地區其他方言音系的個別音類以及金陵音系的一部份音類。」〔註26〕趙振鐸認爲《切韻》反映出來的語音系統「一定有一種活的方言作依據……以洛陽爲中心的中原一帶方言是有資格作爲這個基礎的。」〔註27〕

〔註22〕楊劍橋，《切韻》的性質及其音系基礎的問題〔A〕，蔣孔陽，社會科學爭鳴大系（1949~1989）：文學‧藝術‧語言卷〔C〕，上海：上海人民出版社，1993。

〔註23〕董志翹，中古文獻語言論集〔C〕，成都：巴蜀書社，2000。

〔註24〕高本漢，The Chinese Language, New York，1949。

〔註25〕鄭張尚芳，從《切韻》音系到《蒙古字韻》音系的演變對應規則〔J〕，中國語文研究，2002，（1）：53-61。

〔註26〕王顯，《切韻》的命名和《切韻》的性質〔J〕，中國語文，1961，（4）：16-25。

〔註27〕趙振鐸，從《切韻‧序》論《切韻》〔J〕，中國語文，1962，（10）：467-476。

邵榮芬認爲「《切韻》音系大體上是一個活方言的音系，只是部份地集中了一些方音的特點。具體地說，當時洛陽一帶的語音是它的基礎，金陵一帶的語音是它主要的參考對象……陸法言《切韻》序中，各處都批評了，就是不提中原一帶，可見也是把中原一帶的語音作爲正音看待的。」〔註28〕三是以周祖謨爲代表。「《切韻》音系的基礎，應當是公元六世紀南北士人通用的雅言」〔註29〕。

目前學術界對於《切韻》的音系基礎這一問題還沒有統一的看法，要探求最後的結論，有待於借助新的材料和史實發現。

1.2 透過方言詞再看《切韻》

《切韻》音系究竟以何音爲基礎？洛陽？金陵？亦或長安？這個問題要得到解決，我們不妨換個角度尋求突破口，也許這些貌似不重要的線索會給我們帶來某些啓示。我們知道，《廣韻》全面地繼承了《切韻》的語音系統。筆者注意到《廣韻》中收有不少方言詞，現將它們整理如下，希冀能從方言詞中找到佐證。

《廣韻》所引方言詞大體可分爲兩類，一是轉引《方言》等古書，一是直接說明某詞是某地的詞。把後者按地點分列如下：

（一）古國名（47）

周（1）

《廣韻》上平聲二十文韻　　獯　　北方胡名，夏曰獯鬻，周曰獫狁，漢曰匈奴。

吳（18）

1、《廣韻》上平聲一東韻　　　鵚　　吳人靴勒曰鵚。

2、《廣韻》下平聲二仙韻　　　恮　　吳人語快。《說文》曰寬嫺心腹兒。

3、《廣韻》下平聲九麻韻　　　奓　　吳人呼父。

4、《廣韻》下平聲九麻韻　　　跨　　吳人云坐。

5、《廣韻》下平聲九麻韻　　　梌　　吳人云刺木曰梌也。

〔註28〕邵榮芬，《切韻》音系的性質和它在漢語語音史上的地位〔J〕，中國語文，1961，（4）：26-32。

〔註29〕周祖謨，問學集〔C〕，北京：中華書局，1966。

6、《廣韻》下平聲十陽韻　　　鶬　吳人呼水雞爲鶬渠。

7、《廣韻》下平聲十五青韻　　冷　冷澤，吳人云冰淩。

8、《廣韻》下平聲二十七銜韻　鑱　吳人云犁鐵。《說文》銳也。

9、《廣韻》上聲十二蟹韻　　　蕒　吳人呼苦蕒。

10、《廣韻》上聲三十七蕩韻　　髈　髀，吳人云髈。

11、《廣韻》上聲三十八梗韻　　埂　堤封，吳人云也。

12、《廣韻》上聲四十九敢韻　　餤　吳人呼哺兒也。

13、《廣韻》去聲十遇韻　　　　嚁　嚁嚁，吳人呼狗，方言也。

14、《廣韻》去聲四十禡韻　　　摿　吳人云牽，亦爲摿也。

15、《廣韻》去聲五十八陷韻　　揞　吳人云拋也。

16、《廣韻》入聲六術韻　　　　䘉　吳人呼短。

17、《廣韻》入聲十九鐸韻　　　鈩　鈣也，吳人云也。

18、《廣韻》入聲十九鐸韻　　　簙　蠶具名，吳人用。

楚（6）

1、《廣韻》上平聲二冬韻　　　厁　楚雲深屋也。

2、《廣韻》上平聲二十六桓韻　綄　船上候風羽，楚謂之五兩。

3、《廣韻》下平聲一先韻　　　籛　楚人革馬籭鞍韉。

4、《廣韻》下平聲二十四鹽韻　飴　南楚呼食麥粥。

5、《廣韻》上聲十一薺韻　　　嬭　楚人呼母。

6、《廣韻》去聲三十八箇韻　　些　楚語辭。

燕（1）

《廣韻》下平聲八戈韻　　　　矬　燕人云多。

秦（5）

1、《廣韻》下平聲十二庚韻　　埂　秦人謂坑也。

2、《廣韻》上平聲三鍾韻　　　蛩　蛩蛩，巨虛獸也，《說文》云。一曰秦謂
　蟬蛻曰蛩。

3、《廣韻》上聲三十四果韻　　遞　遞，過也。秦人呼過爲遞也。

4、《廣韻》入聲四覺韻　　　　跑　秦人言蹴。

5、《廣韻》入聲十五鎋韻　　　鑭　秦人云切草。

趙魏（2）

1、《廣韻》下平聲一先韻　　　　橧　　小栗名。趙魏間語也。

2、《廣韻》入聲二十四職韻　　　檘　　趙魏間呼棘。

蜀（3）

1、《廣韻》上聲二十七銑韻　　　𪉻　　蜀人呼鹽。

2、《廣韻》去聲三十九過韻　　　銼　　蜀呼鉆鏵。

3、《廣韻》去聲四十禡韻　　　　壩　　蜀人謂平川為壩。

齊（9）

1、《廣韻》上平聲一東韻　　　　柊　　木名，又齊人謂椎為柊楑也。

2、《廣韻》上平聲五支韻　　　　㜷　　齊人呼母也。

3、《廣韻》上平聲十二齊韻　　　娝　　齊人呼母。

4、《廣韻》下平聲二仙韻　　　　襢　　齊魯言袴。

5、《廣韻》下平聲五肴韻　　　　嫭　　齊人呼姊。

6、《廣韻》下平聲十八尤韻　　　橮　　齊人云屋棟曰橮也。

7、《廣韻》下平聲十八尤韻　　　褠　　齊人謂之攣，或曰袿衣之飾。

8、《廣韻》上聲七尾韻　　　　　焜　　齊人云火。

9、《廣韻》上聲十六軫韻　　　　霣　　《說文》雨也。齊人謂靁為霣，一曰雲
　　　轉起也。

魯（2）

　《廣韻》上平聲九魚韻　　　　璵　　魯之寶玉。

　齊魯並舉 1 次，已歸入「齊」。

（二）州名、縣名（7）

青州（3）

1、《廣韻》上平聲五支韻　　　　釃　　青州人云鎌。

2、《廣韻》下平聲二十四鹽韻　　蛅　　《爾雅》曰螺，蛅蟴。郭璞云，載屬也。
　　　今青州人呼載為蛅蟴。

3、《廣韻》去聲五寘韻　　　　　㩴　　青州人云彈㩴。

荊州（1）

　《廣韻》下平聲十二庚韻　　艕　　方舟也。一曰荊州人呼渡津舫為艕，或
　　作艎。

長沙（3）

　1、《廣韻》上平聲五支韻　　稇　　長沙人謂禾二把為稇。

　2、《廣韻》上平聲六脂韻　　秮　　禾四把，長沙云。

　3、《廣韻》上聲三十四果韻　瓶　　長沙呼甌也。

（三）地區、地域名（22）

北方（4）

　1、《廣韻》上平聲五支韻　　螭　　螭，無角如龍而黃。北方謂之地螻。

　2、《廣韻》上平聲二十文韻　獯　　北方胡名，夏曰獯鬻，周曰獫狁，漢曰
　　匈奴。

　3、《廣韻》下平聲二十一侵韻　鮼　　大魚曰鮂，小魚曰鮼。一曰北方曰鮂，
　　南方曰鮼。

　4、《廣韻》上聲三十三哿韻　爹　　北方人呼父。

南方（2）

　1、《廣韻》下平聲二十一侵韻　鮼　　大魚曰鮂，小魚曰鮼。一曰北方曰鮂，
　　南方曰鮼。

　2、《廣韻》去聲十七夬韻　　鹹　　南方呼醫。

江南（2）

　1、《廣韻》上聲九麌韻　　枸　　木名，出蜀子，可食。江南謂之木蜜。

　2、《廣韻》去聲二十九換韻　錧　　車軸頭鐵。一曰江南人呼犁刃。

江淮（1）

　《廣韻》上聲四紙韻　　媞　　江淮呼母也。

東方（1）

　《廣韻》入聲一屋韻　　朒　　朔而月見。東方謂之縮朒。

江東（7）

　1、《廣韻》上平聲十三佳韻　蠵　　江東呼蚌長狹者，又為蠣。

　2、《廣韻》上平聲二十文韻　蟁　　《爾雅》曰鷏蟁母。今江東呼為蚊母，

俗說此鳥常吐蚊，因名。

3、《廣韻》下平聲二仙韻　　　鱣　　《詩》云，鱣鮪發發。江東呼爲黃魚。

4、《廣韻》下平聲十八尤韻　　芣　　芣苢，車前也。江東謂之蝦蟇衣。

5、《廣韻》上聲六止韻　　　　苡　　薏苡，蓮實也。又芣苡，馬舄也。又名車前，亦名當道。好生道間故曰當道。江東呼爲蝦蟆衣，山東謂之牛舌。

6、《廣韻》上聲八語韻　　　　蕒　　苦蕒，　江東呼爲苦蕒。

7、《廣韻》入聲二十六緝韻　　鴗　　水狗。《爾雅》謂之天狗。注云，鳥似翠，食魚。江東呼爲水狗。

關西（2）

1、《廣韻》上平聲十六咍韻　　犛　　關西有長尾牛。

2、《廣韻》上聲一董韻　　　　輂　　關西呼輪曰輂。

（四）少數民族及其他國名（5）

夷（1）

《廣韻》去聲五十候韻　　　　麷　　南夷名塩。

羌（2）

1、《廣韻》上平聲九麻韻　　　爹　　羌人呼父也。

2、《廣韻》上聲三十五馬韻　　姐　　羌人呼母也。一曰慢也。

戎（2）

1、《廣韻》上平聲一東韻　　　篢　　篋篢，戎人呼之。

2、《廣韻》上平聲二冬韻　　　幒　　戎云幡也。

（五）其他（6）

南人（2）

1、《廣韻》下平聲九麻韻　　　樧　　春蕆葉，可以爲飲。巴南人曰葭樧。

2、《廣韻》上聲九麌韻　　　　瀀　　《說文》曰，雨瀀瀀也。一曰汝南人謂飲酒習之不醉爲瀀。

江湘（2）

1、《廣韻》上平聲二仙韻　　　顭　　江湘間人謂額也。

2、《廣韻》下平聲二十三談韻　邯　　江湘人言也。

北人（1）

《廣韻》下平聲十八尤韻　　　湫　水池名，北人呼。

隴西（1）

《廣韻》下平聲十八尤韻　　　猷　謀也，已也，圖也，若也，道也。《說文》曰，玃屬。一曰隴西謂犬子爲猷。

以上共有 84 條，其中周 1 條，吳 18 條，楚 6 條，燕 1 條，秦 5 條，趙魏 2 條，蜀 3 條，齊 9 條，魯 2 條，青州 3 條，荊州 1 條，長沙 3 條，北方 4 條，南方 2 條，江南 2 條，江淮 1 條，東方 1 條，江東 7 條，關西 2 條，夷 1 條，羌 2 條，戎 2 條，南人 2 條，江湘 2 條，北人 1 條，隴西 1 條。對跨方言區的條目，做以下說明：齊魯並舉 1 次，只歸入「齊」； 趙魏並舉 2 次。

以上材料可說明如下幾個問題：

1、《切韻》的確不是一時一地之音。東、西、南、北方言詞盡收其中，可見其收集材料的廣泛性，照顧到了方言的分歧。同一個詞，意義雖然相同，但在不同方言中的讀音有差異，《切韻》對此兼收並蓄。例如：

火

《廣韻》上聲十四賄韻　　　煨（呼罪切）：南人呼火也。

《廣韻》去聲二十九換韻　　　煤（古玩切）：楚人云火。

《廣韻》上聲七尾韻　　　煒（許偉切）：齊人云火。

母

《廣韻》上聲四紙韻　　　媞（承紙切）：江淮呼母也，又音啼。

《廣韻》上聲十一薺韻　　　嬭（奴禮切）：楚人呼母。

《廣韻》上聲三十五馬韻　　　姐（茲野切）：羌人呼母。一曰慢也。

《廣韻》上平聲五支韻　　　嬰（武移切）：齊人呼母也。

《廣韻》上平聲十二齊韻　　　娒（莫兮切）：齊人呼母。

父

《廣韻》下平聲九麻韻　　　奢（正奢切）：吳人呼父。

《廣韻》上平聲九麻韻　　　爹（陟邪切）：羌人呼父也。

《廣韻》上聲三十三哿韻　　　爹（徒可切）：北方人呼父。

多

《廣韻》上聲三十四果韻　　夥（胡火切）：楚人云多也。

《廣韻》下平聲八戈韻　　矮（烏禾切）：燕人云多。

假若《切韻》是一時一地之音，恐怕很難解釋以上出現的方言詞。

2、《切韻》是以某一音系為基礎的。鄧少君認為「《切韻》雖不是一時一地之音，但也不是南北雜湊，而是以某一音系為基礎，適當地吸收了方音和古音。那麼，在《切韻》作者心中應該有一個方音作為審音基礎的。」〔註30〕例如：

《廣韻》上聲六止旨韻　苡（羊已切）：薏苡，蓮實也。又茅苡，馬蕮也。又名車前，亦名當道，好生道間，故曰當道。江東呼為蝦蟆衣，山東謂之牛舌。

這樣的解釋說明作者心目中的「苡」是「雅言」，俗稱「馬蕮」、「車前」、「當道」。然後列舉江東、山東的不同叫法，「蝦蟆衣」、「牛舌草」是方言詞。

類似地例子還有：

1、《廣韻》上平聲一東韻　　柊（職戎切）：木名，又齊人謂椎為柊楑也。

2、《廣韻》上平聲三鍾韻　　蚣（疾容切）：蚣蝑，巨虛獸也，《說文》云。一曰秦謂蟬蛻曰蚣。

3、《廣韻》下平聲二十四鹽韻　蚦（汝塩切）：《爾雅》曰螺，蚦蜰。郭璞云，載屬也。今青州人呼載為蚦蜰。

　《廣韻》上平聲五支韻　　蜰（息移切）：《爾雅》曰螺，蚦蜰。郭璞曰，載屬也。今青州人呼載為蚦蜰。

4、《廣韻》上平聲五支韻　　螭（丑知切）：螭，無角，如龍而黃，北方謂之地螻。

5、《廣韻》上平聲六脂韻　　榱（所追切）：屋橑。《說文》云，秦名為屋椽，周謂之榱，齊魯謂之桷。

6、《廣韻》上平聲二十文韻　蟁（無分切）：《爾雅》曰鷏，蟁母。今江東呼為蚊母，俗說此鳥常吐蚊，因名。云《說文》曰，齧人，飛蟲也。

7、《廣韻》上平聲二十六桓韻　綄（胡官切）：船上候風羽，楚謂之五兩。

〔註30〕鄧少君，從方言詞論《切韻》的性質〔J〕，上海師範大學學報，1988，（3）：117-119。

8、《廣韻》下平聲二仙韻　鱣（張連切）：《詩》云，鱣鮪發發。江東呼爲黃魚。

9、《廣韻》下平聲九麻韻　橾（宅加切）：春蕆葉，可以爲飲。巴南人曰葭橾。

10、《廣韻》下平聲十二庚韻　横（戶音切）：方舟也。一曰荊州人呼渡津舫爲横，或作横。

11、《廣韻》下平聲十五青韻　冷（郎丁切）：冷澤，吳人云冰凌。

12、《廣韻》平聲十八尤韻　梳（力求切）：《爾雅》曰，衣梳謂之褗。郭璞云，衣縷也。齊人謂之攣，或曰袿衣之飾。

13、《廣韻》下平聲十八尤韻　猷（以周切）：謀也，已也，圖也，若也，道也。《說文》曰，玃屬。一曰隴西謂犬子爲猷。

14、《廣韻》平聲十八尤韻　鵰（直由切）：雔，《爾雅》曰。南方曰鵰，字或從鳥。

15、《廣韻》下平聲十八尤韻　芣（縛謀切）：芣苢，車前也。江東謂之蝦蟆衣。

16、《廣韻》下平聲二十一侵韻　鱏（昨淫切）：大魚曰鮂，小魚曰鱏。一曰北方曰鮂，南方曰鱏。

17、《廣韻》下平聲二十四鹽韻　蛅（汝塩切）：《爾雅》曰螺，蛅蟴。郭璞云，蝛屬也。今青州人呼蝛爲蛅蟴。

18、《廣韻》上聲八語韻　蕀（其呂切）：苦蕀，江東呼爲苦蕒。

19、《廣韻》上聲九麌韻　枸（俱雨切）：木名，出蜀子，可食。江南謂之木蜜，其木近酒，能薄酒味也。

20、《廣韻》上聲九麌韻　澍（力主切）：《說文》曰，雨澍澍也。一曰汝南人謂飲酒習之不醉爲澍。

21、《廣韻》上聲十六軫韻　霚（於敏切）：《說文》雨也。齊人謂靁爲霚。一曰雲轉起也。

22、《廣韻》上聲二十七銑韻　蚔（他典切）：《爾雅》曰，螼蚓蚔蟺。郭璞云，即蛩蟺也。江東呼寒蚓。

23、《廣韻》上聲三十四果韻　過（胡火切）：過也。秦人呼過爲過也。

24、《廣韻》去聲五寘韻　　　　蜃（施智切）：《爾雅》日，蛄蜃強蛘。郭璞云，今米穀中蠹，小黑蟲是也。建平人呼爲蛘子。

25、《廣韻》去聲二十九換韻　　鐦（古玩切）：車軸頭鐵。一曰江南人呼犁刃。

26、《廣韻》入聲一屋韻　　　　朒（女六切）：朔而月見。東方謂之縮朒。

27、《廣韻》入聲二十三錫韻　　鼳（古闃切）：《爾雅》日，鼳，鼠身長鬚。秦人謂之小驢。郭璞云，似鼠而馬蹄，一歲千斤，爲物殘賊。

28、《廣韻》入聲二十七合韻　　䕅（徒合切）：東魯人呼蘆菔曰菈䕅。

29、《廣韻》入聲二十七合韻　　菈（盧合切）：菈䕅，東魯人呼蘿蔔。

　　3、《切韻》以洛陽話爲基礎。《切韻》所以爲基礎的究竟是什麼話呢？鄧少君說「從《廣韻》所收方言詞看，我認爲是洛陽一帶的方言。」〔註31〕《廣韻》所收方言詞區域有：周、吳、楚、燕、秦、魏、齊、越、魯、蜀；江東、江南、江淮、江湘、關東、關西、隴西；東方、南方、北方，獨沒有「中原」。這暗示我們作者是站在中原的立場來看各地方言的，即以中原一帶的語言作爲基礎的。《切韻·序》評判各地方言時說：「吳楚則時傷輕淺，燕趙則多傷重濁，秦隴則去聲爲入，梁益則平聲似去。」也可證明作者是依據中原音評判的。中原向來是漢民族活動的中心地區，作爲歷代都城的洛陽，長期以來，在政治、經濟、文化上又是這個中心地區的中心。因此，洛陽一帶的語音在各方音中取得了權威地位。以洛陽話爲當時的「雅言」是可以理解的。

　　綜上所述，我們從方言詞這一角度重新審視《切韻》性質，不難發現，《切韻》是一個以洛陽話爲基礎，同時照顧方言的活方言音系。由此，我們更傾向於邵榮芬先生和馮蒸恩師的意見，《切韻》音系是一個活方言音系，吸收了一些方音特點，即以洛陽音系爲基礎，主要吸收金陵話的方音特點。《切韻》音系反映了當時漢語北方話的標準音。

第二節　對唐宋方言區劃定的作用

　　對唐宋的方言區劃，歷史文獻並沒有直接的記載，也沒有像漢揚雄《方言》、晉郭璞《方言注》和《爾雅注》那樣的資料集中的著作，可以藉以分析、判斷。因此，就目前來看，對唐宋方言區進行的研究還很薄弱，尚需進一步考察。

〔註31〕鄧少君，從方言詞論《切韻》的性質〔J〕，上海師範大學學報，1988，（3）：117-119。

2.1 唐代方言分區研究述評

對唐代方言區劃的研究，一直以來諸位學者都是根據一些零散的資料加以考證。

周法高曾對《玄應音義》所錄唐代方言區域情況加以整理分析。《玄應音義》著成於唐太宗永徽五年，周法高先生認為「其代表隋唐首都長安士大夫階層所公認的標準音，此標準音可能淵源於洛陽舊音系統。〔註 32〕他認為劃分唐代方言區域最常見的是南北二方言的區分法。北方時又分關西（今陝西）山東，偶又兼及蜀地（今四川）和幽冀（今河北）。」〔註 33〕文中引證《切韻‧序》、《顏氏家訓》等材料論證當時學者多有南北分區之概念。他列舉《玄應音義》中二地並舉之例：或江南（南土）與（北土）並舉；或江北、江南並陳；或分述中國、江南，其中江南乃是泛指南方，或分列江南、關中。雖然使用的地域術語不同，然而基本上都呈現南北方言之對立，而泛指北方方言的「中國」、「關中」、「北人」、「江北」等有互用之例。

業師馮蒸先生將唐代方言分區的研究推向一個新的階段。他根據能夠反映唐代語音的若干資料，主要是音切資料，對音譯音資料以及部份韻語資料將唐代漢語分成五大方音區，即（一）唐代中原方音區：洛陽音。（二）1、唐代西北方音區一：長安音；2、唐代西北方音區二：河西方言。（三）唐代江淮方音區：揚州音（附：金陵音）。（四）唐代東南方音區：閩音區。（五）唐代江南方音區：吳音區。〔註 34〕

馮蒸先生認為「北方方音分為兩區，一個是中原方音區，以洛陽話為代表，一個是西北方音區，以長安話為代表。」〔註 35〕這提示我們兩點：一、唐代有兩個標準音，它們是洛陽音和長安音。二、先生在論及北方方音的同時，也意味著承認南方方音的存在，即唐代可以從更寬泛的角度劃為北方和南方兩大方音區。

〔註 32〕周法高，玄應反切再論〔J〕，大陸雜誌，1984，（5）：1-16。

〔註 33〕周法高，玄應反切考〔J〕，中央研究院歷史語言研究所集刊，1948，20：359-444。

〔註 34〕馮蒸，唐代方音分區考略〔A〕，編輯委員會，龍宇純先生七秩晉五壽慶文集〔C〕，臺北：臺灣學生書局，2002。

〔註 35〕馮蒸，唐代方音分區考略〔A〕，編輯委員會，龍宇純先生七秩晉五壽慶文集〔C〕，臺北：臺灣學生書局，2002。

我們先來看看北方方音區：洛陽音是唐代的一個標準音，是中原方音區的代表。「魏晉南北朝時期甚至隋代，當時中國漢語有兩大標準音，一個是北方的標準音，即洛陽音；一個是南方的標準音，即金陵音。而到了唐代，由於國家的統一和政治、經濟、文化中心的轉移，原來南北兩地的標準音地位已發生變化，首先是北方標準音地位逐步被當時的長安音所取代。其次南方金陵音的標準音地位業已失去，已逐漸成為一種方音。這種不同時期的標準音的更替，與當時的政治、經濟、文化是密不可分的。唐代除了新的標準音首都長安音的崛起外，原來北方話洛陽音的標準音的地位，我們認為在唐代並未消失。雖然在唐代，主要的首都是長安，洛陽只是其東都，但洛陽音的標準音地位，並沒有衰落。唐人李涪在《刊誤》中就說：『凡中華音切，莫過東都。』說明洛陽音在當時士人中的標準音地位看來是無可動搖的。」〔註36〕由於長安是隋唐兩代的首都，其又是當時的政治、經濟和文化的中心，「長安音在唐代成為全國文士的標準音，應該說是沒有多大疑問的。」〔註37〕

馮蒸先生認為中原方音區和西北方音區之間「有若干明顯不同」，而且西北方音區內部還應劃分出一個次方言即河西方言。明確提出「河西方言」這一概念的是日本高田時雄教授。「從唐代方言分區的角度來看，我們認為他雖然與長安音同屬於所謂西北方音區，但二者地位並不相等。長安是唐代的首都，長安音是一種標準音的地位，其影響是『河西方言』所難以企及的。但有關資料表明，『河西方言』確有其特點，雖然在總的方面與長安音大同小異。從方音分區的角度來看，我們認為『河西方言』僅能算是西北方音區內的一個次方言……不能成為一個獨立的方音區。」〔註38〕

我們再一起回顧一下南方方音區的研究成果：「南北朝隋代漢語北南兩方各有一個標準音，北方的標準音是洛陽話，可以《切韻》為代表；南方的標準音是金陵話，可以《經典釋文》為代表……根據有關的歷史文獻資料，六

〔註36〕馮蒸，唐代方音分區考略〔A〕，編輯委員會，龍宇純先生七秩晉五壽慶文集〔C〕，臺北：臺灣學生書局，2002。

〔註37〕馮蒸，唐代方音分區考略〔A〕，編輯委員會，龍宇純先生七秩晉五壽慶文集〔C〕，臺北：臺灣學生書局，2002。

〔註38〕馮蒸，唐代方音分區考略〔A〕，編輯委員會，龍宇純先生七秩晉五壽慶文集〔C〕，臺北：臺灣學生書局，2002。

朝時期的南方語音，至少要分成兩個層次，一個是當時的讀書音，即標準音金陵話，它是以金陵士族所說的話爲代表的通語讀音；一個是口語音，即金陵土話。」〔註39〕陳寅恪先生認爲其讀書音所反映的音系本質是一種「洛陽舊音」〔註40〕。馮蒸先生認爲「六朝時期它可以作爲南方標準音的代表，到了唐代（甚至隋代）……長安音和洛陽音並爲當時的標準音……所以在唐代我們把金陵音劃歸爲江淮方音。」

「六朝時期及後來隋唐時期的南方口語音，才是眞正的唐代吳音區（今天所說吳語的祖先）。」〔註41〕馮蒸先生雖然認爲金陵音應屬江淮方音，但他亦認爲這種讀書音是深受當時的口語即現代吳語祖先的影響。雖然我們目前仍無法把吳語區作爲唐代的一個獨立方言區描繪出來，但是我們可以知道吳語區的祖先在唐代已經形成。

關於閩語的形成，目前語言學界大致有兩種意見：（一）一種意見是認爲閩語與客家話、粵語的關係密切，持此說的可以羅傑瑞（Jerry Norman）先生爲代表〔註42〕，他說「南方方言指閩語、客家話、粵語……可以認爲來自同一祖先。我把它們的祖先叫做古代南方漢語。（二）另一種意見是認爲閩語與吳語有淵源關係，甚至是共同的祖先，持此說的有丁邦新先生和李存智先生。丁先生認爲現在吳語的底層具有閩語成分，但是馮蒸先生卻從語言層次角度和移民史角度來解釋二者的淵源關係，他認爲現代意義上的吳語和閩語已經在唐代各具自己的方言特點，不能認爲唐代的吳語和閩語是一區，唐代閩音已具備成爲一個獨立方音區的最基本條件。唐顧況寫的《囝》詩，亦可印證此說。顧況自作題注：「囝，音蹇。閩俗呼子爲囝，父爲郎罷」，詩中有「囝生閩方」「郎罷別囝」「囝別郎罷」等語。閩語各地方言今仍叫兒子爲「囝」。

馮蒸先生根據《爾雅音圖》音注又補充了一個方音區即（六）唐代西南方

〔註39〕馮蒸，唐代方音分區考略〔A〕，編輯委員會，龍宇純先生七秩晉五壽慶文集〔C〕，臺北：臺灣學生書局，2002。

〔註40〕陳寅恪，從史實論切韻〔J〕，嶺南學報，1949，9（2）：1-18。

〔註41〕馮蒸，唐代方音分區考略〔A〕，編輯委員會，龍宇純先生七秩晉五壽慶文集〔C〕，臺北：臺灣學生書局，2002。

〔註42〕羅傑瑞（Jerry Norman），張惠英譯，漢語概說〔M〕，北京：語文出版社，1995。

音區：成都音，進而提出唐代應有六大方音區。〔註43〕

　　周玟慧從中古音方言的角度對唐代方言分區加以補充。她認爲「中國」、「關中」、「秦人」皆指北方方言，其中「關中」、「關西」與「秦」等詞又當指稱長安地區。她在南北二分的大方言區中試圖尋求其他方言層次，「唐代長安地區有多種語言系統交混，南土、江南、江東指陳南方；而江北、北人、北土、關西、陝以西、關中與山東屬北地……北方方言部份除了關西、陝以西、關中、秦等用詞可以確定爲長安方音，泛指的北人、北地較難判斷是以洛下爲準的北方讀書音，或是以長安方言爲主的當地音。」〔註44〕她認爲北方音至少有兩個不同層次，東西就是說洛陽與長安之別，「北語中山東方言自成一系」。三家觀點列表比較如下：

表三：周法高、馮蒸、周玟慧對唐代方言分區的比較

		北　　方				南　方
唐代方言區 周法高 （1948）	北南分區 比較	關西 （今陝西）	山東	蜀地 （今四川）	幽冀 （今河北）	
	並舉示例	江南（南土）				（北土）
		江北				江南
		中國				江南
		關中				江南

		北　　方		南　　方			
唐代方言區 馮蒸（1997）	中原方音 區:洛陽音	西北方音區		江南方 音區： 吳音區	西南方 音區： 成都音	東南方 音區： 閩音區	江淮方 音區： 揚州音 （附金 陵音
		（一） 長安音	（二） 河西方言				

〔註43〕馮蒸，《爾雅音圖》與《爾雅音釋》注音異同說略〔A〕，董琨、馮蒸，音史新論〔C〕，北京：學苑出版社，2005。

〔註44〕周玟慧，從中古音方言層重探《切韻》性質——《切韻》《玄應音義》《慧琳音義》的比較研究〔D〕，國立臺灣大學中國文學研究所，中華民國九十三年。

	北方（洛陽音與長安音）	南　方
唐代方言區（周玟慧中華民國九十三年）	江北、北人、北土、關西、陝以西、關中與山東	南土、江南、江東

2.2　宋代方言分區簡介

　　我們再一起回顧宋代的方言分區的研究成果。

　　周振鶴、游汝傑利用唐宋時代的移民材料、宋人筆記中有關方言類別的零散記載以及對比宋時的行政區劃和現代方言的區劃，尋求相重合的部份，來擬測宋代的方言區劃。通過對這些零散材料的研究，他們得出以下結論：一方面，「北方方言作爲內部較一致的方言大區已經形成。北方話作爲一個整體方言的概念是到宋代才在史籍上出現的。」〔註45〕從前人的研究成果我們可以看出，他們常常把北方話分成好些塊，分別討論。這說明北方內部份歧還很大，尚未形成「北方話」這個概念。「當時的北方話內部大致又可以分爲秦、中原、河朔、蜀四個小區……唐宋時代的文獻中已不再提到東齊、淮夷、汝南之類較小的地域了。」〔註46〕另一方面，「宋代的南方至少有吳、荊楚（湘）和閩三種方言存在。特別值得注意的是從唐宋時代開始才出現關於閩人方言的記載。」最後，他們將宋末方言區劃歸結爲吳語區、粵語區、湘語區、閩語區以及北方方言區。「當時的北方方言區至少有四類：即燕趙（相當於河朔）、秦隴（相當於秦）、梁益（相當於巴蜀）、汴洛（相當於中原）。」〔註47〕現將他們擬測的宋末漢語方言區劃圖附後，以供參考：

〔註45〕周振鶴、游汝傑等，方言與中國文化〔M〕，上海：上海人民出版社，1986。

〔註46〕周振鶴、游汝傑等，方言與中國文化〔M〕，上海：上海人民出版社，1986。

〔註47〕周振鶴、游汝傑等，方言與中國文化〔M〕，上海：上海人民出版社，1986。

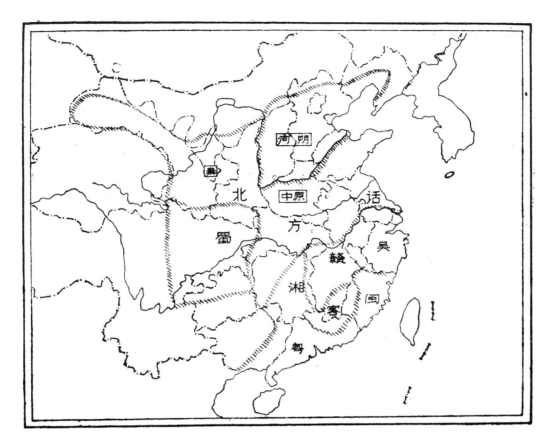

圖一：宋末漢語方言區劃

　　聶鴻音根據近百年出土的回鶻、契丹、西夏、女眞四種古文字資料中的一批漢語對音，分析了當時北方漢語在某些聲韻類上的規律性的差異，提出近古漢語（10～13 世紀）應分爲西北和東北兩大方言區的設想。〔註48〕

　　劉曉南發掘朱熹有關宋代方音記載的語料，從中可見朱熹有關方言分區的意見，藉以彌補方言史原始材料的缺失。他將宋代方言分爲北方話，洛陽、粵廣音，湘楚，浙音，閩語。其中，浙音劉曉南認爲即朱熹對宋代吳語的記述。「朱熹以汴洛音爲標準把南邊三個方言進行比較，他把閩、浙並列，又表明北人的讀音如何，廣中如何等等。在朱熹的腦子裏，東西南北方言區域的大致界限是存在的。」〔註49〕現將各家意見列表比較如下：

〔註48〕聶鴻音，近古漢語北方話的内部語音差異性〔J〕，學術之聲，1990，（3）。

〔註49〕劉曉南，朱熹與宋代方音〔A〕，浙江大學漢語史研究中心，中古近代漢語研究〔C〕，上海：上海教育出版社，2000，57-67。

表四：周振鶴、游汝傑，聶鴻音，劉曉南對宋代方言分區的比較

	北　　方				南　　方			
宋末方言區（周振鶴、游汝傑 1986）	秦（漢：秦隴）	蜀（漢：梁益）	河朔（漢：燕趙）	中原（漢：汴洛）	吳語區	粵語區	閩語區	湘語區（荊楚）
宋代方言區（劉曉南 2000）	北方話				浙音（宋代：吳語）	粵廣音	閩語	湘楚
古漢語（10～13 世紀）（聶鴻音 1990）	西北		東北					

　　通過對諸家研究的對比分析，我們就唐宋時期的方言分區大體可以得出以下結論：

　　1、北方方言作爲內部較一致的方言大區已經形成，逐步發展成北南兩大方言區的格局。但北方方言內部份歧仍然很大，各家說法不一。南方方言各家似乎在某種程度上可以達成一致的意見。吳語區延續了漢代以來的大致格局，粵語區日漸明顯。

　　2、閩語已經出現。從唐宋時代開始才出現關於閩人方言的記載。

2.3　對唐宋方言分區的印證與討論

　　由於材料所限，對唐宋方言區劃的研究至今仍然很不成熟。要推進這一領域的研究，我們應當另尋蹊徑，多方位多角度進行互證，以期結論更具有可靠性。

　　G・B・Downer（唐納）首先開始關注《集韻》中的方言詞，他的研究成果給我們提供了新的信息。他集中考察了《集韻》裏的宋代方言詞，「當我們談及《集韻》時，所涉及到的方言名更有限了：關中（河東）、關東（也許和關中一樣）、關西、淮南、杭越之間、蜀、吳（相當於江東）、山東、閩、越……我們有五個地區似乎屬於目前的官話地區：關中、關東、關西、淮南和山東，吳、閩、越不屬於那個區域」。〔註50〕根據方言詞注釋裏所涉及的北宋

〔註50〕G・B・Downer・Dialect Information in the Jiyun　集韻，臺北：第一屆國際漢學會議論文集，1981。

方言區域，唐納分出官話、吳、閩、越四個北宋方言區。他指出《集韻》採取語音和詞彙相結合的分區標準，所劃分的方言區與我們今天看到的方言區大體相似。唐納認爲北方與南方存在明顯區別的現象持續到唐朝，而且仍然體現在《廣韻》中，甚至有時在《集韻》中亦可見。

表五：唐納所劃分的北宋方言區

	北　方（官話）					南　方		
北宋方言區（唐納 1981）	關中	關東	關西	淮南	山東	吳	越	閩

張渭毅先生首先肯定唐納「有意識地收錄了一些當時的方音，體現了方音層次，有利於認識《集韻》的性質。」〔註51〕同時也指出了唐納研究中的不足之處，「根據有限的方言詞給北宋方言分區，忽視了方言的複雜性，其結論的可靠性值得懷疑。」唐納對《集韻》詞彙材料篩選和甄別不夠，「對一些《集韻》附加地區說明的方言用語，我們不知道《集韻》所指究竟是當時的方言讀音有別，還是有更古的方言資料來源。還應該指出的是，有的詞，注釋中不注明文獻出處，卻有特定的文獻來源，這部份例子相當多。」〔註52〕

我們從《廣韻》和《集韻》中分別考鑒出 179 條和 597 條方言詞。其中，《廣韻》和《集韻》中反映時音的方言詞各有 78 條和 240 條，它們對唐宋方言區劃更有參考價值。但是我們必須承認，要想憑藉這些有限的方言材料，對我國唐宋方言區作出準確的劃分，仍然是不可能的。因此，我們必須借助一定的參照系，將其中涉及到的地域名對比分析，討論它們的地域分佈，希冀對唐宋方言區劃有一定幫助。但是我們仍然要說明，本文所描寫的唐宋時的方言狀況帶有很強的假說意味。

首先，我們將《廣韻》、《集韻》中新創的方言詞地域分佈情況與華學誠先生劃定的漢代方言區劃〔註53〕做一簡單比較，可參照「表一」：

〔註51〕張渭毅，《集韻》研究概説（之三）〔J〕，語言研究，1999，（2）：129-153。

〔註52〕張渭毅，《集韻》研究概説（之三）〔J〕，語言研究，1999，（2）：129-153。

〔註53〕華學誠，揚雄方言校釋彙證〔M〕，北京：中華書局，2006。

表一：《廣韻》、《集韻》方言詞的分佈與漢代方言區劃比較

揚雄《方言》分區（華學成）	廣　韻	集　韻
秦晉方言區——秦、西漢、晉（亦稱汾唐）	秦（5）	秦（9）晉（6）
梁及楚之西部方言區——梁（亦稱西南蜀，漢，益）	蜀（3）	蜀（8）漢（3） 梁益（1）梁州（1）
趙魏自河以北方言區——趙、魏	趙魏（2）	趙魏（8）魏（3）
宋衛及魏之一部方言區——宋、魏		宋（6）
鄭、韓、周方言區——鄭、韓、周	周（1）	周（2）
齊、魯方言區（魯近第四區）——齊、魯	齊（9）魯（2）	齊（21）魯（1） 山東（5）
燕代方言區——燕、代	燕（1）	燕（7）
燕代北鄙朝鮮洌水方言區——北燕、朝鮮		北燕（5）朝鮮（1）
東齊海岱淮泗方言區（亦曰青徐）——東齊、徐		海岱（2）
陳汝潁江淮（楚）方言區——陳、汝潁、江淮、楚	楚（6） 江淮（1）	楚（46）江淮（4）
南楚方言區——（雜有蠻語）		
吳揚越方言區——（西揚尤近淮楚）	吳（18）	吳（58）越（5）
西秦方言區——（雜有羌語）	羌（2）	羌（3）
秦晉北鄙——（雜有狄語）		

我們不難發現，《廣韻》和《集韻》新創的方言詞中，很多仍然保留漢代時方言區域名稱，儘管也新增了一些區域名。現將所佔比例較大的區域名分列如下：《廣韻》中新增江東 7 條、北方 4 條。《集韻》中新增江東 13 條、關中 12 條、江南 7 條、山東 5 條、青州 4 條。

其次，我們再將《廣韻》、《集韻》中新創的方言詞地域分佈情況與周振鶴、游汝傑〔註54〕兩位先生所擬測的宋末方言區劃加以比較，列表如下：

表六：《廣韻》、《集韻》中新創的方言詞地域分佈與宋代方言區劃比較

宋末方言區（周振鶴、游汝傑 1986）	北　方				南　方			
	秦（漢：秦隴）	蜀（漢：梁益）	河朔（漢：燕趙）	中原（漢：汴洛）	吳語區	粵語區	閩語區	湘語區（荊楚）

〔註54〕周振鶴、游汝傑等，方言與中國文化〔M〕，上海：上海人民出版社，1986。

《廣韻》	秦（5）	蜀（3）	趙魏（2）燕（1）	齊（9）魯（2）	吳（18）		楚（6）江湘（2）
《集韻》	秦（9）	蜀（8）	趙魏（8）魏（3）河朔（1）燕（7）	齊（21）魯（1）山東（5）	吳（58）	閩 語（2）	楚（46）江湘（1）

《廣韻》方言詞按所佔比例從大到小排列如下：吳 18 條、齊 9 條、江東 7 條、楚 6 條、秦 5 條。

《集韻》方言詞按所佔比例從大到小排列如下：吳 58 條、楚 46 條、齊 21 條、江東 13 條、關中 12 條、秦 9 條、蜀 8 條、趙魏 8 條。

《廣韻》和《集韻》中方言詞分佈狀況驗證了周振鶴、游汝傑對宋末方言區劃的擬測，並在一定程度上有所補充。《廣韻》中所佔比例較大的吳、齊、楚和秦分別對應吳語區、中原、湘語區和秦；江東是《廣韻》中新增且所佔比例較大的區域。《集韻》中所佔比例較大的吳、楚、齊、秦、蜀和趙魏分別對應吳語區、湘語區、中原、秦、蜀和河朔；新增區域中，在繼承《廣韻》（如江東）的同時，又出現關中等區域。有幾點需要說明：

（一）《廣韻》、《集韻》中有明確以北方、南方劃界的方言詞，《廣韻》中北方 4 條，南方 3 條；《集韻》中北方 2 條，南方 3 條。尤其是「北方」一詞在唐代才首次出現。由此可進一步驗證我們從唐宋時期的方言分區得到的初步結論：北南兩大方言區的格局基本形成。

（二）《廣韻》、《集韻》中都新增江東、關西，《集韻》中還新見關中、關內。《廣韻》中江東 7 條，關西 2 條；《集韻》中江東 13 條，關中 12 條，關東 2 條，關西 1 條，關內 1 條。

（三）《集韻》方言詞中出現閩語 2 條。

其一，《集韻》上聲五旨韻　　朳（之誄切）：閩人謂水曰朳。

其二，《集韻》上聲二十八獮韻　囝（九件切）：閩人呼兒曰囝。

這些方言詞可以作爲「從唐宋時代開始才出現關於閩人方言的記載」〔註55〕說法的佐證。

〔註55〕周振鶴、游汝傑等，方言與中國文化〔M〕，上海：上海人民出版社，1986。

（四）「唐宋時代的文獻中已不再提到東齊、淮夷、汝南之類較小的地域了。」〔註56〕這種提法不太準確。《廣韻》和《集韻》中我們仍然可以見到這些較小的地域：

《廣韻》上聲九麌韻　　　　漊（力主切）：《說文》曰，雨漊漊也。一曰汝南人謂飲酒習之不醉爲漊。

《集韻》平聲七之韻　　　　猉（渠之切）：汝南謂犬子爲猉。

〔註56〕周振鶴、游汝傑等，方言與中國文化〔M〕，上海：上海人民出版社，1986。

結　語

　　方言是語言的地方變體，在文獻及其今方言中均可見其蹤跡。方言詞爲我們研究中古音提供了一個嶄新的視角。《廣韻》和《集韻》是研究整個漢語語音史的橋梁，它們收錄了許多方言詞，目前對它們的研究尚不全面。本文對二書中的方言詞進行了窮盡性考察。其中，反映時音的方言詞是本文研究的重點，筆者嘗試借助它們來進一步考定《切韻》音系性質，並驗證目前學者對唐宋方言分區的擬測。我們選用的版本主要是余廼永校注的《新校互注宋本廣韻》和中華書局出版的《宋刻集韻》。我們採用的研究方法有三種：內證法和外證法相結合；語言學方法和文獻學方法相結合；客觀描寫和比較分析的方法相結合。

　　通過對《廣韻》和《集韻》中反映時音的方言詞的研究，我們得出以下結論：

　　首先，《切韻》音系是一個活方言音系，吸收了一些方音特點，即以洛陽音系爲基礎，主要吸收金陵話的方音特點。《切韻》音系反映了當時漢語北方話的標準音。

　　其次，《廣韻》和《集韻》中的方言詞驗證並補充了目前學術界對唐宋方言區劃的擬測。《廣韻》和《集韻》中有明確以北方、南方劃界的方言詞，驗證了北南兩大方言區的格局基本形成的初步結論。《廣韻》和《集韻》中都新增江東、關西等區域名，補充了目前的擬測結論。《集韻》中出現閩語，關於

閩人方言的記載出現在唐宋時代的說法得到驗證。《廣韻》中跨方言區現象不多，而《集韻》中並舉情況卻很常見。《廣韻》與《集韻》中楚方言與吳方言的相似性最大。汝南等較小的地域在唐宋時代的文獻中仍然可見。

　　本文的創新在於從方言詞角度重新審視《切韻》音系性質，使論證更具有說服力。《廣韻》和《集韻》中的方言詞還可以用來驗證目前學術界對唐宋方言區劃的擬測，它們一定程度上補充了結論。

　　《廣韻》和《集韻》中收錄的方言詞一部份有歷史來源，另一部份反映實際語音。後者是本文的研究重點。由於兩本韻書中的方言材料並非逐一標明出處，因此對照揚雄《方言》等古文獻資料將有歷史來源的方言詞，尤其是未明注出處的方言材料逐一剔除，是一項較大的工程。而本文中所謂反映時音的方言詞只是一個初步的結果，有待於借助更多文獻考釋其可靠性。另外，文中許多生僻字形不見於電腦字庫，造字耗時又無法檢索。這些工作勢必影響筆者對材料進行更深入的研究。鑒於上述材料和筆者時間、能力所限，文中未妥和掛一漏萬之處在所難免，懇請諸位專家學者批評指正。

參考文獻

1. 陳章太，李行健，普通話基礎方言基本詞彙集〔M〕，北京：語文出版社，1996。

2. 陳新雄，《切韻》性質的再檢討〔J〕，中國學術年刊，1979，（3）。

3. 陳寅恪，東晉南朝之吳語〔J〕，中央研究院歷史語言研究所集刊，1936.2（1）。

4. 陳寅恪，從史實論切韻〔J〕，嶺南學報，1949.9（2）。

5. 鄧少君，從方言詞論《切韻》的性質〔J〕，上海師範大學學報，1988，（3）。

6. 丁邦新，重建漢語中古音系的一些想法〔J〕，中國語文，1995，（6）。

7. 丁邦新，方言詞彙的時代性〔J〕，北京大學學報，2005，（5）。

8. 董志翹，中古文獻語言論集〔C〕，成都：巴蜀書社，2000。

9. 馮蒸，唐代方音分區考略〔A〕，編輯委員會・龍宇純先生七秩晉五壽慶文集〔C〕，臺北：臺灣學生書局，2002。

10. 馮蒸，《爾雅音圖》與《爾雅音釋》注音異同說略〔A〕，董琨、馮蒸，音史新論〔C〕，北京：學苑出版社，2005。

11. 馮慶莉，《集韻》引揚雄《方言》考〔J〕，新西部，2007，（18）。

12. 古德夫，漢語中古音新探〔M〕，南京：江蘇教育出版社，1993。

13. 高本漢，The Chinese Language，New York，1949。

14. 黃淬伯，關於《切韻》音系基礎的問題〔J〕，中國語文，1962，（2）。

15. 黃淬伯，《切韻》音系的本質特徵〔J〕，南京大學學報（哲學・人文科學・社會科學版），1964，（8）。

16. 黃淬伯，唐代關中方言音系〔M〕，南京：江蘇古籍出版社，1998。

17. 何九盈，《切韻》音系的性質及其他〔J〕，中國語文，1961，（9）。

18. 何九盈，中國古代語言學史〔M〕，河南鄭州：河南教育出版社，1985。

19. 華學誠，論《爾雅》方言詞的地域分佈〔J〕，華東師範大學學報（哲學社會科學版），2000，（1）。

20. 華學誠，論《說文》的方言研究〔J〕，鹽城師範學院學報（人文社會科學版），2002.22（2）。

21. 華學誠，論《釋名》的方言研究〔J〕，揚州大學學報（人文社會科學版），2003.7（2）。

22. 華學誠，揚雄方言校釋彙證〔M〕，北京：中華書局，2006。

23. 侯精一，現代漢語方言概論〔M〕，上海：上海教育出版社，2002。

24. （漢）許慎，說文解字〔M〕，北京：中華書局，2003。

25. 賀登崧著，石汝傑、岩田禮譯，漢語方言地理學〔M〕，上海：上海教育出版社，2003。

26. 魯國堯，魯國堯自選集〔C〕，河南鄭州：河南教育出版社，1994。

27. 李恕豪，《方言》與方言地理學研究〔M〕，成都：巴蜀書社，2003。

28. 李如龍，漢語方言學〔M〕，北京：高等教育出版社，2001。

29. 李如龍，漢語方言的比較研究〔M〕，北京：商務印書館，2001。

30. 李於平，陸法言的《切韻》〔J〕，中國語文，1957，（2）。

31. 李存智，從日本吳音的形成及其現象看閩語與吳語的關係〔J〕，文史哲學報，1999，（51）。

32. 劉曉南，朱熹與宋代方音〔A〕，浙江大學漢語史研究中心·中古近代漢語研究〔C〕，上海：上海教育出版社，2000。

33. 劉紅花，《廣韻》所記「方言」詞〔J〕，古漢語研究，2003，（2）。

34. 羅傑瑞（Jerry Norman），張惠英譯·漢語概說〔M〕，北京：語文出版社，1995。

35. 馬重奇，漢語音韻學論稿〔M〕，成都：巴蜀書社，1998。

36. 馬宗霍，說文解字引方言攷〔M〕，北京：科學出版社，1959。

37. 聶鴻音，近古漢語北方話的內部語音差異性〔J〕，學術之聲，1990，（3）。

38. 潘悟雲，漢語歷史音韻學〔M〕，上海：上海教育出版社，2000。

39. 潘文國，漢語音韻研究中難以迴避的論爭——再論高本漢體系及《切韻》性質諸問題〔J〕，中國語文，2002，（5）。

40. 錢曾怡，漢語方言研究的方法與實踐〔M〕，北京：商務印書館，2002。

41. （宋）陳彭年等，宋本廣韻〔M〕，北京市中國書店影印張氏澤存堂本，1982。

42. （宋）丁度等，宋刻集韻〔M〕，北京：中華書局，1989。

43. （宋）丁度等，集韻〔M〕，上海：上海古籍出版社，1985。

44. 邵榮芬，《切韻》音系的性質和它在漢語語音史上的地位〔J〕，中國語文，1961，（4）。

45. 汪壽明，《廣韻》與方言〔J〕，華東師範大學學報（哲學社會科學版），1991，（6）。

46. 汪壽明，《廣韻》引揚雄《方言》考〔J〕，語言文字學刊，1998.1。

47. 王顯，《切韻》的命名和《切韻》的性質〔J〕，中國語文，1961，（4）。

48. 王顯，再談《切韻》音系的性質——與何九盈、黃淬伯兩位同志討論〔J〕，中國語文，1962，（12）。

49. 王力，漢語史稿〔M〕，北京：中華書局，1980。

50. 王力，漢語音韻〔M〕，北京：中華書局，1963。

51. 許寶華，宮田一郎等，漢語方言大詞典〔M〕，北京：中華書局，1999。

52. 徐思益，語言的接觸與影響〔M〕，烏魯木齊：新疆人民出版社，1997。

53. 楊劍橋，《切韻》的性質及其音系基礎的問題〔A〕，蔣孔陽·社會科學爭鳴大系（1949～1989）：文學·藝術·語言卷〔C〕，上海：上海人民出版社，1993。

54. 楊劍橋，漢語現代音韻學〔M〕，上海：復旦大學出版社，1996。

55. 楊劍橋，《切韻》的性質和古音研究〔J〕，古漢語研究，2004，（2）。

56. 揚雄，郭璞，戴震等，輶軒使者絕代語釋別國方言〔M〕，北京：中華書局，1985。

57. 游汝傑，漢語方言學導論〔M〕，上海：上海教育出版社，2000。

58. 游汝傑，漢語方言學教程〔M〕，上海：上海教育出版社，2004。

59. 余廼永，新校互注宋本廣韻〔M〕，上海：上海辭書出版社，2000。

60. 袁家驊，漢語方言概要〔M〕，北京：語文出版社，2001。

61. 于建華，《集韻》及其詞彙研究〔D〕，南京師範大學文學院，2005。

62. 張渭毅，《集韻》研究概說（之三）〔J〕，語言研究，1999，（2）。

63. 趙振鐸，從《切韻·序》論《切韻》〔J〕，中國語文，1962，（10）。

64. 趙宏濤，《廣韻》《集韻》反切比較研究〔D〕，陝西師範大學文學院，2005。

65. 周法高，玄應反切考〔J〕，中央研究院歷史語言研究所集刊，1948.20。

66. 周法高，玄應反切再論〔J〕，大陸雜誌，1984，（5）。

67. 周振鶴，游汝傑等，方言與中國文化〔M〕，上海：上海人民出版社，1986。

68. 周祖謨，問學集〔C〕，北京：中華書局，1966。

69. 周祖謨，方言校箋〔M〕，北京：中華書局，1993。

70. 周玟慧，從中古音方言層重探《切韻》性質——《切韻》《玄應音義》《慧琳音義》的比較研究〔D〕，國立臺灣大學中國文學研究所，中華民國九十三年。

71. 鄭張尚芳，從《切韻》音系到《蒙古字韻》音系的演變對應規則〔J〕，中國語文研究，2002，（1）。

72. G·B·Downer·Dialect Information in the Jiyun 集韻·臺北：第一屆國際漢學會論文集·1981。

致　謝

　　人們說音韻學是絕學，可見其深奧晦澀之極。而我有勇氣選擇這一領域，與我周圍許多智者的鼓勵、關懷和幫助是分不開的。

　　本書得以順利完成，首先要感謝我的恩師——馮蒸先生。我始終把先生當作嚴父，他教誨我們嚴謹治學，精益求精；事實上，他更是一位慈父，生活上對我們百般關愛與呵護！剛踏入音韻學之門時，我為它的艱深所困惑。先生以其獨特的授課風格將枯燥的音韻學講得妙趣橫生，先生當年求知征途中「為伊消得人憔悴」的執著追求精神使我內心受到強烈震撼。從此，我不再會放棄，在先生的指引下勇敢地揚帆遠航，乘風破萬里浪！恩師在我學術道路成長中付出無數心血與汗水。我論文所涉及的材料，有許多在大陸和國內是找不到的。先生無私地將其珍藏的各種資料借給我查閱、複印，使我能盡快進入論文的寫作階段。在深入探索過程中，我不斷遇到意想不到的阻力。先生誨人不倦，悉心指導。在他的鼓勵與支持下，我披荊斬棘，一路走來，苦與甜並存，收穫頗豐！如今，先生已是桃李滿天下，他欣慰的笑容映染著兩鬢霜花……

　　在馮老師的引薦下，我有幸拜訪了鄭張尚芳先生。鄭張先生年過七旬，但精神矍鑠，每日筆耕不輟，樂此不疲。先生精通音韻，學識淵博。他循循善誘，平易近人，對青年們給予莫大的希望與鼓勵。對音韻學先生津津樂道，他讓我內心充滿好奇與對知識的渴求，深感樂在其中。有幸聆聽先生授課，真是人生一大幸事！

　　黃天樹老師和宋金蘭老師開題報告時對我的肯定和鼓勵，讓我更加充滿信心堅持下去。同時，兩位老師提出了寶貴的修改建議，讓我少走了許多彎路，在此深表謝意！

　　我的師姐師兄給予我大量的幫助與鼓勵，踏著他們的足跡，我走得更加堅定、穩健！